中國語言文字研究輯刊

二 編

許錟輝 主編

第 **4** 冊

兩周青銅句兵銘文彙考（上）

林清源 著

花木蘭文化出版社

國家圖書館出版品預行編目資料

兩周青銅句兵銘文彙考（上）／林清源 著 — 初版 — 新北市：
花木蘭文化出版社，2012〔民101〕
目 2+240 面；21×29.7 公分
（中國語言文字研究輯刊　二編；第4冊）
ISBN：978-986-254-860-8（精裝）
1. 古兵器　2. 金文　3. 周代
802.08　　　　　　　　　　　　　　　　101003070

ISBN-978-986-254-860-8

9 789862 548608

中國語言文字研究輯刊
二　編　　第四冊　　　　　ISBN：978-986-254-860-8

兩周青銅句兵銘文彙考（上）

作　　者　林清源
主　　編　許錟輝
總 編 輯　杜潔祥
出　　版　花木蘭文化出版社
發 行 所　花木蘭文化出版社
發 行 人　高小娟
聯絡地址　新北市永和區中正路五九五號七樓之三
　　　　　電話：02-2923-1455／傳眞：02-2923-1452
網　　址　http://www.huamulan.tw 信箱 sut81518@gmil.com
印　　刷　普羅文化出版廣告事業
初　　版　2012 年 3 月
定　　價　二編 18 冊（精裝）新台幣 40,000 元

兩周青銅句兵銘文彙考（上）

林清源　著

作者簡介

林清源，1960 年生，臺灣彰化人。1979 年進入東海大學中國文學系學習，先後獲得學士、碩士、博士學位。曾任職於中臺醫護技術學院、中央研究院歷史語言研究所、暨南國際大學中國文學系，現爲中興大學中國文學系特聘教授兼通識教育中心主任。主要研究方向爲商周金文、戰國簡帛文獻、古文字構形演變規律等項，代表作有《兩周青銅句兵銘文彙考》、《楚國文字構形演變研究》、《簡牘帛書標題格式研究》等書。

提　要

　　本書爲作者的碩士論文，初稿完成於 1987 年，如今首度正式出版。最近二、三十年來，考古事業蓬勃發展，古器物學、古文字學隨之日新月異，本書許多學術意見理當配合修訂，惜因作者受限於時間與能力，無暇全面檢視，逐一訂補更新，現階段僅能就誤植字詞、拗口語句、論文格式、模糊圖版等項微幅調整，並新增《殷周金文集成》器號對照而已。

　　全書由「研究篇」、「考釋篇」兩部分所組成，前者屬於綜合研究性質，後者逐一考釋個別器物。「研究篇」共分四章：第一章〈緒論〉闡述兵器銘文研究價值，並彙整兩周時期列國兵器的器銘特徵；第二章〈器類辨識〉分析「戈」、「戟」二字的構形特徵，並辨別戈、戟、戣、鈹、瞿、鋸、鈅等兵器的形制特徵；第三章〈句兵辨僞〉彙集筆者與諸多學者鑑別疑僞兵器的研究成果，並據以概括成十幾條句兵辨僞條例；第四章〈春秋戰國文字異形舉例〉，係以形聲結構的「造」字、會意結構的「冶」字爲例，探討春秋戰國時期文字異形衍生與制約的規律，並歸納出各國所見「造」、「冶」二字的構形特徵。至於「考釋篇」部分，共收錄兩周句兵 326件，皆依其年代、國屬分別類聚編次。

目

次

本文與《邱集》器名對照表

本文器號	本文器名	邱集器名	本文頁數
001	兄戈	兄戈	
002	兀戟	兀戟	
003	成周戈	成周戈三	
004	成周戈	成周戈二	
005	成周戈	成周戈一	
006	大保𧊒戈	大保𧊒戈	
007	大保𧊒戈	大保戈	
008	大保𧊒戟	大保𧊒勾戟	
009	侯戟	医戟五	
010	侯戟	医戟一	
011	侯戟	医戟二	
012	侯戟	医戟三	
013	侯戟	医戟四	
014	兆戟	兆戟	
015	白矢戟	白矢戟	
016	射戟	射戟	
017	斯戟	斯戟	
018	象戟	象戟	
019	叔戈	叔鄝乍戈	

020	侯石戟	厌🖊🖊鈎戟	
021	🖊🖊白戈	🖊🖊白戈	
022	楚公豪戈	楚公豪秉戈	
023	周王🖊戈	周王🖊戈	
024	矢仲戈	矢仲戈	
025	矢仲戈	矢仲戈	
026	矢戈	🖊戈	
027	矢戟	🖊戟	
028	🖊戈	🖊戈	
029	邝王是埜戈	邝王是埜戈	
030	王子狄戈	王子狄戈	
031	攻敔王光戈	攻敔王光戈一	
032	攻□戈	攻敔王光戈二	
033	攻敔王戈	攻敔王夫差戈	
034	越王者旨於賜戈	越王者旨於賜戈一	
035	越王者旨於賜戈	越王者旨於賜戈二	
036	越王戈	童□戈	
037	邻王之子戈	邻王之子戈	
038	蔡侯鋪戈	蔡矦鑪之行戈	
039	蔡侯鋪戈	蔡矦鑪之行戈	
040	蔡公子果戈	蔡公子果之用戈一	
041	蔡公子果戈	蔡公子果之用戈三	
042	蔡公子從戈	蔡公子從戈	
043	蔡公子加戈	蔡公子加戈	
044	蔡加子戈	蔡加子之用戈	
045	蔡公子戈	蔡公子果之用戈	
046	蔡公子戈	蔡公子果之用戈二	
047	翏戈	鳥篆戈二	
048	曾侯乙戈	曾矦乙之用戈	
049	曾侯乙戈	曾矦乙之走戈	
050	曾侯乙戈	曾矦乙寢戈	
051	曾侯戩戈	曾矦戩行戈	
052	白之戈	白之口執戈	

053	周王孫季怠戈	周王孫戈	
054	曾大工尹季怠戈	穆王之子戈	
055	上都戈	上都戈	
056	長邦戈	長邦戈	
057	鄅侯戈	鄅庆戈	
058	楚王孫漁戈	楚王孫漁戈	
059	楚王酓璋戈	楚王酓璋戈	
060	楚屈叔沱戈	楚屈叔沱戈	
061	邛季之孫戈	邛季之孫戈	
062	番仲戈	番仲戈	
063	許戈	許戈	
064	鄱白彪戈	鄱白彪戈	
065	宋公纞戈	宋公纞之賠戈	
066	宋公差戈	宋公差戈	
067	宋公差戈	宋公差戈	
068	宋公尋戈	宋公尋之賠戈	
069	雝王戈	雟王戈	
070	滕侯耆戈	滕侯耆之艁戈一	
071	滕侯耆戈	滕侯耆之艁戈二	
072	滕侯吳戟	滕侯吳戈	
073	滕司徒戈	滕司徒戈	
074	邾大司馬戈	邾大司馬之艁戈	
075	臺于公戈	臺于公戈	
076	闌丘戈	闌丘戈	
077	鄆戈	鄆戈	
078	中都戈	中都戈	
079	叔孫戈	叔孫韯戈	
080	羊子戈	羊子之艁戈（一）	
081	郢戈	鄡戈	
082	高密戈	高密鉔戈	
083	平阿右戈	平阿戈	
084	平陸左戈	平陸戈	
085	元阿左戈	元阿左造徒戟	
086	陳□戈	陳□戈	

087	陳散戈	□箙戈	
088	陳𦥑戈	陳𦥑銛戈	
089	陳子山戈	陳子戈	
090	陳子𤉢戈	墬子戈	
091	陳子𤉢戈	陳子□徒戈	
092	陳金戈	陳金造戈	
093	陳右戈	陵右戈	
094	陳麗子戈	陳𥝢子竉鋨	
095	陳侯因資戈	陳矦因咨戈一	
096	陳侯因咨戈	陳矦因咨戈二	
097	陳侯因咨戈	陳矦因咨戈三	
098	陳戈	墬戈	
099	陳窐戈	陳窐箙鋨	
100	陳𧾷戈	陳□箙戈一	
101	陳𧾷戈	陳□箙戈二	
102	陳咥戈	陳咥戈	
103	齊戈	齊戈	
104	齊城右戈	齊成右戈	
105	是立事歲戈	是□事歲戈	
106	平陽高馬里戈	平陽高馬里鋨	
107	成陽辛城里戈	成陽辛城里鋨	
108	郾侯奪戈	𠬟生戈	
109	郾侯脮戈	郾矦脮乍𠂤萃鋚鈲	
110	郾侯脮戈	郾矦脮殘戈	
111	郾侯職戈	郾侯職戈	
112	郾侯職戈	郾侯職乍𠂤萃鋸	
113	郾王職戈	郾王職乍王萃戈一	
114	郾王職戈	郾王職乍王萃戈二	
115	郾王職戈	郾王職乍𤲬萃鋸一	
116	郾王職戈	郾王詈乍𠄡牧鋸二	
117	郾王職戈	郾王詈乍𠄡牧鋸三	
118	郾王職戈	郾王詈乍𠄡牧鋸四	
119	郾王職戈	郾王職乍牧鋸	

120	郾王職戈	郾王職戈	
121	郾王職戈	郾王職乍🔲萃鋸二	
122	郾王職戈	郾王職乍萃鋸	
123	郾王職戈	郾王職乍𠂤牧鋸	
124	郾王職戈	郾王職乍𨒅司馬戈	
125	郾王詈戈	郾王詈乍𠂤牧鋸一	
126	郾王詈戈	郾王詈戈	
127	郾王詈戈	郾王詈戈一	
128	郾王詈戈	郾王詈戈二	
129	郾王喜戈	郾王喜乍𠂤牧鋸一	
130	郾王喜戈	郾王喜乍𠂤牧鋸二	
131	郾王喜戈	郾王喜戈	
132	郾王戈	郾王職乍王萃戈三	
133	乍御司馬戈	乍𨒅司馬戈	
134	左行議戈	左行議御戈	
135	二年右貫府戈	銅戈	
136	二年右貫府戈	二年右貫府戈	
137	十三年正月戈	三年正月戈	
138	左軍戈	左軍戈	
139	𡴭共罘戟	𡴭共罘戟	
140	□戈	□戈	
141	塦戈	塦戈	
142	石買戈	右買之用戈	
143	衛公孫呂戈	衛公孫呂戈	
144	梁伯戈	沙白戈	
145	元戈	元戈	
146	戈戈	戈戈	
147	虢大子元戈	虢大子元徒戈一	
148	虢大子元戈	虢大子元徒戈二	
149	宮氏白子戈	宮氏白子戈一	
150	宮氏白子戈	宮氏白子戈二	
151	犬𠂤戈	犬𠂤戈	
152	寅戈	虞之戟	

153	宜□戟	宜乘之棗戟	
154	鄭右庫戈	奠右庫戈	
155	鄭武庫戈	奠武庫戈	
156	鄭生庫戈	奠生庫戈	
157	鄭武庫戈	奠武庫戈	
158	鄭左庫戈	鄭左庫戈	
159	王二年鄭令韓□戈	王二年奠令戈	
160	王三年鄭令韓熙戈	王三年奠令韓熙戈	
161	十四年鄭令趙距戈	十四年奠令戈	
162	十五年鄭令趙距戈	十五年奠令戈	
163	十六年鄭令趙距戈	十六年奠令戈	
164	十七年鄭令坣□戈	十七年奠令戈	
165	廿年鄭令韓悉戈	廿年奠令戈	
166	廿一年鄭令艐□戈	廿一年奠令戈	
167	卅一年鄭令棺湢戈	卅一年奠令戈	
168	四年鄭令韓□戈	四年奠令戈	
169	五年鄭令韓□戈	五年奠令戈	
170	六年鄭令瑴彎戈	六年奠令戈	
171	八年鄭令瑴彎戈	八年奠令戈	
172	廿四年邨陰令戈	廿四年𢎖陘令戈	
173	六年鄭令韓□戈	六年奠令韓熙戈	
174	八年亲城大令韓定戈	八年亲城大令戈	
175	十七年龕令艐肖戈	十七年龕令戈	
176	四年邘令輅戈	邘令戈	
177	戀左庫戈	戀左庫戈	
178	甘丹上戈	甘丹上戈	
179	元年郛令戈	元年鄝令戈	
180	十二年趙令邯鄲氙戈	十二年少令邯鄲戈	
181	十二年趙令邯鄲氙戈	十二年肖令邯鄲戈	
182	王立事戈	王立事戈	
183	廿九年相邦肖□戈	廿九年相邦肖□戈	
184	邾戈	𦱠戈	
185	朝訶右庫戈	朝訶右庫戈	

186	卅三年大梁左庫戈	卅三年大梁左庫戈	
187	卅四年邨丘令癸戈	卅四年邨尤令戈	
188	九年戈丘令雍戈	九年我□令雍戈	
189	四年咎奴蓍令□戈	四年咎奴戈	
190	廿九年高都令陳愈戈	廿九年高都令陳愈戈	
191	秦子戈	秦子戈	
192	大良造鞅戟	大良造鞅戟（一）	
193	大良造鞅戟	大良造鞅戟（二）	
194	四年相邦樛斿戈	四年相邦樛斿戈	
195	十三年相邦義戈	十三年相邦義戈	
196	六年上郡守疾戈	六年上郡守戈	
197	十四年相邦冉戈	十四年相邦冉戈	
198	丞相觸戈	丞相觸戈	
199	卅一年相邦冉戈	卅一年相邦冉戈	
200	卅三年詔事戈	廿三年戈	
201	二年寺工聾戈	二年寺工聾戈	
202	三年上郡守□戈	三年上郡守戈	
203	四年相邦呂不韋戈	四年呂不韋戈	
204	五年相邦呂不韋戈	五年相邦呂不韋戈	
205	八年相邦呂不韋戈	八年相邦呂不韋戈	
206	十二年上郡守壽戈	十二年上郡守壽戈	
207	十四年屬邦戈	十四年屬邦戈	
208	廿二年臨汾守暷戈	廿年臨汾守戈	
209	廿五年上郡守戈	廿五年上郡守廟戈	
210	廿六年□栖守戈	廿六年弍相守邦戈	
211	廿六年蜀守武戈	廿六年蜀守武戈	
212	十八年上郡武庫戈	上郡武庫戈	
213	十八年上郡武庫戈	十八年上郡武庫戈（殘）	
214	蜀西工戈	蜀堲戈	
215	王戈	王戈	
216	戈	蜀戈	
217	用戈	用戈	
218	戈	鳥篆戈	

219	玄鏐戈	玄鏐戈	
220	玄鏐戈	玄鏐戈	
221	自乍用戈	自乍用戈	
222	用戈	鳥篆戈一	
223	郫之新造戈	邦之新郫戈	
224	□君戈	郜君戈	
225	子賏戈	子賏之用戈	
226	戈	戈	
227	邟並果戈	邟並果戈	
228	新弨戈	新弨戈	
229	□戈	□戈	
230	□戈	鳥篆戈	
231	□□戈	戈	
232	子戈	子戈	
233	武城戈	武城戈	
234	子戈	□子戈一	
235	子戈	□子戈二	
236	子戈	子戈	
237	無潭右戈	乍右戈	
238	高左戈	高左戈（一）	
239	高左戈	高左戈（二）	
240	高左戈	高左戈（三）	
241	子子戈	子子戈	
242	皇邑左戈	皇宮左戈一	
243	皇邑左戈	皇宮左戈二	
244	子備戈	子備□戈	
245	仕斤戈	徒戈	
246	仕斤戈	斤徒戈	
247	□子戈	□子戈	
248	去暨戈	□暨戈	
249	子戈	子戈	
250	平戈	平□□戈	
251	籏戈	澳籏戈	

252	事孫戈	事孫戉	
253	君子戈	君子友戈	
254	羊角戈	羊⬚亲舺篏戈	
255	右庫戈	右庫戈	
256	大絁戈	大絁戈	
257	⬚戈	⬚戈	
258	敳令戈	⬚令戈	
259	四年戈	十四年戈	
260	七年戈	七年戈	
261	虎⬚丘君戈	虎⬚丘君戈	
262	子孔戈	子孔戈	
263	六年□令趙□戈	刻銘銅戈	
264	三年⬚余令韓譙戈	三年⬚余令戈	
265	四年戈	四年戈	
266	卅二年⬚令初戈	卅二年⬚令戈	
267	□言令戈	□⬚戈	
268	廿三年□陽令樊戲戈	廿三年□陽令戈	
269	四年汪匋令富守戈	三年汪陶令戈	
270	十六年喜令韓銅戈	十六年喜令戈	
271	王三年馬雍令史吳戈	王三年馬雍令史吳戈	
272	鵬戈	鵬戈	
273	鵬戈	睢戈	
274	⬚戈	⬚戈	
275	辟戈	薛戈	
276	東戈	⬚戈	
277	涉戈	涉戈	
278	右戈	右戈	
279	亦車戈	䕫戈	
280	陽⬚戈	陽⬚戈	
281	守易戈	守易戈	
282	白秝戈	白秝戈	
283	陽右戈	陽右戈	
284	⬚戈	⬚戈	

285	右卯戈	右卯戈	
286	吾宜戈	吾宜戈	
287	冶瘭戈	𢓓瘭戈	
288	鑯鎛戈	鑯鎛戈	
289	𤔲戈	𤔲戈	
290	告戈	告戈	
291	□造戈	□哉戈	
292	𠕐□還戈	𠕐尚㽱戈	
293	右濯戈	□濯戈	
294	□□金戈	□□金戈	
295	左陰戈	左陰戈	
296	大公戈	大公戈	
297	中平城戈	中平城戈	
298	䚸馬戈	□䚸馬戈	
299	皿自𪓷戈	皿自寢戈	
300	工炬之戈	王𡕣之戈	
301	大長畫戈	□大長畫戈	
302	雍之田戈	漕之田戈	
303	取戈	取戈	
304	䓊厔戈	□厔戈	
305	吁戈	吁□□造戈	
306	𨛦子戈	𨛦口之告戈	
307	王子戈	王子□戈	
308	𤣥𠨍戈	𤣥戈	
309	非鈃戈	非鈃戈	
310	□克戈	□克戈	
311	□公戈	□公戈	
312	𨜏戈	𨜏戈	
313	左庫戈	左軍戈	
314	田乍琱戈	田乍琱戈（？）	
315	乙癸丁戈	乙癸丁戈	
316	父乍戈	父乍戈	
317	鳥篆戈	鳥篆戈	

318	陳子䚔戈	陳□戈	
319	羊子戈	羊子戈（二）	
320	𠂤殷戈	𠂤寅戈一	
321	𠂤殷戈	𠂤寅戈二	
322	二年宗子戈	二年戈	
323	且乙戈	且乙戈	
324	大兄日乙戈	大兄日乙戈	
325	大且日己戈	大且日己戈	
326	且日乙戈	且日乙戈	

本文與《集成》、《邱集》、《嚴集》器號對照表

本文器號	集成器號	邱集器號	嚴集器號	備註
001	10786	8127	7304	
002	10806	8476	7586	
003	10882	8161	7327	
004	10883	8160	7326	
005	10884	8159	7325	
006	10954	8175	7341	
007	無	8210	無	《彙編》919。
008	無	8479	7589	《新收》NA0600。
009	10800	8472	7582	
010	10795	8468	7578	
011	10796	8469	7579	
012	10794	8470	7580	
013	10793	8471	7581	
014	10803	8473	7583	
015	10886	8477	7587	
016	10792	8474	7584	
017	10805	8467	7577	
018	10804	8475	7585	
019	無	8256	7406	《新收》NA0336。
020	10953	8480	7588	
021	11333	8401	7527	

022	11064	8286	7429	
023	11212	8344	7476	
024	10889	8186	7332	
025	10889	8187	7333	
026	10783	8120	7296	
027	10784	8466	7576	
028	10785	8137	7305	
029	11263	8370	7500	
030	11207	8345	7477	
031	11151	8302	7443	
032	11029	8303	7444	
033	11288	8390	7516	
034	11310	8393	7519	
035	11311	8394	7520	
036	11102	8294	7437	
037	11282	8379	7506	
038	11140	8307	7448	
039	11141	8308	7449	
040	11146	8309	7450	
041	11147	8311	7452	
042	無	8312	無	《彙編》730。
043	11148	8313	7453	
044	11149	8314	7454	
045	11145	8245	7451	
046	11145	8310	7451	例045、046為同一器,《邱集》誤分為二器。
047	10970	8244	7397	
048	11172	8328	7464	
049	11171	8329	無	
050	11167	8330	7465	
051	11176	8331	無	
052	無	8254	7404	
053	11309	8399	無	
054	11365	8428	無	
055	無	8419	無	《彙編》411。
056	10915	8172	無	
057	11202	8341	7474	

058	11153	8322	7462	
059	11381	8435	7554	
060	11393	8438	7557	
061	11252	8369	7499	
062	11261	8376	無	
063	11045	8268	無	
064	11134	8323	無	
065	11133	8315	7455	
066	11289	8387	7513	
067	11281	8385	7514	
068	11132	8316	7456	
069	11093	8295	7438	
070	11077	8275	7419	
071	11078	8276	7420	
072	11123	8334	7467	
073	11205	8362	7492	
074	11206	8361	7491	
075	11125	8335	7468	
076	11073	8272	7416	
077	10828	8131	7310	
078	10906	8163	7329	
079	11040	8241	7394	
080	11089	8278	7422	
081	10829	8132	7309	
082	11023	8236	7389	
083	無	8249	7400	
084	11056	8263	7411	
085	11158	8484	7592	
086	10964	8207	7369	
087	10963	8201	7363	
088	11034	8231	7384	
089	11084	8290	7433	
090	11087	8264	7413	
091	11086	8280	7423	
092	11035	8248	7399	
093	11062	8260	7408	
094	11082	8274	7418	

095	11081	8291	7434	
096	11260	8292	7435	
097	11260	8293	7435	例096、097為同一器,《邱集》誤分為二器。
098	11251	8265	7412	《彙編》868。
099	11036	8232	7385	
100	11033	8233	7386	
101	11033	8234	7387	
102	11251	8375	7505	
103	10989	8228	7381	
104	11815	8371	7501	
105	11259	8366	7496	
106	11156	8304	7445	
107	11154	8305	7446	
108	11383	8433	7552	
109	11272	8367	7497	
110	11184	8333	7466	
111	11222	8327	無	
112	11223	8354	7484	
113	11190	8298	7440	
114	11187	8299	7441	
115	11227	8349	7479	
116	11230	8356	7486	
117	11234	8357	7487	
118	11231	8358	7488	
119	11188	8351	7481	
120	11229	8326	無	
121	11228	8350	7480	
122	11110	8353	7483	
123	11233	8352	7482	
124	11236	8346	7478	
125	11245	8355	7485	
126	11243	8368	7498	
127	11350	8410	7536	
128	11243	8411	7498	例126、128為同一器,《邱集》誤分為二器。
129	11246	8359	7489	

130	11247	8360	7490	
131	11247	8342	7490	例 130、131 為同一器，《邱集》誤分為二器。
132	10942	8300	7442	
133	11059	8235	7388	
134	11111	8296	無	
135	11292	8269	7515	
136	11292	8389	7515	例 135、136 為同一器，《邱集》誤分為二器。
137	11339	8420	無	
138	11402	8456	7574	
139	11113	8481	7590	
140	無	8271	無	《河北》146。
141	10824	8124	7301	
142	11075	8289	7431	
143	11200	8343	7475	
144	11346	8412	7537	
145	10809	8115	7291	
146	10734	8116	7292	
147	11117	8317	7457	
148	11116	8318	7458	
149	11118	8319	7459	
150	11119	8320	7460	
151	10919	8166	7334	
152	11002	8478	無	
153	11112	8482	7591	
154	10995	8222	7376	
155	10991	8223	7377	
156	10993	8224	7378	
157	10990	8204	7366	
158	10994	8221	7375	
159	11328	8402	7528	
160	11357	8423	7546	
161	11387	8439	7558	
162	11388	8440	7559	
163	11389	8441	7560	
164	11371	8442	7561	

165	11372	8434	7553	
166	11373	8443	7562	
167	11398	8444	7563	
168	11384	8449	7568	
169	11385	8450	7569	
170	11397	8451	7570	
171	11386	8452	7571	
172	11356	8416	7542	
173	11336	8386	7512	
174	11345	8418	7544	
175	11382	8453	7572	
176	11335	8413	7538	
177	10959	8206	7368	
178	10996	8226	7379	
179	11360	8425	7548	
180	11355	8427	7550	與例181為同一器
181	11355	8430	7551	例180、181為同一器,《嚴集》誤分為二器。
182	11673	8432b	無	
183	11391	8448	7567	
184	10902	8162	7328	
185	11182	8339	7472	
186	11330	8396	7522	
187	11321	8400	7526	
188	11313	8407	7532	
189	11341	8415	7541	
190	11302	8405	7531	
191	11353	8421	7545	
192	11279	8485	7593	
193	11279	8486	7593	例192、193為同一器,《邱集》誤分為二器。
194	11361	8417	7543	
195	11394	8447	7566	
196	11297	8391	7517	
197	無	8403	7529	
198	11294	8382	7509	
199	11342	8414	7540	

200	無	8247	無	《彙編》867。
201	11250	8380	7507	
202	11369	8404	7530	
203	11308	8392	7518	
204	11395	8445	7564	
205	11396	8446	7565	
206	11404	8454	無	
207	11332	8381	7508	
208	11331	8395	7521	
209	11406	8458	無	
210	無	8432c	無	
211	11368	8424	7547	
212	11378	8270	無	
213	11378	8429	無	例212、213為同一器,《邱集》誤分為二器。
214	11009	8176	7342	
215	無	8220	無	巴蜀文字。
216	無	8465	無	巴蜀文字。
217	10819	8122	7299	
218	10912	8107	7280	
219	10910	8158	7323	
220	10911	8174	7340	
221	11028	8242	7395	
222	11030	8243	7396	
223	11042	8251	7402	
224	11026	8252	7403	
225	11100	8284	7427	
226	無	8287	無	巴蜀文字。
227	無	8321	7461	
228	11161	8325	7463	
229	11157	8312B	7471	
230	11157	8338	7471	例229、230為同一器,《邱集》誤分為二器。
231	11407	8459	無	
232	10898	8168	7336	
233	10900	8173	7339	

234	10904	8178	7344	
235	10905	8179	7345	
236	11076	8288	7430	
237	10975	8202	7364	
238	無	8214	7372	
239	無	8215	無	
240	無	8216	無	
241	10958	8218	7374	
242	10983	8229	7382	
243	10984	8230	7383	
244	11021	8238	7391	
245	11050	8257	無	
246	11049	8259	7407	
247	11080	8267	7415	
248	11183	8261	7409	
249	11105	8262	7410	
250	11101	8273	7417	
251	11065	8277	7421	
252	11069	8282	7425	
253	11088	8337	7470	
254	11210	8306	7447	
255	10933	8182	7348	
256	11091	8253	無	
257	11165	8255	7405	
258	11159	8324	無	
259	11269	8363	7493	
260	11271	8373	7503	
261	11265	8377	無	
262	11290	8388	無	
263	11320	8378	無	
264	11317	8398	7524	
265	11316	8397	7523	
266	11312	8408	7533	
267	11343	8409	7534	
268	11347	8374	7504	
269	11354	8409b	7535	

270	11351	8426	7549	
271	11375	8431	無	
272	11818	8123	7300	
273	無	8088	無	
274	10788	8121	7298	
275	10817	8125	7302	
276	10811	8126	7303	
277	10827	8128	7307	
278	10826	8129	7308	
279	10846	8119	7295	
280	10916	8157	7324	
281	10943	8165	7331	
282	10895	8169	7337	
283	10945	8177	7343	
284	10909	8180	7346	
285	10944	8181	7347	
286	10936	8183	7349	
287	10941	8184	7350	
288	10917	8185	7351	
289	無	8188	7352	
290	無	8191	無	《彙編》967。
291	10952	8164	7330	
292	10980	8203	7365	
293	10978	8205	7367	
294	無	8211	無	《彙編》920。
295	無	8213	7371	
296	10999	8217	7373	
297	無	8227	無	
298	11016	8189	7354	
299	11012	8237	7390	
300	11015	8239	7392	
301	11061	8240	7393	
302	11019	8250	7401	
303	無	8258	無	《彙編》1363。
304	11085	8281	7424	
305	11032	8283	7426	

306	11126	8285	7428	
307	11162	8336	7469	
308	11164	8340	7473	
309	11270	8372	7502	
310	無	8383	7511	
311	無	8384	7510	
312	10890	8167	7335	疑偽。
313	無	8190	無	《彙編》966。疑偽。
314	無	8209	無	《彙編》918。疑偽。
315	無	8212	7370	《新收》NA1923。疑偽。
316	無	8208	無	《彙編》917。疑偽。
317	11139	8246	7398	疑偽。
318	11038	8266	7414	疑偽。
319	無	8279	無	《彙編》793。疑偽。
320	11268	8364	7494	疑偽。
321	無	8365	7495	疑偽。
322	11364	8436	7555	疑偽。
323	11115	8297	7439	疑偽。
324	11392	8437	7556	疑偽。
325	11401	8455	7573	疑偽。
326	11403	8457	7575	疑偽。

研究篇

第一章　緒　論

　　本論文係以兵器銘文考釋爲主，形制考證爲輔，從事古文字學與古器物學之整合。

　　現有殷周兵器，以銅兵爲大宗，餘如玉兵、石兵，數量少，且多無銘文，可略而不論。商代兵器銘文多屬氏族徽號，徵考不易，復以銅兵至漢已爲鐵兵所取代，故本論文乃以兩周爲時代斷限，所錄僅止於兩周有銘文之青銅兵器。

　　兩周兵器，依功能區分，有句兵、刺兵、殺兵、射遠器、防禦器五類。「句兵」一詞，指以句啄爲主之兵器，含戈、戟兩項，據邱德修《商周金文集成》（以下簡稱《邱集》）、嚴一萍《金文總集》（以下簡稱《嚴集》）之著錄，戈戟句兵之屬爲數最多，逾著錄兵器總數二分之一強，足以反映兩周兵器銘文之一般現象。職是之故，筆者有關古代兵器及其銘文之系列研究，遂由句兵研究啓其端緒。

第一節　兵器銘文研究價值與研究動機

　　《左傳・成公十三年》：「國之大事，在祀與戎。」兵器係維護政權擴張勢力之主要工具，與用以祭祀燕享之禮樂器，合爲青銅器之兩大類屬。兵器出土甚夥，無銘者不計，約佔已著錄青銅器十二分之一弱。[註1] 兵器銘文之價值，可由下述三方面闡明：

〔註 1〕此據邱德修《商周金文集成》統計。

一、有助於古器物國屬、年代之判定

史前考古多以陶器為斷代標尺，蓋陶器乃日常用具，數量多，分布廣，易於歸納由時、空因素造成之特徵。兵器於兩周考古，亦具類似價值，原因有三：其一、兵器需求量大，分布亦廣，兩周墓葬、遺址時見出土。其二、兵器設計鑄造之良窳，攸關持用者性命安危，時人記取實戰經驗，屢加改良，是以除少數明器、儀仗器外，其形制因時而變，日益精良，時代特徵顯明，罕見復古之制。其三、春秋戰國兵器銘文，或紀年、或紀器主之名，或紀督造者之名，其絕對年代多可確切徵考，由是類推，形制同近之無銘文器，其約略年代不難得知。兵器之國別、年代既較他類器明確易考，是以屢見用為考古斷代標尺，如1976 年湖北襄陽 12 號墓之年代，原報告定為春秋晚期之後，所據即為墓中發現年代明確之吳王夫差劍。〔註 2〕

二、有助於上古史重建

兵器銘文所存史料之宏富，非但璽印文、貨幣文、陶文等難以比擬，較之春秋戰國彝器銘文亦未遑多讓。茲僅就本文〈考釋篇〉所見，略舉數端如下：

（1）王侯名

　　「周王𡴤」疑即周威烈王（詳〈考釋〉023，即本文〈考釋篇〉例023，下同。）

　　「邘王是埜」疑即吳王壽夢（〈考釋〉029）。

　　「攻敔王光」即吳王闔閭（〈考釋〉031）。

　　「越王者旨於賜」即越王鼫與（〈考釋〉034）。

　　「蔡侯𠂤」即蔡成侯朔（〈考釋〉038）。

　　「楚王酓璋」即楚惠王熊章（〈考釋〉059）。

　　「宋公䜌」即宋景公欒（〈考釋〉065）。

　　「宋公差」即宋元公佐（〈考釋〉066）。

　　「宋公㝵」即宋昭公得（〈考釋〉068）。

　　「陳侯因咨」即齊威王（〈考釋〉096）。

〔註 2〕襄陽首屆亦工亦農考古訓練班：〈襄陽蔡坡 12 號墓出土吳王夫差劍等文物〉，《文物》1976 年第 11 期，頁 69。

　　「郾侯奪」即燕成侯載（〈考釋〉108）。

　　「郾侯脮」疑即燕易王（〈考釋〉109）。

　　「郾王職」即燕昭王（〈考釋〉111）。

　　「郾王詈」疑即燕武成王（〈考釋〉125）。

　　「郾王戎人」疑即燕惠王（〈考釋〉110）。

　　「郾王喜」即燕王喜（〈考釋〉129）。

（2）相邦名（含大良造、丞相等）

　　「大良造鞅」即商鞅（〈考釋〉192）。

　　「相邦義」即張儀（〈考釋〉195）。

　　「相邦冉」即魏冉（〈考釋〉197）。

　　「丞相觸」即壽燭（〈考釋〉198）。

　　「相邦呂不韋」即呂不韋（〈考釋〉203）。

　　「相邦樛斿」疑即秦惠文王前、後元四年之相（〈考釋〉194）。

（3）其他官職名

　　西周：「大保」（〈考釋〉006）。

　　曾：「大攻尹」（〈考釋〉054）。

　　燕：「𤇺萃」、「王萃」、「𨝍萃」、「𠂤牧」、「御司馬」（〈考釋〉111），
　　　　「行議」、「右攻尹」（〈考釋〉126），「左行議」（〈考釋〉134），
　　　　「乘馬大夫」（〈考釋〉137）。

　　韓：「令」、「工師」（〈考釋〉159），「司寇」（〈考釋〉161），「冶尹」
　　　　（〈考釋〉168），「大令」（〈考釋〉174）。

　　魏：「曹令」（〈考釋〉189）。

　　秦：「詔使」（〈考釋〉200），「寺工」（〈考釋〉201），「郡守」（〈考
　　　　釋〉196），「工大人」（〈考釋〉195），「丞」（〈考釋〉202）。

此外，兵器銘文存有大量鑄造地之地名，復能完整反映鑄造制度（詳〈考釋〉
159附表一），前者爲研究冶鑄工業分布及編製歷史地圖之主要依據，後者爲研
究當時社會制度之重要資料，凡此，皆他類器銘所弗能及。

三、有助於漢字發展史之認識

　　觀察文字縱向與橫向演變，乃研究文字發展史之不二法門。戰國時期兵器

銘文，多自署國名與鑄造年代。據自署之國名，則可推知其國別系屬，最便於比較列國文字之異同。據其鑄造年代先後排比，則文字演變過程自然顯露。

茲以本文〈考釋篇〉爲基礎，簡述列國文字風格如下：

（1）楚系銘文好作美術體

如吳國之王子吁戈（〈考釋〉030）、攻敔王光戈（〈考釋〉031），越國之越王者旨於賜戈（〈考釋〉034），楚國之楚王孫漁戈（〈考釋〉058）、楚王酓璋戈（〈考釋〉059），皆作鳥蟲書。又如蔡國之蔡公子果戈（〈考釋〉041），公字作「」，子字作「」，於圓圈中加點爲飾，筆畫彎曲盤旋，近於美術圖案，雖未附加鳥形，實與鳥蟲書爲一家眷屬。

（2）齊系銘文特多新興之形聲字

如「造」字，齊器所見即有作「造」（〈考釋〉092）、「艁」（〈考釋〉090）、「鋯」（〈考釋〉088）、「塃」（〈考釋〉082）、「窲」（〈考釋〉094）等五式。又如「戈」字多從金作「鈛」（〈考釋〉099），「阿」字從山作「峒」（〈考釋〉083），「陽」字從土作「塲」（〈考釋〉106）、或從山作「崵」（〈考釋〉107）。

（3）三晉系銘文多合文及省率之體

如「工師」二字合文作「」（〈考釋〉159），「司寇」作「」（〈考釋〉169），「司馬」作「」（〈考釋〉270）。又如「冶」字之異體多達二十三式，最繁者作「」（〈考釋〉174），最簡者作「」（〈考釋〉189）。

（4）秦國銘文多承西周之舊

上述鳥蟲書、美術體、簡體、合文、新興異體等文字現象，皆未見於秦。以「造」字爲例，但見「簉」、「造」二式而已，與東土各國字體多變現象大異其趣，此殆即王國維所稱「秦文與東方文字決非大同」。

唐蘭嘗云：

六國文字，地方色彩更濃厚了，以致當時有同一文字的理想。但除

了圖案化文字外，一般有一個共同的趨勢，那就是簡化。〔註3〕

以「簡化」爲列國文字演變共同趨勢，似嫌籠統，蓋文字簡化之同時，亦見繁化現象，各國演變趨勢不一，未可一概而論。如齊國文字繁化現象實較簡化現象明顯，其兵器銘文趨繁現象已詳上文，彝銘所見亦如是。如「祖」字寧氏鐘作「𦣞」、䣈鎛作「祖」，叔夷鎛作「𣎤」、陳逆簋作「禣」。又如庚壺「靈」字從示作「䨲」，齊縈姬之盥盤「保」字從宀作「𡩋」，皆僅見於齊，爲新興之異體字。

戰國時期，秦與三晉兵器銘文多出於契刻，字體草率。郭沫若云：

> 今傳秦代度量衡上和若干兵器上的刻文，和泰山刻石等比較起來是草率急就的，無疑是草篆，大約也就是秦代的隸書吧。〔註4〕

裘錫圭則逕謂：

> 隸書是在戰國時代秦國文字的簡率寫法的基礎上形成的。〔註5〕

秦戈刻銘中，確有形近隸書者，如十三年相邦義戈（〈考釋〉195）「義」字所從羊旁作「羊」，三年上郡守戈（〈考釋〉202）「漆」字所從水旁作「三」，廿二年臨汾守曋戈（〈考釋〉208）「汾」字所從水旁亦作「三」，四年相邦呂不韋戈（〈考釋〉203）「讋」字所從言旁作「言」，皆與小篆有別，而近於隸書。然謂隸書源自秦銘則有可商，蓋六國文字亦有草率近隸者，如魏國之廿九年高都令陳愈戈（〈考釋〉190），都字作「𨛜」即是。書寫趨簡，乃人性之常，未必秦人始作草率體。秦隸得以風行，當有其歷史背景，殆戰國時已多近隸之草篆，秦人只略事董理而已。

兵器銘文之價值，固如上文所言，惟歷來乏人問津，迄今研究專書尙付闕如單篇論文方面，除考古發掘報告及對個別器之討論外，僅得如下六篇：

（1）李學勤：〈戰國時代的秦國銅器〉，《文物參考資料》1957 年第 8 期。

（2）郝本性：〈新鄭『鄭韓故城』發現一批戰國銅兵器〉，《文物》1972

〔註 3〕唐蘭：《中國文字學》，頁 152。

〔註 4〕郭沫若：〈古代文字之辨證的發展〉，《考古》1966 年第 3 期，頁 11。

〔註 5〕裘錫圭：〈從馬王堆一號漢墓「遣冊」談關於古隸的一些問題〉，《考古》1974 年第 1 期，頁 347。

年第 10 期。

（3）黃盛璋：〈新鄭出土戰國兵器中的一些問題〉，《考古》1973 年第 6 期。

（4）黃盛璋：〈試論三晉兵器的國別和年代及其相關問題〉，《考古學報》1974 年第 1 期（以下簡稱〈三晉兵器〉）。

（5）李學勤、鄭紹宗：〈論河北近年出土的戰國有銘青銅器〉，《古文字研究》第十輯。

（6）黃盛璋：〈戰國「冶」字結構類型與分國研究〉，《古文字學論集初編》。

上列六文，各有貢獻。李文（1）考定十二件秦戈之年代，謂秦戈銘末多附記置用處之地名，復謂秦銘「師」字昭王以前作「帀」，戰國末期始作「師」。惟李氏以「四年邘令戈」亦爲秦器，似未允當，此戈筆者據字體、辭例考爲韓器，詳〈考釋篇〉例 176。郝文（2）本爲考古發掘簡報，惟其釋文及各器年代判定，頗得學者信從。黃文（3）分辨金文「軍」、「庫」二字，並謂戰國之「庫」兼有鑄造、儲藏之責，復由官制肯定郝文（2）對新鄭兵器鑄造年代之推論。惟黃氏疑「敓」本非「造」字，則疑之過當，詳研究篇第四章「釋造」。黃文（4）之貢獻，在重建古代兵器鑄造制度，此事關係上古社會史研究至鉅，居功厥偉，據其結論以推，若干國別不詳器，今亦可由其銘文所示之鑄造制度，斷定爲三晉器。李文（5）於若干個別器之考釋頗有心得。黃文（6）歸納「冶」字之結構特徵及其分國規律，而兵器銘文易於確認異體字之特性，自是乃見發揮，開關戰國文字比較研究之新途徑，本論文研究篇第四章「春秋戰國文字異形舉例」，實蒙黃氏此文之啓迪。

李學勤、黃盛璋、郝本性諸氏於兵器銘文之研究，自有開疆闢土之功，惜乎其取材或限於一秦，或囿於三晉，其觀點咸泥於文字學，而疏於古器物學之考察，以是兩周器銘遞嬗之迹依舊不彰，諸國文字異形之事仍然未顯。筆者有鑑於斯，爰不揣譾陋，廣事蒐羅，比序以觀，希冀補苴，而有拙文之作。

研究動機陳述既畢，讀者心中或有一疑：「兩周有銘文兵器爲數頗巨，佔已著錄有銘文青銅器總數十二分之一，倘其價值果如作者所言，而學者久未措意，任其荒蕪，是何道理？」分析此一異常現象，原因有二：其一，科學考古傳入中國以前，士大夫受傳統儒家禮樂觀念束縛，但知鐘鼎彝器爲傳國重器，予以

府庫深藏，至夫兵器則目之爲凶器，未加寶愛。顧此失彼，古兵器因而毀棄失傳者，不知凡幾，斯乃舊著錄兵器數比例偏低之故。其二，中國科學考古發達以後，兵器漸蒙考古學家青睞，比照禮樂器之處理方式，一一摹圖照相，出土挖掘經過亦予詳細紀錄，其史料價值始日漸呈顯，惟因其銘文辭例殊少變化，內容單調，猶未爲學者廣泛注意。

戰國時期法家思想盛行，「物勒工名，以考其誠」蔚成風氣。兵器用於實戰，製造精良與否，攸關持用者性命，甚或影響國家安危，故其監造考核制度最爲嚴密，督造者與製造者之職級姓名，以及鑄造之時地，勒記詳備，銘文亦因之形成固定辭例。兵器銘文辭例單調，固不待費辭辯駁，惟自比較分析之觀點而言，則可謂其辭例富於規律性。規律性之辭例，於器物時代、國別之判斷，人名、官名、地名與機關名之確定，異體字之辨認，皆能提供堅實可靠之基礎，而捕風捉影之弊，庶幾可免。材料雖同，若觀點有別，則其價值判斷與所得結論亦往往而異。

第二節　研究方法與章節架構

古文字係指書寫或刻鑄於古器物之銘文，易言之，古文字學實淵源於古器物銘學。民國初年，科學考古勃興，古文字資料蠭出，甲骨文、金文、陶文、繪書、簡書、玉石盟書、璽印文、貨幣文……等等，紛繁龐雜，古文字學於焉蔚成一獨立學科。唐蘭云：

> 古文字學可以說由古器物銘學的發展而產生的。……現在，古文字學已從古器物銘學裏分了出來，變成文字學的一部份，但牠和牠老家的關係，還是不能割絕的。我們要研究古文字，絕不能單靠幾種字彙，而不去研究古器物銘學。……自然，在研究古器物銘學的時候，仍得明瞭許多相輔的學科。每一個器物的時代、地域、名稱、用途、形制、質料、圖案、書法等，對於研究銘文時都有關係。〔註6〕

本研究之基本取向，即以整合古器物學、古器物銘學與古文字學爲職志。

兵器銘文研究，前賢用力不深，龐大之資料猶零散各處，未經全面董理，是以擇取適當之器目底本，實爲本研究當務之急。國內迄今所見集大成之金文

〔註6〕唐蘭：《古文字學導論》，下編，頁8-9。

著錄書有二，一是《商周金文集成》，一是《金文總集》，二書悉據孫稚雛所編《金文著錄簡目》增補而成，內容大同小異，惟以前者所取器目略多，乃取以爲本論文之器目底本。底本既定，次乃博採眾說，列爲長編，用備研究之資。研究方法則以歸納法爲主，由已知推求未知，先據眞僞、時代、國別明確之器，歸納其器銘特徵，而後以所得結論爲推斷他器之憑藉。

研究古器物銘學之先，於器名與辨僞二事當有所講求。李濟〈如何研究中國青銅器〉一文嘗云：

> 很多器物上並無銘文，更無自己的名稱，北宋的考古家根據經史的記錄，爲他們定出名稱。這些名稱是可以如此確實地肯定？就是，這些器物流行時代，它們是否如此稱呼？這是很多可以商榷的地方的。〔註7〕

李先生於〈中國古器物學的新基礎〉一文復云：

> 在所選的原始材料中；來歷不十分分明的，還可用，時代不十分清楚的，還可用；但是，有仿造嫌疑的，必須全部別除。〔註8〕

讀李先生文，乃知分類命名與辨僞二事，悉爲古器物銘學研究之基礎，蓋前者欲其便，而後者求其眞。研究篇第二章「器類辨識」、第三章「兵器辨僞」之作，即蘊思於斯。

春秋戰國時期，諸國文字異形，王國維謂之「簡俗譌別，至不可識」。〔註9〕唐蘭亦謂之「上不合殷周古文，下不合小篆，不能以六書求之」。〔註10〕然而，各國文字差異程度究竟如何？秦與六國文字異形程度是否有別？同一國文字是否即無異形問題？各式異體字之間有否共同特徵？異體字與通假字之間有否往來現象？書寫工具不同是否促使字體結構發生變異？形聲字與會意字變異途徑是否相同？異體字大量衍生之際，文字本身是否有若干規律予以約制？凡此問題，前賢所論猶未詳備，筆者因思略事補苴。本論文研究篇第四章「春秋戰國文

〔註 7〕 李濟：〈如何研究中國青銅器──青銅器的六個方面〉，《故宮季刊》第 1 卷第 1 期，頁 6。

〔註 8〕 李濟：〈中國古器物學的新基礎〉，《文史哲學報》1950 年第 1 期，頁 881。

〔註 9〕 王國維：《觀堂集林》，卷六，〈桐鄉徐氏印譜序〉，頁 19。

〔註10〕 唐蘭：《古文字學導論》，下編，頁 60。

字異形舉例」，即以句兵銘文習見之「造」、「冶」二字為例，分析各式異體之時
空背景與結構特徵，冀能闡明春秋戰國文字之區域特性，並為上述問題尋得部份
線索。此章可視為本論文之總結，亦是筆者後續研究工作之指標。

　　上述「緒論」、「器類辨識」、「兵器辨偽」與「春秋戰國文字異形舉例」四
章，合為「研究篇」。個別器之考釋，則彙整為「考釋篇」，凡三百二十六器。
考釋篇各器之編次，以時代、國別為條貫。各器國屬之辨認標準有三：其一，
從器銘自署之國名；其二，從考古發掘報告之認定；其三，據器銘所載之人名、
地名等線索徵考。

第三節　列國器銘特徵摘要

　　據已知推求未知，斯乃學術研究之基本原則。郭沫若嘗謂「地之比鄰者，
其文化色彩大抵相同」，斯言亦可易之為「文化色彩相近者，其地大抵比鄰」。
〔註11〕進而言之，歸納國屬明確器之器銘特徵，所得結論，當可據以推知國屬
不明器之系屬。古器物銘文之可貴，在足以徵史；倘一器之國屬、系屬可知，
則其價值必因之倍顯。

　　茲據〈考釋篇〉所錄國屬明確諸器，歸納列國器銘特徵，並摘述如後，用
備學者辨識國屬不明器之參考。

　　一、西周時期（〈考釋〉001－022、024－028）

　　（1）戈之形制皆短胡、闌側一穿或二穿，內無穿。闌側二穿者，僅「大
　　　　　保㠱戈」一見。

　　（2）鉤戟與十字戟為西周中、晚期特有形制。

　　（3）除「叔戈」銘文在胡外，餘皆在內末。

　　（4）銘文以氏族徽號為主，亦見人名、地名之例，如「成周戈」、「白矢
　　　　　戈」。

　　（5）銘在內末且為氏族徽號，乃商戈銘文特徵。西周多承商制，故戈銘
　　　　　特徵相同。

　　二、吳國（〈考釋〉029－033）

〔註11〕郭沫若：《兩周金文辭大系圖錄考釋》，頁4。

（1）銘文多位於援、胡之間。

（2）銘文或作鳥蟲書。

（3）多由吳王署名督造。

（4）表製造義皆用「乍」而不用「造」。

（5）銘文習見「元用」一詞。

三、越國（〈考釋〉034－036）

（1）辭例、字體皆與吳器相近。

四、蔡國（〈考釋〉038－047）

（1）形制皆爲闌側三穿，胡末、內末平齊，內或有一長穿、或有一長穿
　　及一圓穿。

（2）銘文皆爲偶數，雙行對稱並列，除「慶戈」銘在援、胡之間外，餘
　　皆位於戈胡，且悉自右行起讀。

（3）銘文字體瘦長，長度數倍於寬度，字之空白處或加點爲飾，垂直長
　　畫多盤曲迴繞，風格近於鳥蟲書。

（4）辭例多爲「蔡某某之用（某）（戈）」。

五、曾國（〈考釋〉048－054）

（1）「戟」字作「㦸」爲曾銘特有字體。

（2）戈或無內，學者咸謂此爲一柲多戈戟之第二、三戈。

（3）辭例或爲「曾某某之某戟」，或詳言器主之私名、國屬、官職等。

六、楚國（〈考釋〉056－060）

（1）銘文或作鳥蟲書。

七、宋國（〈考釋〉065－068）

（1）形制皆爲闌側三穿，胡末、內末平齊。

（2）銘文或作鳥蟲書。

（3）「造」字皆从貝。

八、滕國（〈考釋〉070－073）

（1）銘文皆在戈胡。

（2）多由滕侯署名督造，辭例爲「滕侯某之造（戈）」。

（3）「造」字凡三見，結體互異，或作「艁」，或作「鋯」，或作「𨫼」。

九、魯國（〈考釋〉077－080）

（1）銘文或單舉地名。

一〇、齊國（〈考釋〉081－107）

（1）銘文位於內末者，皆由內穿向後緣直書。

（2）銘文分列為兩行者，或自右行起讀，或自左行起讀。

（3）銘文或單舉地名；或於地名後加「左」、「右」字樣，作「某地右
　　（左）戈」；或於人名後逕接器類名，作「某人造戈」；或云「某
　　地某里戈」，辭例皆簡短。

（4）「散戈」一詞，僅見於齊戈銘文。

（5）習見「徒戈（戟）」一詞。

（6）「戈」字從金作「鈛」，「戟」字作「𢧵」，為齊銘特有字體。

（7）「造」字之結體複雜多變，所見有「造」、「艁」、「鋯」、「𤬛」、「𥦋」
　　等五式。

一一、燕國（〈考釋〉108－140）

（1）燕戈形制極具特色，胡部多有子刺，援部多有血槽，內末、胡末皆
　　平齊，內末下緣或有鋸角、或磨成內彎弧刃，內或有一穿、或有二
　　穿。

（2）多由燕王或燕侯署名督造。

（3）銘文多位於內末，少數在戈胡。

（4）內末銘文皆由後緣向側闌直書，且悉自左行起讀。

（5）燕王所督造而銘文位於戈胡者，「郾」字皆獨成一行，並列於「王」
　　字左側。

（6）自名其器類為「鋸」、「鍨」、「鉘」、或「鍨鉘」，而不自名曰「戈」。

（7）「乍」字作「止」形，所有筆畫皆直而不曲，且垂直相交，中直畫下
　　貫至底畫，此為燕銘特徵，惟鄰近之齊銘亦偶見之。

（8）「乍」字從心作「㤅」，為燕銘特有字體。

（9）辭例多為「郾王某乍某某（某類器）」。

（10）主造者謂之「攻君（工尹）」，實際操作製造者謂之「攻（工）。」

（11）銘首或並紀年、月，為燕銘特有辭例。

一二、三晉（〈考釋〉151－190）

（1）由造器當地之掌政者督造。

（2）鑄造兵器之處多記明為某庫。

（3）主持鑄造兵器者有「工師」、「冶尹」，實際操作製造者謂之「冶」。

（4）「工師」二字多合書。

（5）國都所造器之督造者，韓為「令」、「司寇」，趙為「相邦」、「大攻尹」，魏為「邦司寇」。

（6）「執齊」一詞，多見於趙兵銘末。

（7）趙銘或於「令」之上，加「王立事」一語。〔註12〕

（8）銘文位於內末者，皆自內穿向後緣直書。

（9）銘文多出於契刻。

（10）「命」字之異體有三，「侖」多見於韓，「徐」多見於趙，「耑」多見於魏。

（11）韓銘「造」字多作「敚」、或「皷」。

（12）趙銘「冶」字多作「𫲋」。

（13）韓銘「司寇」二字多合書。

（14）「四」字皆作積畫形之「亖」，「年」字首亖端多特長而方折作「𠦄」形，為三晉與秦相異之處。

一三、秦國（〈考釋〉191－214）

（1）以相邦或郡守督造，主辦者為「工師」、「丞」、「工上造」、「工大人」，實際作業者謂之「工」。〔註13〕

（2）主要銘文另面多附記該器置用處之地名。

（3）「工師」二字不合書。秦昭王以前「師」字皆作「帀」，戰國末期始見作「師」者。〔註14〕

（4）昭王以前銘文或位於胡，或位於內末，內末銘文自後緣向內穿直書。

〔註12〕三晉兵器特徵（1）-（2），詳黃盛璋：〈三晉兵器〉，頁41-42。

〔註13〕同註12，黃盛璋文，頁38。

〔註14〕秦戈銘文特徵（2）-（3），詳李學勤：〈戰國時代的秦國銅器〉，《文物參考資料》1957年第8期，頁40。

昭王、始皇諸器銘文皆位於內末，且行款改由內穿向後緣直書。

（5）昭王以前銘文或鑄或刻，昭王、始皇諸器銘文皆出於契刻。

（6）昭王以前督造者名後多接以「之造」一詞，昭王、始皇諸器則省作「造」。

（7）戰國時期秦銘「四」字皆作「⑪」，與三晉器銘作「三」有別。

一四、巴蜀（〈考釋〉215－216）

（1）巴蜀兵器銘文，結體與兩周金文迥別，無一字可識，學者特名之「巴蜀文字」。

綜上所述，戈制演變有兩大特徵：一為內末磨刃，一為戈胡加長。商戈無胡，西周短胡一穿或二穿，春秋戰國多為三穿，至戰國晚期已有長胡四穿戈出現，如四年相邦呂不韋戈（〈考釋〉203）即是。戈銘辭例則愈變愈繁，殷商為氏族徽號，周初猶存此習，然已見記鑄地或器主名之例，春秋時期以記器主名者為多，至戰國中、晚期，三晉與秦已見詳載鑄造制度之辭例。

〈考釋篇〉例 217－231 為楚系句兵，例 232－254 為齊系句兵，例 255－271 為三晉系句兵，筆者所據以推知各器之系屬者，一為該器之出土地，另一即為上述歸納國屬明確器所得之結論。

各國兵器銘文辭例類多固定，頗利於異體字之確認，筆者因取戈銘最習見之「造」、「冶」二字為例，闡明春秋戰國文字異形現象，以為本文之結論。

第二章　器類辨識－兼釋「戈」、「戟」

　　辨識器類一事，屬古器物學研究範疇，文字學論文固無須費神於斯，今不憚煩專立一章詳論之，原因有四：本論文以兵器爲研究範圍，是項材料，就青銅器之分類言，即爲一完整大類，此其一也。今人治學講求效率，簡目、著錄表等工具書時見出版，各家復多按器類分卷，設若類別區劃不明，則檢索爲苦。茲舉一例以見梗概，如「☒戈」（《邱集》8048、《嚴集》7231）各家之分類命名，試臚列如次：

　　　　《攗古》一之三，37「庚瞿」；
　　　　《奇觚》10.32「大矛」；
　　　　《綴遺》29.10「商劉」；
　　　　《周金》6.70.2「☒收句兵」；
　　　　《續殷》下82.4「☒句兵」；
　　　　《小校》10.84.2「商刀」；
　　　　《三代》19.3.1-2「☒戈」，《孫目》6586，《邱集》、《嚴集》因之。

斯例所見，幾至家各一名，矛、刀與戈儼若同類之器，是以研究之先，不可不辨識器類，此其二也。兵器形制與彝器迥殊，各類兵器之部位名稱，或沿古籍之舊，或學者另賦予約定俗成之代稱，論者宜從之，是以筆者擇取諸家所繪各類兵器部位說明簡圖，於本節隨文附示，諒必有助往後行文之精簡，此其三也。

各類兵器屢於銘文中自言其類別，先彙釋於斯，既便省覽，復便於器、文互證，此其四也。至於本章討論之範圍，則限於已著錄之有銘文兵器，餘從略。

第一節　戈

戈乃殷周時期最常見兵器，其各部位名稱，詳李濟〈豫北出土青銅句兵分類圖解〉文中之附圖（圖2.1.1），茲不贅述。〔註1〕

戈之形制，《周禮·考工記》云：

> 戈廣二寸，內倍之，胡三之，援四之。已倨則不入，已句則不決；
> 長內則折前，短內則不疾。是故倨句外博，重三鋝。

聞人軍考證《考工記》著成之年代，謂乃戰國初期作品。〔註2〕驗諸出土兵器，說蓋可從，是為今存記載戈制最早之文獻。然《考工記》所謂之內、胡、援，漢儒已莫詳其制，如鄭玄《注》云：

> 戈，今句孑戟也，或謂之雞鳴，或謂之擁頸。內謂胡以內接柲者也，
> 長四寸，胡六寸，援八寸。鄭司農云：「援、直刃也，胡、其子。」

鄭眾、鄭玄之說，俱誤以漢制釋古制。〔註3〕至宋人黃伯思，始悟援實為橫刃。〔註4〕

戈制及其安柲之法，乃古器物學家極饒興味之事，彼等立論，一則植基於考古發掘所得實物，另則乞靈於古文字。今考古發掘所見，除戈頭外，猶有柲冒（或稱籥）與鐏（圖2.1.2-3），及疑似柲首配飾之角狀器（圖2.1.4）。

〔註1〕李濟：〈豫北出土青銅句兵分類圖解〉，《中央研究院歷史語言研究所集刊》第22本，頁2-7，插圖一。

〔註2〕《考工記》成書年代迄無定論，鄭玄漫言「前世」，孔穎達謂乃西漢人作，賈公彥、王應麟以其為先秦之書，梁啟超、史景成主戰國晚期成書說，郭沫若主春秋末年成書說，夏緯英謂乃戰國時期陰陽家之書，楊寬、王燮山則主戰國早期成書說。聞人軍：〈考工記成書年代新考〉《文史》第23輯，一文最晚出，以考古出土資料為主，自度量衡制、歷史地理稱謂、金石樂器形制、青銅兵器形制、車制、陰陽五行思想等六端檢討舊說，其結論以為《考工記》成書於戰國初期，上列諸家之說皆參見此文。

〔註3〕蔣大沂：〈漢代戈戟考〉，《中國文化研究所集刊》第3卷第1-4號合刊，頁31-66。

〔註4〕黃伯思：《東觀餘論》，卷上，〈銅戈辨〉。

若夫戈柲則以竹木之質易朽，〔註5〕迄未得見完整實物。〔註6〕考古發掘雖偶見殘朽柲痕，然其安柲之法終莫由確知。考古既有所闕，諸家乃據甲、金文字形擬繪戈柲形制，其中以馬衡、郭寶鈞較富創見。今所見甲、金文「戈」字，俱象戈頭著柲形，金文圖畫文字作 🏹（《三代》6.2），尤維妙維肖。馬衡謂戈柲之形制，曲首、末有垂巾（圖2.1.5），實據甲、金文字形立言。〔註7〕郭寶鈞謂甲、金文「戈」字，柲首側之斜畫乃角狀器象形，柲末斜劃爲木鍵象形，斯鍵用以增強挽力，防止脫手（圖2.1.6）。〔註8〕茲以事關「戈」字構形解析，故不惜多費筆墨，論述於下。

馬衡所擬之曲首柲，固乏實證，於理卻非全無可能，蓋此制可防戈頭自柲端脫出，石璋如所擬戈柲假想圖亦如是作。〔註9〕郭文謂馬說「得一部之眞實」，復以濬縣辛村所出骨質角狀器，即戈字柲端歧首所取象，斯言似確證鑿鑿，然筆者於此暫採保留態度，理由有二：汲縣山彪鎮所出之戰紋鑑（圖2.1.7），其上所繪戈、戟三十餘見，而無一作歧首形如郭文所擬者，此其一也。戈戟爲周秦主力兵器，各地考古發掘甚夥，若骨質角狀器確屬戈柲配件，何以迄今唯見於濬縣辛村衛國墓地？此其二也。

「戈」字柲末屢見作三岐形者，馬衡云：「戈字之下作 𠆢 如巾字者，謂以革或繩縛鐏鐓於柲末，而以其餘系垂之於左右也。」〔註10〕郭寶鈞評之云：「然契文戈下，皆著一橫，並不爲巾，是此說亦未可盡信。余頗疑柲下之橫，當爲木製之鍵，用以增加挽力者，……而柲永無脫手之慮矣。」〔註11〕茲以考古迄今

〔註5〕 戈柲之質，舊說不一，鄭玄、許愼以爲竹製，程瑤田以爲木製，郭沫若以爲二者皆可，徐鍇謂乃合竹、木而成。上列四說，詳蔣大沂：〈論戈柲之形式〉，《中國文化研究彙刊》第3卷，頁1111-1112。1978年湖北隨縣曾侯乙墓出土戈柲，其制係以木桿爲柲心，包以竹條，其外復以絲繩纏縛，而後髹漆，合竹、木、絲、漆特長於一體，以達剛柔相濟、平滑堅韌之效果，與徐鍇之說適相契合，見《隨縣曾侯乙墓》，頁7。

〔註6〕 據友人告知，民國76年2月報載楚墓已有完整戈柲出土。

〔註7〕 馬衡：《凡將齋金石叢稿》，〈戈戟之研究〉，頁121-126。

〔註8〕 郭寶鈞：〈戈戟餘論〉，《中央研究院歷史語言研究所集刊》第5本第3分，頁316。

〔註9〕 石璋如：〈小屯殷代的成套兵器〉，《中央研究院歷史語言研究所集刊》第22本第1分，頁59-65。

〔註10〕 同註7，馬衡文。

〔註11〕 同註8，郭寶鈞文。

未見垂巾或木鍵，二氏之說難以徵驗，然布帛、竹木之質本易腐而難存，亦不宜因未見實物，遂遽斷其非。惟郭氏謂契文「戈」字下，皆著一橫，並不爲「巾」，說非，契文自有作「」（《珠》458）形者。郭說本乏憑證，茲檢得林巳奈夫《中國殷周時代の武器》所附前述戰紋鑑摹圖（圖 2.1.8），其中二人所持戈之柲末正有一短橫畫，似與郭說相應，惟另本無之，未審孰得其實。〔註 12〕林義光謂象今之旗座形，〔註 13〕然金文圖畫文字有作「」（且己觚）形者，戈懸空，旗座不當與之並起，故知此說不能成立。

綜上所論，以驗甲、金文「戈」字，或有益於字形解說。茲擇錄數體如次：

（1）　（罷戈盤）　　　　（2）　（𠙹戈盤）

（3）　（戈父丁簋）　　　（4）　（《存》下 47）

（5）　（《後》2.8.10）　　（6）　（《甲》622）

（7）　（《乙》6690）　　　（8）　（《珠》458）

（9）　（《後》1.10.11）　　（10）　（㝬簋）

（11）　（虢太子元徒戈）　（12）　（無重鼎）

（13）　（陳肪戈）

其中，第（1）至（3）式爲金文圖畫文字，第（4）至（10）式甲骨文，第（10）至（13）兩周金文。所列金文圖畫文字之時代，未必早於甲骨文，然以其兼具圖畫性質，視諸甲骨文當更能反映器物實貌，由第（1）式以觀，柲首橫畫乃柲冒象形，柲末粗圓體乃戈鐏象形。第（2）式，柲末作倒三角形，尤肖戈鐏形；而柲端作曲首形，如上所述，可容二解：一曰、象曲首柲之形，如馬衡、石璋如所擬者；二曰、象柲冒形，如商承祚云：「金文戈字或作，柲首曲即籥形（源案：籥即柲冒）。」〔註 14〕柲冒與柲本當書成兩筆，嗣因書寫趨簡，遂屢見連成一筆者。筆者採後說，係因柲冒有實物可證，且與金文圖畫文字相合；而曲首柲云云，則純屬假說。第（3）、（8）兩式，柲末三歧，馬衡謂象垂巾形，郭寶鈞謂象阻手木鍵形，二說於實物猶未克徵驗。筆者以爲此乃單純之文字演

〔註 12〕林巳奈夫：《中國殷周時代の武器》，頁 80，圖一〇四。萬家保：〈戰紋鑑和它的鑲嵌及鑄造技術〉，《考古人類學刊》第 41 期，頁 16，插圖二。

〔註 13〕林義光：《文源》，「戈」字條。

〔註 14〕商承祚：《長沙古物聞見記》，頁 96。

變現象，由象戈鐏之圓球形或倒三角形，變點爲橫，復屈曲橫畫，遂若三歧形。甲骨文所見以第（4）、（5）兩式居多，是猶足見柲冒、戈鐏之形。至第（9）式，書者已不曉柲端、柲末二橫筆之初意，上橫下移，下橫上走，乃漸生柲之上端兩歧、下端三歧之形，爲兩周金文及小篆所祖述，下逮隸書，上橫復下移至戈內，下橫上走至全柲正中處，而作「**戈**」形，再衍至楷書，上橫竟與戈體分離，訛成點狀，苟無甲、金文參照，孰能斷言其乃戈之象形？至夫《說文》謂戈字「从弋，一橫之，象形」，其誤固不待辯矣。

第二節　戟

戈、戟之辨，戰國時人所著《考工記》書中嘗言及之，《記》云：

> 戈，廣二寸，內倍之，胡三之，援四之。已倨則不入，已句則不決。
> 長內則折前，短內則不疾，是故倨句外博，重三鋝。戟，廣寸有半
> 寸，內三之，胡四之，援五之。倨句中矩，與刺重三鋝。

據此，戈、戟之分野，端在刺之有無。斯乃時人言時物，理當可信。然而，後世學者依舊意見分歧，揆其原因，概有四端：漢制異於周秦古制，漢儒如鄭眾、鄭玄即以漢制說周秦時物，〔註15〕名同實異，遂致糾纏，此其一也。戟爲新制，戈爲戟之前身，古籍習以此二名互訓，如王逸《楚辭注》及趙岐《孟子注》均謂「戈，戟也」、「戟，戈也」，端緒益棼，此其二也。《考工記》文辭過簡，同一「刺」字，讀者各有體會，如鄭眾謂「援也」，鄭玄謂「著柲直前如鐏者也」，清儒程瑤田初從鄭玄之說，後改謂內末之刃爲刺。程氏者，有清一代古器物學之大師，影響至鉅，此其三也。科學考古晚興，昔賢未睹實物，難免臆測，此其四也。

縱觀清儒以降，言戟制者，不外如下三類：

（一）以內末有刃之戈為戟

清儒程瑤田治學謹嚴，其言古器名物，專就存世古物溯考前制，頗多心得，堪稱中國近世考古器物學先驅。程瑤田於〈冶氏爲戈戟考〉文中，自言初從鄭玄說，以柲端之矛爲戟之刺，而刺之有無即戈戟分野所在，並擬繪戟制圖一幀

〔註15〕同註3，蔣大沂文。

（圖 2.2.1），以戈頭橫置，柲端著刺，作十字狀。嗣因十餘年間無緣親睹實物，心有未安，終自易其說，改謂戈之內末有刃者爲戟，而內末之刃即《考工記》所謂戟刺（圖 2.2.2）。〔註16〕程氏後說一出，學者翕然從之，如王國維《國朝金文著錄表》、羅振玉《三代吉金文存》、于省吾《商周金文錄遺》皆用之不疑。然驗諸今考古所得，竟以前說爲是，後說轉非，說詳下文。

（二）以一柲多戈者為戟

郭德維〈戈戟之再辨〉一文，以一柲而縛置多個戈頭者，爲戟之主要特徵。此說最晚出，迄無用之者。茲以敘述之便，先評述於此。1978 年湖北隨縣擂鼓墩戰國墓，出土數件一柲多戈頭之長兵器，其形制有三類，即雙戈式、三戈式及三戈一矛式（圖 2.2.3-4），墓棺兩側彩繪之神怪亦操此類兵器（圖 2.2.5）。此類兵器多自名爲「𢧐」，裘錫圭釋爲「戟」字（詳後），容庚於新四版《金文編》亦增收此體三文。此乃郭文立說之基，其推論似未允當，解析字形亦有待商榷，其云：

> 依我想，「𢧐」與其說是形聲字，不如說是象形字，和矛字寫成「𥎊」一樣，「丰」也正是象徵一根柲上裝上三個戈頭。因此，戟的本義，就應是多戈，有沒有刺，不是戟的最主要特徵，最主要的特徵，是枝兵。〔註17〕

郭說可議之處有四：近世考古發掘勃興，戈、戟出土極夥，而一柲多戈之制，迄今僅曾、楚二國數見。〔註18〕設使戟制果如其言，則迄今所見之戟僅數器而已，是與先秦古籍屢載用戟諸事相悖，此可議者一也。古青銅句兵常自名爲「戟」，其字初不限於曾國（詳下文「戟」字演變表），然他處所見之制，皆非一柲多戈，豈可遽以罕見者否定常見者，此可議者二也。一柲多戈之制，與《考工記》所述懸遠，此可議者三也。就六書觀點言，「戈」旁已爲象形，若復以「丰」旁亦爲象形，則從戈、從丰之字當謂之會意字，象形字未見是例，此可議者四也。故以一柲多戈者爲戟之說，未足取也。

〔註16〕程瑤田：《通藝錄》，〈冶氏爲戈戟考〉，頁 1。

〔註17〕郭德維：〈戈戟之再辨〉，《考古》1984 年第 12 期，頁 1108-1113。

〔註18〕一柲多戈之制，曾侯乙墓之外，楚墓亦曾出土數件類似之例，詳郭德維：〈戈戟之再辨〉，《考古》1984 年第 12 期，頁 1109。

（三）以柲端有直刺者為戟

以柲端有直刺者爲戟，清儒程瑤田、阮元、陳澧皆持此見。嗣因程氏改易其說，謂戈之內末有刃者爲戟，後此之學者率宗其後說，百餘年間無異辭。至郭沫若〈說戟〉一文，棄程瑤田後說，改舉其前說，並繪製雄戟擬想圖一幀（圖2.2.6），學者乃相繼改從焉。

郭文翻案之舉，其初非有新出實物佐證，端賴其獨識《考工記》之精意而已。《記》文謂戟「與刺重三鋝」，程瑤田後說誤解其意，云：

> 「與刺重三鋝」者是刺雖連內，而實長出於內之外。〔註19〕

郭文則解云：

> 細讀《冶氏》之文，分明言「與刺重三鋝」，則於胡、援、內之戈體以外，尚有不屬於戈體之「刺」，「與」之合計始「重三鋝」也。……「刺」與戟體本分離，柲腐則判爲二器，故存世者僅見有戈形而無戟形也。〔註20〕

其後考古所見，悉與郭說合，如郭寶鈞《山彪鎮與琉璃閣》嘗云：

> （戟類）矛爲刺兵，戈爲勾兵，各具一用；將戈矛合裝一柄，可勾可刺，一器而兼二兵之用，威力增大了一倍，是一種新式的兵器。這種兵器在西周末年已有。那時是將矛戈合鑄爲一物，狀如十字，辛村衛侯墓中曾出十餘柄，已見著錄。到戰國時，鑄業傾向於分鑄術，戟的刺（即矛）、援（即戈）兩部，仍回到戈矛分鑄的方法，而以木柄裝接之，功用與十字形戟全同，而工、料、手續省去了一部，是更進一步的作法，此種分鑄合裝之戟，這裏出了四組。〔註21〕

又前述戰紋鑑之紋飾圖像中，亦有著刺之戟十餘件。時至今日，以柲端有刺者爲戟之說，幾成定論矣。然其中猶有一問題，援、刺分鑄之戟，既合裝於一柲，而柲歷久腐朽，則復離爲二物，援部即戈，刺部即矛，勢將溰然莫可究詰。著錄所見戈、矛甚夥，而戟獨寥寥，其因正在於斯。然舊日著錄諸器，既乏出土

〔註19〕同註16，程瑤田文。

〔註20〕郭沫若：《殷周青銅器銘文研究》，〈說戟〉，頁175-176。

〔註21〕郭寶鈞：《山彪鎮與琉璃閣》，頁27。

記錄，吾輩固不可強鹿爲馬，故本文之態度，除考古發掘確定爲戟、與器物自名爲戟者外，其餘句兵率名之曰「戈」。由是復思程氏後說，其謂內末有刃之戈爲戟，不爲無因，蓋春秋戰國戈、戟之內末以有刃者爲常制，而其時戟制乃援、刺分鑄，是以戟之援部，固易與內末有刃之戈淆亂。由是以觀，程瑤田前後二說，但一念之轉耳。

次論「戟」字字形。戟源自戈，殷商猶無此制，是以甲骨文自無戟字。金文中可確定爲「戟」字者，有如下四式：

（1）（大良造鞅戟；《邱集》8485、〈考釋〉192）

（2）（宜□戟；《邱集》8482、〈考釋〉153）

（3）（㝨坣庫矛；《邱集》8582）

（4）（滕侯昃戟；《邱集》8334、〈考釋〉072）

上列四式俱見於兵器銘文，爲該器之自名。其中，第（1）式與小篆結體全同，此係因大良造鞅戟本屬秦器，其銘自與秦篆無異。第（2）、（3）兩式，則爲第（1）式之簡省。第四式从戈、各聲，「各」與「戟」古同音，皆屬見母鐸部字，楊樹達釋爲「戟」字，誠屬諦論。〔註 22〕

此外，猶有下列五式，疑亦爲「戟」字：

（5）（曾侯乙戈；《邱集》8328、〈考釋〉048）

（6）（元阿左戈；《邱集》8484、〈考釋〉085）

（7）（君子友戈；《邱集》8337、〈考釋〉253）

（8）（陳右戈；《邱集》8260、〈考釋〉093）

（9）（新弨戈；《邱集》8325、〈考釋〉228）

其中，第（5）式見於曾侯乙墓所出之兵器銘文上，同出此體銘文尚有多見。裘錫圭根據墓中出土情況以及戈頭有內、無內之別，斷定該墓所出竹簡與戈銘中之「⿰戈丰」、「⿺辶⿰戈丰」、「⿰金丰」等當釋爲「戟」。裘文云：

> 墓中出了三戈一矛同柲的戟，在曾侯內棺的彩繪裏也有這種多戈戟的圖像。這是前所未有的發現。簡文所記的戟幾乎都加上「二果」或「三果」的說明語。很多同志認爲二果就是有兩個戈頭，

〔註 22〕楊樹達：《積微居金文說》，頁 112。

三果就是三個戈頭。這應該是正確的。「戈」、「果」古音極近。大概當時人為了與一般的戈相區別，有意稍微改變一下「戈」字的音，用來稱呼戟的戈頭。一般的戈是有內的，多戈戟的第二、第三個戈頭通常卻沒有內。這一點在墓中所出的戈頭的銘文裏也反映得很清楚。有內戈有在銘文中自稱為戈的，也有自稱為戟的，無內戈則只稱戟而不稱戈。〔註23〕

裘文復云：

「𢧢」字當从「丰」聲。《說文》有「挌」字，疑與「饲」、「蝦」等兩半皆聲之字同例，似「丰」聲在古代有與「各」相近的一種讀法，故「戟」字可从「丰」聲。又戟在古代亦名「孑」(《左傳》莊公四年)，「孑」、「丰」(古拜切)古音同聲同部，也可能「𢧢」本讀「孑」(「戟」字似本從「軏」聲，「孑」、「軏」陰陽對轉，音亦相近)。〔註24〕

裘文既出，高明《古文字類編》、容庚新四版《金文編》「戟」字條下，均從之收錄此體，上文所述郭德維更據之以創戟制新解，足見其說頗具說服力。

　　然筆者於裘說則疑信參半，所信者「𢧢」確不當釋為「戈」字，此因同墓所出簡文，恒於其前冠以「二戈」、「三戈」之說明語，若釋「𢧢」為「戈」字，則簡文「二戈戈」、「三戈戈」頗覺不辭，況「戈」字从「丰」，其初義亦難索解。筆者所疑者，則在於「𢧢」釋為「戟」，似尚乏確切不移之證。茲試陳筆者之疑慮如下：其一、曾侯乙墓所出句兵凡九十六件，〔註25〕然可確定為戈、矛同柲之戟者，似僅有一件三戈一矛式之戟，〔註26〕而其上復無銘文；易言之，就該墓已發表之發掘資料言，未見有自名為「𢧢」而其形制確為戈、矛同柲之戟者。

〔註23〕裘錫圭：〈談談隨縣曾侯乙墓的文字資料〉，《文物》1979年第7期，頁28。

〔註24〕同上註，頁33，註20。

〔註25〕郭德維：〈戈戟之再辨〉，《考古》1984年第12期，頁1109。

〔註26〕此係就筆者所見下列論及曾侯乙墓兵器之資料而言：

　　（1）隨縣擂鼓墩一號墓考古發掘隊：〈湖北隨縣曾侯乙墓發掘簡報〉，《文物》1979年第7期，頁1-14。

　　（2）裘錫圭：〈談談曾侯乙墓的文字資料〉，《文物》1979年第7期，頁25-33。

　　（3）湖北省博物館：《隨縣曾侯乙墓》。

　　（4）郭德維：〈戈戟之再辨〉，《考古》1984年第12期，頁1108-1113。

其二、已見於著錄而自名爲「𢧐」之句兵，曾國以外尚有十餘見，如上文所列第（6）-（9）式即是，而其中亦無一可證實其柲端有矛狀之直刺。其三、裘文謂「𢧐」從「丰」得聲，然「丰」古音屬祭部，「戟」屬鐸部，韻母猶有分別。筆者雖有上述三點疑慮，然非謂「𢧐」斷無釋爲「戟」之可能，此因曾侯乙墓所出文物極爲豐饒，計達七千餘件，而已刊布者僅百餘件，〔註27〕其中是否確無自名爲「𢧐」而其形制爲戈、矛同柲之戟者，猶待全部資料刊布始可論定。至於已見於著錄自名爲「𢧐」之句兵，固無可確證其柲端有矛狀之直刺，然亦無由證實其必無矛狀直刺，因戈、矛分鑄之戟，每以柲腐而被誤識爲不相干之二物。筆者正、反兩面之疑慮陳述既畢，而曾侯乙墓全部資料之刊布，似非計日可待，值此之際，吾人唯可存疑，遽加案斷，非所宜也。

〔補記〕

本文付梓前數日，於中研院史語所傅斯年圖書館得閱新到期刊一批，其中有黨士學〈戈戟小議〉（《文博》，秦俑研究專號第1期）一文，此文係針對郭德維〈戈戟之再辨〉一文而作。郭德維謂戈爲句兵、戟爲枝兵（詳前文），黨士學駁云：

> 郭德維在這裏搞錯了一個邏輯上的問題，把作用同形制混爲一談了。「戟是枝兵」是從形制方面說的，而「戈是句兵」則是從作用方面說的。如果從作用方面講，戟亦有「句兵」的成分。（頁68-69）

黨氏此言，可謂一針見血。

第三節　戣、瞿、鏺、鋸、鈲、鏺鈲

戈以胡之有無，可分爲二類，殷商所見率無胡部，胡制殆自西周始，斯乃古器物學者之定論。〔註28〕有胡戈之辨識與命名，幸有《考工記》爲據，諸家著錄頗爲一致。至若無胡戈之辨識與命名，則因典籍不足徵，遂致誤謬叢生，如《鄴中片羽》稱之爲「古兵」，《周金文存》則名之曰「句兵」，然此二名屬泛

〔註27〕湖北省博物館：《隨縣曾侯乙墓》，前言、目錄。

〔註28〕參郭寶鈞：〈戈戟餘論〉，《中央研究院歷史語言研究所集刊》第5本第3分，頁318-320。周緯：《中國兵器史稿》，頁77-82。林巳奈夫：《中國殷周時代の武器》，第一章。

稱性質，與戈、戟、刀、劍之分類，層次有別，實不宜並列。又如《小校》於銎內式無胡戈，亦名之曰「句兵」，而次於戈、戟之後；於直內式、曲內式無胡戈，則誤與「刀」類混，而次之於矛後、劍前。再如《奇觚》亦誤識之爲「矛」。實則「戈」與「刀」、「矛」之界限甚明，戈援上、下兩側皆有刃，而刀則僅一側有刃；戈有內或銎以納柲，而矛則以骹納柲，是三者之分劃固極明確，惟以無胡戈貌似刀、矛，昔賢遂失察而誤混。

次論無胡戈之類名，舊日著錄多以「戣」、「瞿」二名名之，然此舉實多可議之處：此二名初載於《尙書・顧命》，〈顧命〉記述成王將崩命羣臣立康王之事，其時代不得早於周初，今考古所見周初句兵多有胡部，設令〈顧命〉所記「戣」、「瞿」二名，係指句兵而言，則其爲有胡句兵之可能性，視無胡句兵爲大，而舊日著錄竟以之爲無胡戈之專名，此其可議者一也。〈顧命〉此句，《僞傳》云：「戣、瞿皆戟屬」，《孔疏》引鄭玄云：「戣、瞿，蓋今三鋒矛」，漢儒所云雖未必得其實情，然猶足見漢代未嘗以「戣」、「瞿」名無胡戈，此其可議者二也。〈顧命〉文中「戣」、「瞿」二名對言，二名有何異同，已無由究詰，如程瑤田云：「有內者疑瞿，爲銎者豈卽戣與？」〔註29〕梁上椿《巖窟吉金圖錄》從之，〔註30〕而《兩罍軒彝器圖釋》、《金石索》、《夢坡室獲古叢編》諸書之命名，則適與之反，此其可議者三也。見於著錄而昔賢謂其自名爲「戣」、「瞿」者，有如下三器：《兩罍》8.5.「取戣」（圖 2.3.1）、《夢坡》兵器 9「冀鑄戣」（圖 2.3.2）、《金石索》2.3「單癸瞿」（圖 2.3.3）。前二器姑不論其眞僞如何，其銘實無一字可隸定爲「戣」者；後一器之援部，狀若矢鏃之葉部，戈、戟未見此制，因可斷言其僞，故「戣」、「瞿」二名於實物亦無足徵，此其可議者四也。戣、瞿二名，於文獻、實物俱乏確證，是以羅振玉《三代吉金文存》、于省吾《商周金文錄遺》、孫稚雛《金文著錄簡目》諸書，皆避而不用。本文則從《孫目》之例，凡無胡戈率名之曰「戈」，不復別立名目，如是，一則可免上述異說之糾纏，再則可明戈制之沿革，當係較合理之措置。

燕國兵器之器類命名，獨成一系，極具特色。以句兵之屬爲例，或曰鋸，

〔註29〕程瑤田：《通藝錄》，〈句兵襍錄〉。

〔註30〕《巖窟》「大于瞿」條。

或曰鋸，或曰鈲，或曰鋸鈲，俱不見於他國。鋸與鋸之異同，李學勤云：「胡有刺的戈稱鋸（戣），無刺的稱鋸。」〔註31〕揆之實情，二者胡部皆有子刺，嗣後李學勤已自訂其說。〔註32〕若就已著錄諸器以觀，鋸之子刺似略多於鋸，惟已見著錄之器數嫌少，尚難論定。〔註33〕鋸、鋸、鈲、鋸鈲四類形制之差異，固未十分瞭然，而胡有子刺則為其共同特徵。燕國句兵之形制，視他國所造戈、戟，固具特色，然就基本構造而論，實大同而小異，故《周金》、《小校》、《三代》諸書於燕國句兵之命名，或曰「戈」、或曰「戟」，而不從器物之自名；今考古工作者亦多從此簡約之分類原則。鋸、鋸、鈲、鋸鈲等類，係戈、戟等大類下細分之小類，二者層次有別，不宜並列。故以戈或戟為上述燕國句兵之命名，頗足取式，理當從之。

上述燕國句兵，考古工作者多名之曰「戈」。所以不名之曰「戟」者，係因戰國戟制多為援部、刺部分鑄，一旦柲有毀失，則援部似戈、刺部若矛。然筆者頗疑「鋸」、「鋸」二名，與《尚書・顧命》所載之「戣」、「瞿」有其淵源關係，皆當隸之於戟屬。蓋就古音言，「戣」與「鋸」通，固毋庸置疑；「瞿」、「鋸」同屬見母魚部，而「戟」之古音見母鐸部，此三字亦得相通，此其一。孔穎達《尚書正義》引鄭玄云：「戣、瞿，蓋今三鋒矛。」戟乃合戈、矛二器於一體，而其援、內與刺皆有鋒，合計之，適當三鋒之數。戟既為戈、矛合體之器，就句殺之用言，則可謂之戈；就刺殺之用言，當可謂之矛。故鄭玄所云「三鋒矛」，疑乃戈、矛合體之戟，此其二。《韓非子・說疑》載燕王噲時「持戟數十萬」，而今但見大量之戈、矛，未見有戟，與典籍所載相悖；若以此大量之戈、矛，初各為戟之部件，後乃離為二器，則適足與典籍所載互證，此其三。鄙說當否，猶待考古發掘之驗證。

〔註31〕 李學勤：〈戰國題銘概述（上）〉，《文物》1959年第7期，頁54。

〔註32〕 李學勤、鄭紹宗：〈論河北近年出土的戰國有銘青銅器〉，《古文字研究》第七輯，頁124。

〔註33〕 筆者自《邱集》中檢得器形完整、銘文清晰之燕國句兵數件，其中 8327、8349、8351 三器自名為「鋸」，胡部皆有一子刺；8368 器自名為「鋸」，子刺二；8367 器目名為「鋸鈲」，子刺四。

圖2.1.1 句兵各部位名稱圖解　　圖2.1.2 柲冒　西周　濬縣辛村

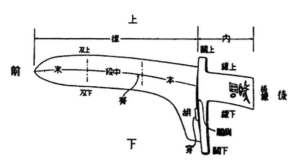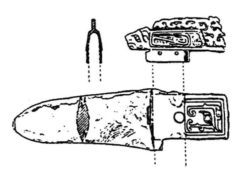

圖2.1.3 戈鐏　　圖2.1.4 辛村與戈同出土之角質鉤

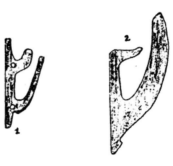

圖2.1.5 馬衡所擬戈柲圖　　圖2.1.6 郭寶鈞所擬戈柲圖

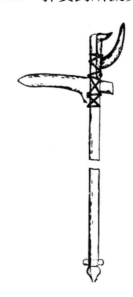

圖 2.1.7　汲縣山彪鎮一號墓戰紋鑑

圖 2.1.8　汲縣山彪鎮一號墓戰紋鑑

圖 2.2.1　程瑤田初擬戟制圖　　圖 2.2.2　程瑤田再擬戟制圖

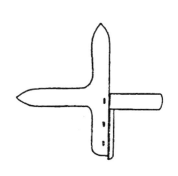　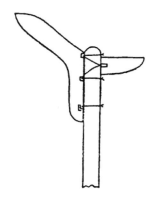

圖 2.2.3　曾侯乙墓出土之戈、戟　圖 2.2.4　曾侯乙墓出土之戈、戟

圖 2.2.5　曾侯乙墓內棺兩側之彩繪

圖 2.2.6　郭沫若所擬雄戟想像圖　　　圖 2.3.1　取戣

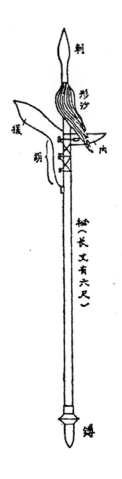

圖 2.3.2　冀鑄戣　　　　　　　圖 2.3.3　單癸瞿

第三章　兵器辨僞－以句兵爲主

　　銅器辨僞所據，不外乎器物與銘文二端，而各類銅器以用途有別，其質料成分、花紋形制、銘文辭例因之各異，尤以兵器最具特色，非一般彝器所克概括，辨僞者宜分類細究。彝器辨僞，學者用力頗深，如陳介祺、容庚、商承祚、徐中舒、羅福頤、張光裕諸氏皆有建樹。〔註1〕至於兵器辨僞一事，固有少數學者偶及若干個例，惟發凡起例之專篇論述尚付闕如，職是之故，筆者爰不揣譾陋，特立一章二節，總集諸賢辨僞成果，俾便省覽，冀爲兵器辨僞草創條例。

第一節　疑僞兵器集錄

　　本目收錄之範圍，以學者嘗確言某器或疑、或僞者爲限，其指涉含混者不錄，如《夢坡室獲古叢編》一書，容庚謂之「書中僞器過半」，然既未詳言某眞、某僞，因之不錄，非謂筆者以《夢坡》所載俱可信從。〔註2〕又如王國維嘗云：

〔註1〕陳介祺：《簠齋尺牘》。容庚：〈西清金文眞僞存佚表〉，《燕京學報》第 5 期；《商周彝器通考》，〈辨僞〉章；《殷周青銅器通論》，〈青銅器的仿造與僞造〉章。商承祚：〈古代彝器僞字研究〉，《金陵學報》3 卷 2 期。徐中舒：〈論古銅器之鑑別〉，《考古學社社刊》第 4 期。張光裕：《僞作先秦彝器銘文疏要》。羅福頤：《商周秦漢青銅器辨僞錄》。

〔註2〕語見容庚：《商周彝器通考》，頁 224。同書，頁 265 復云：「(《夢坡》) 僞器之多，至足驚人。此書之用，不在求眞，而在存僞。欲知僞器之情狀者，可于此中求之。」

「《陶齋吉金錄》中之古兵器，十僞八九。」〔註3〕羅福頤亦云：「《敬吾心室款識》和《陶齋吉金錄》中兵器銘文，皆多僞刻。」〔註4〕然既未詳述孰眞孰僞，是亦難以盡錄之矣。

本表僅屬簡目性質，所列各器不擬一一詳論，筆者所以如是安排，一以篇幅有限，二以各器疑僞之處前輩學者本多語焉不詳，表中所列各器曾著錄於《孫目》、《邱集》、《嚴集》者，於「編號」欄左上角以「*」號識別之；又各器疑僞程度不盡相同，茲以「△」表疑僞，「✓」表銘文中僅有部分爲僞，「×」表銘文全僞，「○」表辨僞者之說明猶待補充。茲以各器辨僞之先後，列表如次。

編號	著　錄　書　目	器　名	辨　僞　者	疑僞程度	說明
*1	奇觚 10.7.1	吾宜戈	方濬益	✓	〔1〕
*2	小校 10.41.1	羊子戈	大年	×	〔2〕
*3	山東齊 20.1	陳侯因斉戈	曾毅公、羅福頤	✓	〔3〕
*4	奇觚 10.29.1	羃戈	王國維	✓	〔4〕
5	攟古一之一，46	公戈	王國維、羅福頤	△	〔5〕
6	積古 8.18	乙戈	王國維、羅福頤	△	〔5〕
7	積古 8.17	□公戈	王國維、羅福頤	△	〔5〕
8	攟古一之二，42	平阿戈	王國維、羅福頤	△	〔5〕
9	攟古一之二，43	左軍戈	王國維、羅福頤	△	〔5〕
10	奇觚 10.12	皇宮戈	王國維、羅福頤	×	〔5〕
11	積古 8.17	夔戈	王國維、羅福頤、林清源	△	〔6〕
12	奇觚 10.10.2	鹽右戈	王國維、羅福頤、于省吾、姚孝遂	×	〔7〕
13	陶齋 3.43	高密戈	王國維、羅福頤	△（×）	〔8〕
14	陶齋 3.41	介丁戈	王國維、羅福頤	×	〔5〕
15	陶齋 3.42	陳侯戈	王國維、羅福頤	×	〔5〕
16	陶齋 3.43	陳余戈	王國維、羅福頤	△（○）	〔9〕
17	陶齋 5.42	遄戈	王國維、羅福頤	△	〔5〕
18	積古 2.23	差勿戈	王國維、羅福頤	×（△）	〔5〕

〔註3〕王國維：《國朝金文著錄表》，〈略例〉。

〔註4〕羅福頤：《商周秦漢青銅器辨僞錄》，頁 27-28。

19	陶齋 5.39	八差戈	王國維、羅福頤	△	〔5〕
20	積古 8.13	子永戈	王國維、羅福頤	△	〔5〕
21	攈古一之三，37	□戈	王國維、羅福頤	△	〔5〕
22	積古 8.16	從戍戈	王國維、羅福頤	×	〔5〕
23	陶齋 5.42	武子戈	王國維、羅福頤	×	〔5〕
24	筠清 5.39	高陽左軍戈	王國維、羅福頤	×	〔5〕
25	奇觚 10.25	嗣巨戈	王國維、羅福頤	×	〔5〕
26	陶齋 5.40	左將戈	王國維、羅福頤	×	〔5〕
27	陶齋 3.45	龍伯戟	王國維、羅福頤、郭沫若	×	〔10〕
28	兩罍 8.14	朕作矛	王國維、羅福頤、王永誠	△	〔11〕
*29	兩罍 8.9	齊良劍	王國維、羅福頤、王永誠	×	〔11〕
30	攈古一之二，44	高陽劍	王國維、羅福頤、王永誠	△（×）	〔12〕
31	積古 8.19	可伯矛	王國維、羅福頤	△	〔13〕
32	奇觚 10.1.2	趙疸劍	王國維、羅福頤	×	〔14〕
33	積古 10.4	陽武劍	王國維、羅福頤	△	〔5〕
34	奇觚 10.2	成聿劍	王國維、羅福頤	×	〔5〕
35	陶齊 3.46	陸左右專劍	王國維、羅福頤	×	〔5〕
36	陶續下 24	職銘劍	王國維、羅福頤	×	〔5〕
37	陶齋 5.32	陰平劍	王國維、羅福頤	×	〔5〕
38	陶續下 23	右軍劍	王國維、羅福頤	×	〔5〕
*39	陶齋 3.47	吳季子劍	王國維、羅福頤	×	〔5〕
40	陶續下 22	大司馬呂教劍	王國維、羅福頤	△	〔5〕
41	陶齋 5.31	官率劍	王國維、羅福頤	×	〔5〕
42	陶齋 5.29	高都劍	王國維、羅福頤	△	〔5〕
43	奇觚 10.3	焱攵劍	王國維、羅福頤	×	〔5〕
44	陶齋 5.33	帛平侯劍	王國維、羅福頤	×	〔5〕
45	積古 8.22	刀珌	王國維、羅福頤	△	〔5〕
46	奇觚 10.40	虎鑒	王國維、羅福頤	×	〔5〕
47	奇觚 10.15.2	子戈	王國維	△	〔5〕
*48	奇觚 10.16.2	子戈	王國維	△	〔15〕
49	攈古一之二，85	三公瞿	王國維	△	〔5〕

50	兩罍 8.5.1	周戣	王國維、羅福頤、王永誠、林巳奈夫	△	〔16〕
51	奇觚 10.14	右軍戈	羅福頤	×	〔16〕
52	澂秋 56	平陰矛	羅福頤	×	〔16〕
53	奇觚 18.30	古削	羅福頤	×	〔16〕
54	積古 8.19	幼衣斧	羅福頤	△	〔16〕
55	周金 10.22.1	周公戈	郭沫若、江村治樹、林清源	×	〔17〕
56	周金 6.19.2	鄖侯奪戈	郭沫若	△	〔18〕
*57	奇觚 10.29.2	呂不韋戈	郭沫若	✓	〔19〕
58	綴遺 29.8	伐戎劍	容庚、王永誠、金祥恆、林清源	×	〔20〕
*59	周金 6.68.1	大且日己戈	董作賓、魯實先、王永誠、林清源	×	〔21〕
*60	周金 6.69.1	且日乙戈	董作賓、魯實先、王永誠、林清源	×	〔21〕
*61	周金 6.68.2	大兄日乙戈	董作賓、魯實先、王永誠、林清源	×	〔21〕
*62	三代 19.19.3	且乙戈	董作賓、魯實先、王永誠、林清源	×	〔21〕
*63	文物 1959:12	楚公豪戈	于省吾、姚孝遂、張忠培	×	〔22〕
64	周金 6.44.2	陵右戈	于省吾、姚孝遂	×	〔7〕
*65	三代 19.27.2	薛戈	于省吾、姚孝遂	×	〔7〕
*66	三代 19.31.1	戈	于省吾、姚孝遂、林清源	×	〔7〕
67	金匱初 50	越王戈	陳夢家	×	〔23〕
68	考古圖 62	壽陽戈	王永誠	×	〔11〕
69	夢坡 9.7	師乙匕首	王永誠	×	〔11〕
*70	三代 20.45.3 十 20.43.3	鵙公劍	金祥恆	×	〔20〕
*71	奇觚 10.17	□作徒戈	林巳奈夫	△	〔16〕
72	奇觚 10.24.2	鑄戈	林巳奈夫	×	〔16〕
73	金石索 2.3	單癸瞿	林巳奈夫、林清源	×	〔16〕
*74	三代 20.34.3	行議鋅矛	林巳奈夫、林清源	×	〔16〕
*75	三代 20.43.5	蔡侯劍	巴納	×	〔24〕

76	小校 10.102.1	鄖王立事劍	黃盛璋、羅福頤、李學勤、鄭紹宗、林清源	✓（×）	〔25〕
77	小校 10.101.1	陰晉繇左軍劍	黃盛璋、羅福頤	×	〔26〕
78	小校 10.38.2	鄖侯右庫戈	黃盛璋、羅福頤、林清源	×	〔26〕
79	小校 10.42.4	信陵君左軍劍	黃盛璋	×	〔26〕
80	夢坡 9.3	建信君劍	黃盛璋	×	〔25〕
81	中國歷史博物館藏	十八年建信君劍	黃盛璋	×	〔25〕
82	早期中國銅器 64	王立事劍	黃盛璋	×	〔25〕
83	周金 6.95.1	十年宅陽劍	黃盛璋	×	〔25〕
84	周金 6.100.1	馬鐙劍	黃盛璋	×	〔25〕
*85	巖窟下 47	亦車矛	江村治樹	△	〔17〕
86	小校 10.16.1	阿武戈	江村治樹	△	〔17〕
*87	三代 19.33.1	繇左軍戈	江村治樹	△	〔17〕
88	小校 10.42.1	戴公之子戈	江村治樹	△	〔17〕
*89	三代 19.35.1	高密戈	江村治樹	△	〔17〕
*90	巖窟下 31	方罬戈	江村治樹	×	〔17〕
91	周金 6.30	陳□戈	江村治樹	△	〔17〕
92	小校 10.42.4	信陵君戈	江村治樹	△	〔17〕
93	小校 10.35.2	啓我車戈	江村治樹	△	〔17〕
94	小校 10.16.2	中師戈	江村治樹、林清源	△	〔17〕
95	小校 10.85.1	且辛戈	羅福頤	×	〔25〕
96	小校 10.43.3	邾大師戈	羅福頤	×	〔25〕
97	小校 10.43.2	司馬望戈	羅福頤	×	〔25〕
98	小校 10.69.2	亞中僕矛	羅福頤	×	〔25〕
99	小校 10.72.2	蘆白睘矛	羅福頤	×	〔25〕
100	小校 10.95.2	丕陽劍	羅福頤	×	〔25〕
101	小校 10.102.2	八年相邦建郡君劍	羅福頤	×	〔25〕
102	小校 10.8.1	子執戈戈	羅福頤、林清源	×	〔25〕
103	癡盦 68	王立事劍	李學勤、鄭紹宗	×	〔25〕
*104	錄遺 599	王立事劍	李學勤、鄭紹宗	×	〔25〕
*105	三代 19.40.1	𥂱溴叓\戈	孫稚雛	△	〔27〕

*106	彙編 6.491	秦護軍劍	陳平、李學勤	×（△）	〔28〕
107	周金 6.46.1	□晉戈	林清源	△	〔6〕
108	吉志 4.19.2	高明左戈	林清源	△	〔6〕
109	周金 6.51.1	正師戈	林清源	△	〔6〕
110	周金 6.51.2	正師戈	林清源	△	〔6〕
111	周金 6.147.1	鄘戈	林清源	×	〔6〕
112	綴遺 29.6.1	系伯劍	林清源	△	〔6〕
*113	彙編 966	左庫戈	林清源	△	〔6〕
*114	彙編 918	田乍璹戈	林清源	△	〔6〕
*115	周金 6.16.1	乙癸丁戈	林清源	△	〔6〕
*116	彙編 917	父乍戈	林清源	△	〔6〕
*117	彙編 793	羊子戈	林清源	△	〔6〕
*118	三代 20.10.2	陳子翏戈	林清源	△	〔6〕
*119	三代 19.49.1	𣂪戈	林清源	△	〔6〕
*120	巖窟下 44	𣂪戈	林清源	△	〔6〕
*121	三代 20.28.1	二年宗子戈	林清源	△	〔6〕

【說明】

〔1〕《奇觚》10.7.1「吾宜戈」，銘「吾宜」二字，編者方濬益云：「宜，人名。吾字，刀法不穩，決是後人加鑱者。」

〔2〕大年之言轉錄自《小校》10.41。

〔3〕《山東》齊 20.1「陳侯因育戈」，內銘「陳侯因育造」，胡銘「夕陽右」，編者曾毅公謂胡銘偽刻，羅福頤《三代秦漢金文著錄表》從之。

〔4〕此戈各家命名不一，《奇觚》曰「秦子戈」，《攈古》曰「羃戟」，王國維曰「羃戈」（《國朝金文著錄表》），羅福頤曰「二年戟」（《三代秦漢金文著錄表》）。王國維《國朝金文著錄表》云：「此器唯胡上一『羃』字，其內上『二年』云云十七字乃後刻。」

〔5〕編號 5-50，見王國維《國朝金文著錄表》、羅福頤校補《三代秦漢金文著錄表》。編號 51-54，僅見於《三代秦漢金文著錄表》，故「辨偽者」欄僅填羅氏一人。

〔6〕編號 11、55、58-62、66、73-74、76、78、94、102、107-121，為筆者所辨，詳本及〈考釋篇〉。

〔7〕編號 12、63-66，參于省吾、姚孝遂：〈「楚公豪戈」辨偽〉，《文物》1960 年第 3 期，頁 85。

〔8〕《陶齋》3.43「高密戈」，王國維疑之，而羅福頤則逕斷為偽器，故以「△（×）」表之，下倣此例。

〔9〕《陶齋》3.43「陳余戈」，羅福頤於該目「雜記」欄空白，意即以之為真，然由該書編輯體例言，此器既列於「周右軍戟」、「龍伯戟」諸偽器之後，則知羅氏亦以之為偽，惟一時漏記之耳。

〔10〕郭沫若：《殷周青銅器銘文研究》，〈戈珌珌𢦔必彤沙說〉，頁 160。

〔11〕編號 28-30、50、58-62、68-69，詳王永誠：《先秦彝銘著錄考辨》。

〔12〕此器《積古》稱之曰「戈」，《攗古》曰「匕首」，《奇觚》曰「劍」，王國維從《奇觚》，而羅福頤則從《攗古》，筆者以爲《攗古》得其實。

〔13〕《積古》8.19「可伯矛」，王國維誤識爲「槍」。

〔14〕「趙疕劍」《奇觚》誤識作「刀」。

〔15〕編號 48「子戈」之著錄卷頁，王國維標示不足，筆者檢閱《奇觚》原書，以爲王氏殆指《奇觚》10.16.2「子備戈」而言。

〔16〕編號 50、71-74，詳林巳奈夫：《中國殷周時代の武器》，頁 83、93-95。

〔17〕《周金》10.22.1「周公戈」，長胡三穿，銘云：「周公乍戈（武？）用戈」，編者鄒安云：「刻文勁秀，確是王朝書，殆東征時所用歟？」郭沫若、江村治樹則斷言銘僞。詳郭沫若：《殷周青銅器銘文研究》，〈說戟〉，頁 181。編號 55、85-94，詳江村治樹：〈春秋戰國時代の銅戈・戟の編年と銘文〉，《東方學報》第 52 冊。

〔18〕郭沫若：《金文叢考・金文餘釋之餘》，〈釋𢦏〉，頁 212。

〔19〕郭沫若：《金文叢考・金文續考》，〈上郡戈〉，頁 419。郭文謂「詔事」二字後人僞刻。

〔20〕容庚：《商周彝器通考》，頁 212。金祥恆：〈說劍〉，《中國文字》第 31 期，頁 3-4。

〔21〕董作賓：〈湯盤與商三戈〉，《文史哲學報》第 1 期。魯實先之說，詳王永誠：《先秦彝銘著錄考辨》，頁 471。

〔22〕張忠培：〈關於「蜀戈」的命名及其年代〉，《吉林大學社會科學學報》1963 年第 3 期，頁 79。

〔23〕陳夢家：〈蔡器三記〉，《考古》1963 年第 7 期，頁 382。

〔24〕諾・巴納：〈評鄭德坤著中國考古學卷三：周代之中國（上篇）〉，《書目季刊》第 5 卷第 4 期，頁 37。

〔25〕編號 76、80-84，詳黃盛璋：〈試論三晉兵器的國別和年代及其相關問題〉，《考古學報》1974 年第 1 期，頁 19、26、31。編號 76-78、95-102，詳羅福頤：《商周秦漢青銅器辨偽錄》，頁 28-32。編號 76、103-104，詳李學勤、鄭紹宗：〈論河北近年出土的戰國有銘青銅器〉，《古文字研究》第七輯，頁 136。

〔26〕編號 77-79，詳黃茂琳（即黃盛璋）：〈新鄭出土戰國兵器中的一些問題〉，《考古》1973 年第 6 期，頁 380。

〔27〕孫稚雛：〈「三代吉金文存」辨正〉，《中國語文研究》第 8 期，頁 89。

〔28〕陳平：〈試論春秋型秦兵的年代及有關問題〉，《考古與文物》1986 年第 5 期，頁 95。

第二節　句兵辨偽條例

　　識眞而後能辨偽，辨偽之基本原理，乃歸納眞器眞銘之特徵，而後驗諸來源不明器，凡扞格不合者，即可疑也。

　　辨偽之先，宜就材料來源，略事分級，肯定部分明確無誤者，以充立論之

基。今存世之材料，依可信度分級，可概分爲五等：第一等、科學發掘者；第二等、民國以來偶然出土而經專家鑑定者；第三等、歷代相傳而經民國以來專家鑑定者；第四等、舊著錄之銘拓而歷代公認爲眞品者；第五等、舊著錄之銘拓而專家或有疑之者。上述五等材料，就辨僞價值而言，第一等材料最可信據；第二、三等材料，原器既經專家鑑定，可信度亦高；第四等材料，器已毀失，無由目驗，難免偶雜僞品，然舉世既公認爲眞，則今人若無確據，則不宜輕言其僞；第五等材料，既有專家疑之，取證之際，不可不愼。

　　本節論兵器辨僞，主要取材於考古報告，及邱德修《商周金文集成》、嚴一萍《金文總集》。前文已言，邱、嚴二書實據孫稚雛《金文著錄簡目》編輯成書。《孫目》則以考古報告及《三代秦漢金文著錄表》爲基礎，復參酌周師法高《三代吉金文存著錄表》、陳夢家《美帝國主義劫掠的我國殷周青銅器集錄》、白川靜《金文通釋》等書，實已涵括上述前四等材料。〔註5〕銅器辨僞之精者，清儒陳介祺以降，當數王氏、容氏及羅氏父子，而《孫目》正植基於此，故其著錄當大致可信。孫氏於〈例言〉中亦自云：

　　偽器一般不收，但《三代吉金文存》等書中從銘文看顯係僞作或疑

　　偽之器，爲便於查對，仍然收入，加按語說明。

易言之，凡未加按語說明者，孫氏即視爲眞器眞銘。《孫目》既出，邱德修《商周金文集成》、嚴一萍《金文總集》、大陸正編印中之《殷周金文集成》，悉據以編輯成書，殆以其詳備且平實可信之故。

　　器僞則銘僞，器眞而銘未必眞。辨僞必自器物始，分辨銅器眞僞，途徑有三：其一、考器之質材變化，青銅入土既久，色澤、重量、氣味、膚觸、鏽片及敲擊所發之聲響，皆非新造之僞器所能彷彿。〔註6〕其二、考冶鑄技術之良窳，茲以毛公鼎眞僞之爭爲例，澳籍巴納以其範線過於粗糙，且器體留存冶鑄時所生之氣泡過多等理由，而斷爲僞器。〔註7〕張光遠則據X光透視圖及實驗室複製

〔註5〕孫稚雛：《金文著錄簡目》，〈例言〉。

〔註6〕此術〔宋〕趙希鵠《洞天清祿集》、〔明〕高濂《遵生八牋》、〔清〕陳介祺《簠齋尺牘》皆有說。參容庚：《商周彝器通考》頁193-197、212-213；羅福頤：《商周秦漢青銅器辨僞錄》，頁18。

〔註7〕諾・巴納：〈評鄭德坤著中國考古學卷三：周代之中國（下篇）〉，《書目季刊》6卷

銅器之經驗，辨正巴納之說。〔註8〕二氏治學皆富科學精神，是乃科技辨偽之顯例。其三、考器物之形制花紋，必係自大量可信器歸納特徵，復以此為辨偽之準繩。

筆者年少，無緣摩挲遺寶，目驗之兵器，亦唯中央研究院史語所藏品數件，實不足與言前二法，因之，本節所言僅及兵器之形制與銘文，而其憑藉亦僅為歷代著錄之拓片圖像而已。

戈（戟）、斧（鉞、戚）、矛、劍、刀、鏃等類兵器，形制懸遠，辭例有別，茲以題目所限，僅舉數量最龐大之戈、戟為例，以明兵器辨偽，非一般彝器辨偽之大條例所克概括。

條例一：據形制辨偽

兵器設計鑄造之良窳，關係使用者之生命安危，所以兵器之結構設計，理當力求合乎力學原理，且時代愈後之器，其設計鑄造必當日益精良，此一觀點，由時代明確諸器對照即不難得知，因之，凡悖乎此者即可疑也。

第一款 援、胡、內長寬之比例不諧者疑偽

戈戟之援、胡、內長寬比例，《考工記》云：

> 戈，廣二寸，內倍之，胡三之，援四之。已倨則不入，已句則不決；長內則折前，短內則不疾。是故倨句外博，重三鋝。戟，廣寸有半寸，內三之，胡四之，援五之。倨句中矩，與刺重三鋝。

戈制每因時因地而略異，《記》文所述乃戰國一時一地之制，讀者不可執泥，惟由是足見戈之援、胡、內，其長寬比例非可率意而為。李濟〈豫北出土青銅句兵分類圖解〉、陳瑞麗〈戰國時代鋒刃器之研究〉二文，皆曾表列考古發掘所得戈戟之援、胡、內長寬之詳細測量紀錄。〔註9〕由表中所載以觀，其長寬比例固非一成不變，然確有一致之比例，此適足為《考工記》所述戈制之佐證。

---

2 期，頁 24-32。

〔註 8〕 張光遠：〈西周重器毛公鼎—駁論澳洲巴納博士証偽之說〉，《故宮季刊》7 卷 2 期。

〔註 9〕 李濟：〈豫北出土青銅句兵分類圖解〉，《中央研究院歷史語言研究所集刊》第 22 本，表十一「豫北句兵分系，分式，分型，例証，及重要型態之說明」。陳瑞麗：〈戰國時代鋒刃器之研究（一）〉，《考古人類學刊》第 21、22 合期，表二至表六，表十五至表十六。

戈既爲句兵，主於句啄之援，體積必最大，爲戈體重心所在，句啄之際，方易致力；凡異乎是者，即可疑也。如《吉志》4.19.2「高明左戈」（圖3.2.1），援寬僅及內寬之半，而援長復與內長相去不遠，如是，戈體之重心反落居於戈內，非徒運使不便，其援過挾，尤不堪衝擊，此其可疑一也。〔註10〕此戈長胡而無穿，斯乃極不合理之事，蓋戈胡之衍生，正以其上有穿，足供縛繩著柲之用，無穿之胡，非徒無益，反易致累；此戈胡部究係本無穿孔，抑或穿孔爲土銹所掩，僅據摹圖，難以判斷，苟屬前者，則可爲此戈僞造之鐵證，此其可疑二也。戈銘「明」字作「朙」形，與隸書近，而與周秦金文遠。「戈」字作「𢦏」形，右上亦漏書一筆。就銘文辭例與行款觀之，蓋仿自《積古》8.13「高𤔢左戈」（《邱集》8214、〈考釋〉038），此其可疑三也。綜上所述，此戈之眞僞，實可疑也。又如《周金》6.51.1「正師戈」（圖3.2.2），援寬、胡寬皆幾達內寬之倍，而內長僅及胡長二分之一強、援長四分之一弱，如是，援、胡總重數倍於內，重心過偏，舞弄不便，且戈內過細，稍經衝撞，即有斷折之虞，是此戈亦有可疑。

第二款　穿孔過於寬大者疑僞

穿者，所以穿繩縛物。自結構力學觀點而言，穿孔之形狀、大小、寬狹，自以與縛繩契合者爲佳。穿孔之形狀，以《金文總集》著錄之364件戈戟爲例，闌側之穿幾悉爲長條形，其中僅有少數之首穿爲橢圓形，如「八年新城大令戈」（《邱集》8418、〈考釋〉174）即是。內穿形狀則較爲多樣，商戈多作圓形，僅「𩵋戈」（《邱集》8055、《嚴集》7238）作正三角形爲唯一之例外。西周以降，內穿之主要形式有三，一爲長條形 ▭，一爲圓角而瘦長之等腰三角形 ◁，一爲圓形 ○。此外，尚有作梭形 ◇ 者一見，「楚公豪戈」（《邱集》8286、〈考釋〉022）即是，其眞僞頗多爭議，詳本文〈考釋篇〉。亦有作 ⟜ 形者二見，一是「𧴪戈」（《邱集》8167、〈考釋〉312），一是「□用戈」（《邱集》8243、〈考釋〉222），前器筆者斷其僞，說詳本文〈考釋篇〉，後器尙未見論其眞僞者。亦有作 ⤵ 形者一見，「吁□□造戈」（《邱集》8283、〈考釋〉305）即是，此器迄無論其眞僞者。至於穿孔之大小、寬狹，則以圖、拓經縮影者不

〔註10〕《吉志》4.19.2「高明左戈」，出自摹繪，不免有失眞之虞，然依常理判斷，摹圖之於原器，不當相去過遠，故猶可供本款舉證之資。

在少數，難以測量統計，然由器之全貌以觀，穿孔相對於全器之大小寬狹，猶可略而言之。無胡戈內穿多作圓形，穿孔直徑與內寬之比例，一般約在一比三至一比五之間，未見有逾乎一比三者。有胡戈之內穿作長條形或等腰三角形者，穿寬與內寬之比例，一般約在一比六至一比八之間，未見有逾乎一比五者。胡部之穿孔幾悉作長條形或長方形，其底穿中段之寬度與該處胡寬之比例，一般約在一比四至一比六之間，未見有逾乎一比三者。

　　綜上所述，可知戈戟穿孔之大小寬狹，非可率意而爲，蓋因穿孔過於狹小，則縛繩難以穿入；穿孔過於寬大，難免破壞戈體之承壓結構，而易於斷折，且縛繩可自由移動於寬大之穿孔中，戈頭繫之不牢，不免有脫柲而出之虞。因之，凡犯此二病者，即有可疑。然穿孔狹小者，或因土銹所掩，非其初制如此，如「宋公欒戈」（《邱集》8315、〈考釋〉065），若就《金文總集》所載者以觀，長胡一穿，且內穿細狹若柴棒，顯非常制之比，然若就《劍古》上43所載照片以觀，則知其胡本有三穿，內穿之長寬亦與常制無異，而穿孔中之土銹猶清晰在目，再觀《上海博物館藏青銅器》86所載之圖像，則爲剔去土銹之原貌，其穿孔之制與習見諸器無殊，故穿孔狹小之戈戟，不宜但據拓片，即斷其眞偽。至於穿孔過於寬大者，則無此慮，理當足供戈戟辨偽之參資。

　　茲舉數例，以明鄙說。《周金》6.43.1「夒戈」（圖3.2.3）、《周金》6.46.1「□晉戈」（圖3.2.4），內穿俱作◯形，前器之直徑達內寬二分之一強，後器尤達三分之二弱，若此之內，焉堪一擊？即此一端，已知其偽，況二器援、胡、內長寬之比例亦皆不諧，前器援寬僅及內寬之半，後器援、內之寬相對於胡寬，均嫌過寬，此亦二器俱偽之證。又如《周金》6.147.1「郾戈」（圖3.2.5），內銘六字，編者鄒安云：「郾王戜戈上有此數字，知亦郾戈也。」由銘文內容及胡有子刺以觀，此戈固具燕戈特徵，然若細審其他特徵，則知燕戈之說非徒不可從，甚者，此戈係出後人所偽。茲略陳疑點如下：就穿孔形制而言，此戈胡穿作⌒形，內穿作⟨——形，古今著錄迄無近似之例，且胡穿之寬處已達胡寬之半，內穿之寬處亦近於內寬之半，類此花巧形制，與戈內三面磨刃、戈胡三子刺之實用形制不諧，此可疑一也。就內之形制而言，燕戈所見主要有二式，其一、下緣因磨刃而呈內彎弧形，如《三代》20.15.2「郾王職戈」（《邱集》8349、〈考釋〉115），其二、內之下緣有「鋸角」，如《三代》19.50.2「郾王詈戈」（《邱

集》8368、〈考釋〉126），未見有類似此戈內末下削呈尖鋒形者，此可疑二也。
〔註11〕燕戈胡部子刺多至二刺以上者，其援皆直而不曲，且援脊兩側有明顯之
血槽，如《三代》19.50.1「郾王脭戈」（《邱集》8367、〈考釋〉109），而此戈子
刺有三，其援則彎曲而無血槽，此可疑三也。就銘文行款言，燕戈銘文見於內
末者，悉自後緣向側闌，由左行至右行（詳本節條例五），而此戈則反其道而行，
此可疑四也。就銘文辭例言，燕戈多由燕王署名監造，如《三代》19.52.3「郾
王詈戈」（《邱集》8410、〈考釋〉127），正面銘云：「郾王詈乍行議鋚」，背面銘
文與《周金》6.147.1 近似，而《周金》6.147.1 則無燕王署名、亦無器名，此可
疑五也。就銘文字體言，「尹」字三晉與燕皆書作「」，下從月，而此戈則書
作「」，下似從目，此可疑六也。綜上所述，此戈當可斷言是偽器偽銘。

條例二：據銘文字體辨偽

第一款　銘文字體結構特異者疑偽

周秦金文之字體結構，視諸隸楷，固較自由活潑，偏旁之多寡及其位置不
定，筆畫多寡不定，正寫反寫無別，橫書側書無別，事類相近之字在偏旁中多
可通用，然其間猶有一定之規範，非可率意而為，因之，凡與當代字體結構不
符者即有可疑。如《周金》6.22.1「周公戈」（圖 3.2.6），銘云：「周公乍武用卅
（戈？）」，編者鄒安云是刻款，茲審銘拓，確如其言。然西周初年不當有銅器
刻銘之事，蓋銅器刻銘非有刀尖淬火之鐵刀不易致力，而此一熟鐵局部淬火之
技術，春秋晚期始漸盛行，非西周初期可有。〔註12〕其次，戈長胡三穿、內三
面磨刃，當屬春秋以降之制，亦非西周初期可得而有。合此二端，戈銘之偽已
可論定。由是復審其銘之字體，「周」字作「」，中直畫下貫至口形；「乍」
字作「」形，中直畫下貫至底畫；「武」字下所從止旁作「」形，皆與周

〔註11〕商戈之內末屢見一鋸齒狀之缺角，此缺角係戈內固有之制，如「田戈」（《邱集》
　　　　8070、《嚴集》7253）、「戈」（《邱集》8154、《嚴集》7320）內末即有此制，
　　　　而二戈皆有一帶狀紋飾亦作相同形體，可證此一缺角絕非用後缺損之迹。此缺角
　　　　至西周以降，變成方形，如「大保／戈」（《邱集》8175、《嚴集》7341）即
　　　　是。爰以此制文獻無徵，近世學者亦未嘗措意，為圖行文便利，筆者因杜撰「鋸
　　　　角」一詞以名之，下同。
〔註12〕參北京鋼鐵學院：《中國冶金學史》，頁 60。

秦習見之體殊異，因之益信其銘偽也。又如《周金》6.51.2「正師戈」（圖 3.2.7），銘文「正師」二字書作「𠂤𠂤」形，「師」字所从𠂤旁，未見有作「𠂤」形者，故銘文疑出偽造。甚者，此戈之形制疑點亦多，如長胡三穿而內無穿孔〔註13〕、內下緣與側闌之夾角（或謂「倨句」）未逾 85°〔註14〕、內上緣過低幾與援脊成一直線等，故此戈非徒銘文可疑，器亦偽品可知矣。

第二款　銘文書法風格特異者疑偽

據書法風格辨銘文之真偽者，淵源甚早，如宋人趙希鵠《洞天清祿集》云：「古人作事必精緻。……今設有古器款識，稍或模糊必是偽作。」〔註15〕清人陳介祺《簠齋尺牘》云：「今都門偽刻又變一種，以拓本字摹成，轉折圓融皆失之弱。」〔註16〕又今人商承祚亦云：「吉金文字凡是行筆纖弱，字沒字神，行沒行氣，一定是假的。」〔註17〕斯誠舊日辨偽之要法，然此法只合意會，難以言傳，如「模糊」、「纖弱」、「字神」、「行氣」諸詞，皆難有明確之定義。復以審美觀全憑個人直覺，殊難要求達致共識，茲以《庫方》1506「倪氏家譜」刻辭為例，此片甲骨刻辭真偽之爭甚烈，先後參與討論之學者多達二十餘人，正反雙方俱係名

〔註13〕戈之內部無穿孔者，所見概有二類，一為鑋內式戈，如「馬／戈戈」（《邱集》8090、《嚴集》7263）即是：一為短胡一穿或二穿戈，如「成周戈」（《邱集》8159、《嚴集》7325）、「大保／𢦏戈」（《邱集》8175、《嚴集》7341）即是。至於長胡三穿而內無穿者，未見類似之例。

〔註14〕內下緣與側闌之夾角（倨句），一般皆在 85°以上，時代愈後者夾角角度愈大。如李濟：〈豫北出土青銅句兵分類圖解〉（《中央研究院歷史語言研究所集刊》第 22 本）一文，表十一曾列 39 件無胡戈、27 件有胡戈之倨句角度，無胡戈角度在 84° 至 102°之間，有胡戈在 93°至 103°之間，易言之，豫北所出有胡句兵之倨句角度未有低於 85°者。《金文總集》著錄戈戟凡 364 件，倨句角度低於 85°者，僅《三代》19.38.2「鳥篆戈」（《邱集》8246、《嚴集》7398）一見。因之，凡有胡戈之倨句角度低於 85°者，即可疑也。

〔註15〕趙希鵠：《洞天清祿集》，頁 15。此引錄趙氏之言，但謂據銘文辨偽之法，似以趙說最早，非以其說為是。趙氏此說，容庚《商周彝器通考》嘗評之云：「古器雖模糊，自有質樸之氣在，偽器雖勻整，自有呆板之氣在，貴在多閱，未可以勻整模糊辨古今也。」（頁 195）

〔註16〕陳介祺：《簠齋尺牘》，第十一冊，頁 15。

〔註17〕商承祚：〈古代彝器偽字研究〉，《金陵學報》3 卷 2 期，頁 257。

家，以之爲眞者，謂「其文字姿勢遒硬調協，其行款屈曲自然。」〔註18〕而以之爲僞者，則謂之「行款呆板，字跡惡劣。」〔註19〕故諸如此類空洞之形容詞，皆非今日治學所宜有之態度。然筆者非謂據銘文書法風格辨僞之法一無是處，鄙意以爲此法猶不宜輕言廢去，惟須待多重證據而後可行，且須與習見字體比對，詳言其異同，避用空洞之形容詞。如上款所舉「周公戈」之「公」字作「」形，其字體結構並無疑義，然金文「公」字下所从之體，或作「ㅂ」形（明公尊）、或作「ㅂ」形（矢尊）、或作「ㅇ」形（毛公鼎）、或作「ⓒ」（虢文公鼎），而如戈銘作倒正三角形者未之一見，此亦「周公戈」銘僞之證。又如上款所舉《周金》6.51.2「正師戈」，銘文「正」字作「」，字體結構亦無可厚非，然「正」字金文習見，其末筆作「ㄴ」形（虢季子白盤）、或「ㄟ」（王孫鐘），作「ㄣ」者未之一見，此亦「正師戈」銘僞之證。

條例三：據辭例辨僞

兵器銘文之內容，就性質言，與彝銘判然有別；就時代言，異代則辭殊；就地域言，列國各具特徵。然總合以觀，兵器銘文視諸彝銘，簡單而少變化，正以此故，凡銘文辭例殊異者，或即可疑也。

第一款　銘功紀德者疑僞

周秦銅器銘文依性質分類，主流有二：一爲「銘功紀德」，彝器銘文屬之；一爲「物勒工名」，兵器銘文屬之。〔註20〕兵器銘文之內容，固非「物勒工名」一語足以概括，而「銘功紀德」之語則甚爲罕見。茲以《金文總集》爲例，其所著錄兵器，凡六百三十又二，僅「汈白戈」（《邱集》8412、〈考釋〉144）略近之，銘云：「汈（梁）白（伯）乍（作）宮行元用／印（抑）魃（鬼）方纞□攻（？）旁」。兵器銘文何以殊少銘功紀德之例，試究其因，蓋以兵器本非宗廟重器，自

〔註18〕語見于省吾：〈甲骨文「家譜刻辭」眞僞辨〉，《古文字研究》第四輯（1980年）頁139。《庫方》1506之刻辭，以之爲眞者，如庫壽齡、方法斂、金璋、陳夢家、張政烺、朱德熙、馬德麟、孫海波、儀眞、趙錫元、于省吾等人。

〔註19〕語見胡厚宣：〈甲骨文「家譜刻辭」眞僞問題再商榷〉，《古文字研究》第四輯（1980年），頁123。以此片爲僞者，有明義士、胡光煒、董作賓、郭沫若、容庚、唐蘭、金祥恆、嚴一萍、齊文心等人。

〔註20〕語見《禮記‧月令‧孟冬之月》。

無如是必要，況時習以兵為凶器乎？〔註21〕職是之故，凡兵器而銘功紀德者即有可疑，此類之例似僅二見，俱載諸《綴遺》一書，一為「伐戎劍」（《綴遺》29.8.1；圖3.2.8），一為「系伯劍」（《綴遺》29.6.1；圖3.2.9）。「伐戎劍」銘云：「戎無道，臽虐我豐。公佐遣伐，國以妥（綏）寧。余嘉乃勳，錫乃寶彝。子子孫孫，永寶用享休命。」劍銘而云「錫乃寶彝」，驢唇馬嘴，容庚已識其偽，金祥恆辨之尤詳。〔註22〕「系伯劍」銘云：「系白（伯）疋（從）王南征易（賜）乎寶用」，《綴遺》僅刊摹文，其後《彙編》6.489始著錄銘拓，惜拓紙似經剪裁，僅存有字部分，形制辨偽之術遂莫能施，殊可憾也。

第二款　器、銘時代不合者疑偽

由考古發掘經驗可知，商周銅器無銘文者甚夥，尤以兵器為然。而古器有銘文者價高，無銘文者難售，故商估屢取無銘文器，仿真銘偽刻，以牟暴利。〔註23〕惟舊日古器物學未若今之深明，故時見器物與銘文所屬時代不符者，凡此當係後人偽造之劣品。〔註24〕如《小校》10.8.1「子執戈戈」（圖3.2.10），胡有四穿，顯屬戰國器，而銘文則為西周以前所特有之族徽文字，其偽固不待辯矣。〔註25〕

第三款　銘文與列國習見辭例不合者疑偽

東周時期列國之兵器銘文，各具辭例，規範頗嚴，職是之故，凡銘文與列國習見辭例不合者，即有可疑。茲舉燕國兵器為例，如《小校》10.38.2「郾侯左軍戈」（圖3.2.11），銘如其名，惟第四字作「奄」形，編者劉體智隸定為「軍」字，實有未允。「軍」字從車、勻聲，作「𩵦」（郾右軍矛）、「𩗴」（中山王𩰚鼎）

〔註21〕兵為凶器之觀念，古籍屢見，如《國語》、《越語》載范蠡進諫越王句踐之言，曰：「夫勇者，逆德也；兵者，凶器也；爭者，事之末也。陰謀逆德，好用凶器，始於人者，人之所卒也；淫佚之事，上帝之禁也。先行此者，不利。」

〔註22〕容庚：《商周彝器通考》，頁212。金祥恆：〈說劍〉，《中國文字》第31期，頁3-4。

〔註23〕羅福頤云：「戰國器的遺存，兵器為多，大半無銘文，因之估人在真兵器上恆刻偽款，利之所在，效尤蠭起。」見《商周秦漢青銅器辨偽錄》，頁28。

〔註24〕參徐中舒：〈論古銅器之鑑別〉，《考古學社社刊》第4期，頁243。

〔註25〕《小校》10.8.1「子執戈戈」之偽，羅福頤嘗言之，詳《商周秦漢青銅器辨偽錄》，頁29。

形，說詳本文〈考釋篇〉例 255「右庫戈」。戈銘「軎」字，與「軍」字迥殊，劉氏之隸定不可從。「軎」字，郭沫若釋爲从車、才聲之「載」，復據《史記‧燕世家》索隱「（燕）成侯名載」一語，謂郾侯軎當即燕成侯。〔註 26〕由是以推，即知造僞者將燕成侯之名誤識爲「軍」字，故移於左字下，此意黃盛璋嘗略言之矣。〔註 27〕茲復贅六證，其一、燕國兵器多由燕王署名監造，「郾王」或「郾侯」字下皆署其私名，而此戈於燕侯私名則付闕如，即此一端，已足證其銘之僞。其二、有一「郾侯矛」（《邱集》8533、《嚴集》7633），銘云：「郾侯軎乍左軍□」，「軎」、「軍」二字並見，「軎」確係燕侯私名，絕非「軍」字。其三、銘文由側闌向內末，適與燕戈銘文行款背道而行，說詳本節條例五第一款。其四、此器自名爲「戈」，與燕戈自名爲「鋸」、「鍨」、「鍨鉘」者不符，參本文第二章第三節。其五、此戈援、胡近刃處皆圈以凹槽，此制非徒燕戈所無，古今著錄似亦未見斯例。燕戈援脊兩側固不乏有血槽之例，如「郾王詈戈」（《邱集》8368、〈考釋〉126）即是，然皆位於援脊兩側，未見有位於近刃處者，蓋近刃處若有凹槽，易致刃口缺損，乃不合常理之制。其六、內之形制亦與燕戈習見之制有別，參本節條例一第二款。綜上所述，此戈之僞當可論定矣。又如《小校》10.102.1「郾王立事劍」（圖 3.2.12），銘云：「郾王立事𫓧𢓲徇（令）𢀖夗、左庫工帀（師）司馬盦、冶𨔺執齊」，此係三晉兵器習見辭例，燕國兵器辭例不如是作，黃盛璋已辨之甚詳，茲不贅述。〔註 28〕

條例四：據銘文所居部位辨僞

銅器銘文所居之部位，依器類而異，各有定例，凡異乎是者，即可疑也。徐中舒〈論古銅器之鑑別〉一文，首倡斯例。〔註 29〕石璋如〈商周彝器銘文部位例略〉一文，亦云：

> 銘文的部位與器物的形制有莫大的關係，即某種器形的銘文，應在

〔註 26〕郭沫若：《金文叢考》，〈釋軎〉，頁 211-212。

〔註 27〕黃茂琳（即黃盛璋）：〈新鄭出土戰國兵器中的一些問題〉，《考古》1973 年第 6 期，頁 380，註 1。

〔註 28〕黃盛璋：〈試論三晉兵器的國別和年代及其相關問題〉，《考古學報》1974 年第 1 期，頁 26。

〔註 29〕徐中舒：〈論古銅器之鑑別〉，《考古學社社刊》第 4 期，頁 240-242。

某個部位，差不多是有一定的。〔註30〕

辨偽雖非石文初意，然適足爲徐說佐證。銘文部位所以略有定例，非徒與器之形制攸關，亦受時代風尚所支配，彝器如是，兵器自亦如是，其有不合慣例者即可疑也。

第一款 商代無胡戈銘文位居援者疑偽

周秦戈戟銘文所在部位，或援、或胡、或內，皆無不可，商代無胡戈銘文則幾悉位於內，以《金文總集》所載近八十件無胡戈爲例，銘文不位於內、而位於援者，唯「商三戈」及「且乙戈」等四器而已，而此四器復頗多疑義。

所謂「商三戈」，係指羅振玉所藏戈援鑄有譜系之三件商代銅戈，其銘分紀祖父兄三世之名，茲分別隸定如次：

（1）大且日己戈（《邱集》8455、〈考釋〉325；圖3.2.13）

大且日己，且日丁，且日乙，且日庚，且日丁，且日己，且日己。

（2）且日乙戈（《邱集》8457、〈考釋〉326；圖3.2.14）

且日乙，大父日癸，大父日癸，中父日癸，父日癸，父日辛，父日己。

（3）大兄日乙戈（《邱集》8437、〈考釋〉324；圖3.2.15）

大兄日乙，兄日戊，兄日壬，兄日癸，兄日癸，兄日丙。

至於「且乙戈」（《邱集》8297、〈考釋〉323；圖3.2.16），銘文亦屬譜系性質，茲隸定如下：

且丁，且己，且乙。〔註31〕

此四器形制全同，皆爲明器。「且乙戈」出土地不詳，「商三戈」出土地則有易

〔註30〕石璋如：〈商周彝器銘文部位例略〉，《大陸雜誌》第8卷第5期，頁1。

〔註31〕此戈命名各家略有出入，或名「且乙戈」（《貞松》11.22、《三代》19.19.2）、或名「且乙句兵」（《續殷》下86.1、《安徽金石》16.1）、或名「且乙且己且丁刀」（《善齋》10.77、《小校》10.88.2），命名雖異，銘文釋讀順序則一，皆讀作「且乙、且己、且丁」，由援本向援鋒讀去，此固無可厚非，惟商三戈歷來皆由援鋒讀向援本，二者路向適相逕庭，宜予統一，故本文釋讀順序改爲「且丁、且己、且乙」，至於器名亦當改爲「且丁戈」，茲爲免淆亂，姑從舊名。

州、保定、平山三說，今已莫可詳考。〔註32〕

　　「商三戈」既見著錄，並世學者咸珍異之，視爲商代信史新資料。〔註33〕其中，郭沫若用以證史斠經，尤將其價值發揮得淋漓盡致。郭沫若初以之證明商末猶有「亞血族羣婚制」存在；〔註34〕復以之推勘《禮記‧大學》所載湯盤銘文，謂盤銘當與商三戈銘相近，皆屬譜系性質，原銘當爲「兄日辛、且日辛、父日辛」，以銘文上半略有泐損，後人遂誤讀爲「苟日新、日日新、又日新」。〔註35〕此二說出，一時膾炙人口。董作賓撰〈湯盤與商三戈〉一文，始疑戈銘非眞，茲摘錄其意，條述如下：

（一）銘文位於戈援，商戈銘文不如是作。

（二）銘文係由戈援下刃讀向上刃，戈頭若縛柲而立，則銘文將成向上逆書，不合常情。

（三）祭器而銘紀其父名或祖名之例固多，然一器並紀二名以上者甚鮮。

（四）設若三戈同爲一人之物，則銘文所紀父、兄合計十二人，而死於癸日者竟有六人之多，佔其半數，似不可能。

（五）在卜辭中，同名者必於忌日上加字以示區別，此例至爲謹嚴，自武丁至帝辛，恪守不渝。今三戈之中，「祖日己」、「祖日丁」、「祖日乙」、「大父日癸」、「兄日癸」皆同時有二，將何以爲別？

（六）戈銘結體重拙，契刻板滯，第一戈有未成之「且」字，第三戈有曲尾之「戊」字，皆有可疑。

（七）「且乙戈」銘文亦倒刻逆書，知係同手之僞。〔註36〕

〔註32〕「商三戈」初傳出於易州（見王國維：《觀堂集林》，卷18，〈商三句兵跋〉），嗣傳出自河北保定（羅振玉：《夢郼》，卷之中，目錄），或云出於河北平山（陳夢家：《殷墟卜辭綜述》，頁499），此三地皆位於河北省東部與河南省交界處，當太行山之東。

〔註33〕以「商三戈」爲眞器眞銘者，如羅振玉（《三代》19.20.1-2）、鄒安（《周金》6.68.1-69.1）、劉體智（《小校》10.89.1-90.1）、王國維（《觀堂集林》，卷18，〈商三句兵跋〉）、柯昌濟（《韡華》癸6.1）、容庚（《商周彝器通考》，頁74-75）、郭沫若（《中國古代社會研究》，頁202-203）、陳夢家（《殷墟卜辭綜述》，頁499-500）、白川靜（《金文集》）等。

〔註34〕郭沫若：《中國古代社會研究》，頁74-75。

〔註35〕郭沫若：《金文叢考》，〈湯盤孔鼎之揚榷〉，頁82-84。

〔註36〕董作賓：《董作賓先生全集甲編》，〈湯盤與商三戈〉，頁807-812。原載《文史哲學

嗣後，魯實先亦言商三戈係出僞作，其云：

> 僅有纏屬之題名，而別無它文，以紀其爲某氏所作之器，律以彝器，皆爲僞器者一也。捨此以外，無一於兵器之上，有二名幷列者，不應祖乙句兵四器，則有三名以至七名，可知其僞作者二也。考之卜辭彝器，未見大祖、大父、中父、大兄之名，而此有之，其祖曰乙句兵有大父曰癸二名，中父曰癸及父曰癸各一名，是其父行而名癸者，凡有四人。何至以生日爲名，而有四人適爲同日。此可證其僞作者三也。〔註37〕

董、魯二氏之言，精闢可從。

設若商三戈及且乙戈銘文，確係後人所僞，則《金文總集》所載七十餘件無胡戈，銘文皆位於戈內，無位於戈援者，凡與此相悖者即有可疑。復退一步設想，即令商三戈及且乙戈銘文非僞，實亦無礙於本辨僞條款之立，蓋此四器銘文皆屬譜系性質，與一般兵器銘文性質相異，是爲特例，況古今著錄所載兵器而銘以譜系者，亦僅此四器而已。茲舉一例，以明鄙說。如《金石索》2.3「單癸瞿」（圖2.3.3），戈無胡而銘在援，然此戈之銘與器皆有可疑：戈銘由援本向援鋒直行，非但無胡戈未見相似之例，有胡戈亦無此類行款，此可疑一也。銘文「瞿」字下所从金旁，作「⊗」形，商周金文未見相近之形，此可疑二也。戈體狀若矢鏃，援本兩側內凹呈尖狀，與矢鏃葉部形似，此一形制亦未見近似之例，此可疑三也。綜上所述，此戈之僞當可斷言之矣。〔註38〕

附款一　「銘文距鋒刃處過近者疑僞」商榷

青銅易銹，故兵器之鋒刃時須磨礪，若銘文距刃口過近，則不免有磨損之虞，徐中舒殆以此故，而創立一兵器辨僞條例，云：

> 戈斧近刃處或柄內，當然不能刻字的。而作僞者竟連這一點也顧不著，這樣作僞眞是幼稚極了！不料陳氏（簠齋）所藏的戈，除梁伯戈刻文在近柄之處，去胡援之處尚遠，其餘近於胡援處的刻文也還

報》第 1 期。

〔註37〕魯氏之說，轉錄自王永誠：《先秦彝銘著錄考辨》，頁 471。

〔註38〕「單癸瞿」之僞，林巳奈夫已曾言及，惟辨之未詳，故補論之。林巳奈夫說，詳《中國殷周時代の武器》，頁 93。

不少，大概也都是僞作了。〔註39〕

徐文以陳簠齋所藏古兵多屬僞品，此言殊足驚人。陳簠齋精於銅器辨僞，學界早有定論，容庚謂之「辨僞甚嚴，不無疑而過。」〔註40〕商承祚尤推崇備至，誇稱簠齋「一生收藏的銅器等，不下幾千件，沒有一件是假的。」〔註41〕商說誇誕，固難服人；徐說含混，亦非諦論；惟容說洞中肯綮，適如其分。徐中舒所以語出驚人，關鍵在其辨僞條例未當。蓋銘文所以近於刃口，其因有二，一爲造僞者失慮使然，一爲鋒刃屢經磨刃所致。1957 年湖南長沙出土之「四年相邦呂不韋戈」（《邱集》8392、〈考釋〉203，圖 3.2.17），內末刻銘二行，原銘當爲「四年，相邦呂不〔韋造〕，寺工讋，丞☒」（詳〈考釋篇〉），而今所見「呂」字右半、「不」字下半均有缺損，「韋造」及「丞」字下之銘文則已蕩然無存。本戈之刃口完好無缺，銘文非因器殘而損，而係由於磨刃所致，故知徐說實不足取。

附款二 「有柲兵器之銘文適當納柲處者疑僞」商榷

內穿至側闌之間，即有柲兵器納柲之處，銘文苟刻鑄於此，勢將爲柲所掩，于省吾、姚孝遂乃據是理，而謂「凡戈類銘文的部位適當於納柲處者，其銘文必僞無疑。」〔註42〕此說一出，高至喜、蔡季襄隨即合著一文以駁斥之，惟該文但自舊著錄書中，列舉銘文適當於納柲處者數器，以示此類之例非鮮，豈可謂之咸僞？〔註43〕然于、姚之說，純屬推理性質，且其論述於邏輯形式屬全稱否定，欲駁其說，途徑有二，其一、以絕對可信之考古發掘品爲據，其二、由理論闡明銘文適當納柲處者，猶未可斷言其必僞。而高、蔡二氏之責難，既乏理論建樹，且所舉例證全出自眞僞屬雜之舊著錄書，實未切中于、姚說之要害。因之，嗣後之學者沿用于、姚之說以辨僞者，猶不乏其人，如江村治樹謂「戴公之子戈」（《小校》10.42.1）、「差我車戈」（《小校》10.35.2）疑僞，其所據之

〔註39〕徐中舒：〈論古銅器之鑑別〉，《考古學社社刊》第 4 期，頁 241。

〔註40〕容庚：《商周彝器通考》，頁 212-213。

〔註41〕商承祚：〈古代彝器僞字研究〉，《金陵學報》3 卷 2 期，頁 243。

〔註42〕于省吾、姚孝遂：〈「楚公豪戈」辨僞〉，《文物》1960 年第 3 期，頁 85。

〔註43〕高至喜、蔡季襄：〈對「楚公豪戈辨僞」一文的商討〉，《文物》1960 年第 8、9 合期，頁 79。

理由即為該銘適當納柲處。〔註44〕

　　于、姚二氏之說，筆者未敢輕信，茲略陳鄙見如下。先就考古發掘所得實物以辨，1973 年河北易縣燕下都遺址出土一批銅戈，其中一號戈銘云：「郾王職乍❖萃鋸」（圖 3.2.18），「乍」字位於內穿前端至側闌之間，即適當於納柲處。〔註45〕《金文總集》所載此類之例尚多，其中亦不乏科學發掘者，如輝縣趙固一號墓出土之「❖❖戈」（《邱集》8255、〈考釋〉257）、上村嶺虢國墓出土之「虢太子元徒戈」（《邱集》8317、〈考釋〉147）等，其銘皆幾與內穿前端等齊，戈頭著柲後，部分銘文難免為柲所掩。〔註46〕

　　考古發掘實物固已正詆，然銘文何以不嫌柲掩，此理亦當略加疏通。筆者以為癥結之紓解，必先瞭解古人銘兵之動機及其背景。自商至西周，兵器之鑄造制度，文獻已不足徵，其鑄銘之動機及背景，尚難論定。若夫春秋戰國之兵器銘文，內容多屬「物勒工名」，動機在於「以考其誠」。茲據《周禮・考工記》所云，冶氏為戈，廬人為柲，二物分工以造，戈銘所見之工名，蓋僅「冶氏」（戈工）之名，「廬人」（柲工）則別書於柲上，兩不相謀，故戈銘之部位初不以柲為慮，此其一也。考核冶氏之績效，固當驗其著柲之狀，尤當審視未著柲之態，是以戈銘無需顧慮是否將為戈柲所掩，此其二也。為便於保養磨刃，戈戟平日未必纏縛柲上，自無為柲所掩之慮，此其三也。勒有工名之銘文，非所以示敵，又何嫌柲掩之乎？此其四也。因知古人銘兵之部位，初即未以納柲處為嫌。

條例五：據銘文行款辨偽

　　欲通讀全銘，必先識其行款；昧而不明，或不免郢書而燕說之矣。習見之

〔註44〕江村治樹：〈春秋戰國時代の銅戈・戟の編年と銘文〉，《東方學報》第 52 冊，頁 118。

〔註45〕河北省文物管理處：〈燕下都第 23 號遺址出土一批銅戈〉，《文物》1982 年第 8 期，頁 42-49。

〔註46〕《金文總集》著錄之戈戟，銘文適當納柲處者，有下列十一器：7252「❖戈」、7302「薛戈」、7335「❖❖戈」、7365「❖尚德戈」、7371「左陰戈」、7386「陳□籃戈一」、7387「陳□籃戈二」、7390「❖自寢戈」、7479「郾王職乍❖萃鋸一」、7489「郾王喜乍❖铍鋸一」、7490「郾王喜乍❖铍鋸二」。上舉諸器，皆以內穿前端至側闌之間為納柲處。若自內穿後端起計，則例證益夥矣。

彝器銘文，行款規整，莊嚴典重；兵器則不然，同一類兵器之行款，每因時代、地域而各異，複雜多變。然猶非全無軌範可循，苟得其規律，則亦可為辨偽之資也。

兵器銘文行款之董理，殆始自清儒程瑤田。程氏嘗云：

> 且以戈戟書銘之法考之，其書於內者，內有刃，從內孔向刃末書之；內無刃，從其端向內孔書之。故一銘數行，有始左、次右書者，有始右、次左書者。然雖分左右，而書起必依援之上刃一邊。蓋援橫、內亦橫，故援有上刃、內有上邊，其有刃之內，亦有上刃。書必自上而下，所見之戈戟無不同。〔註47〕

程說待商，內有刃者，其銘未必從內孔向刃末書之，如「右庫戈」（《邱集》8182、〈考釋〉255）即是；內無刃者，其銘亦未必從其端向內孔書之，如「陳子𣂪戈」（《邱集》8280、〈考釋〉091）即是。內銘數行者，亦未必自上邊（即本文所謂「上緣」）而下，如「虢太子元徒戈」（《邱集》8317、〈考釋〉147）即是。程氏以時代之限，所見未廣，致有斯謬，然其首倡之功不可沒。筆者繼是而作，略有所得，茲摘述與辨偽有關者一款於下：

第一款　燕王署名督造之戈銘文非自左行起讀者疑偽

燕戈多由燕王署名督造，《金文總集》所載有燕王署名者，凡十八器。〔註48〕1982年《文物》又發表一批燕下都第23號遺址出土之銅戈，據該文之附圖，有燕王署名者，凡十五器。〔註49〕上述兩項資料合計，達三十三器，而其銘文悉由左行起讀，且銘在內末者皆自後緣向側闌直書，無一例外，因知燕戈銘文行款如此，凡異乎是者疑偽。如《周金》6.37.2「郾王詈戈」（圖 3.2.19），銘如其名，而銘自右行起讀，且由內穿朝後緣方向直書，行款與燕戈不合，此其可疑一也。「郾王詈」其名當從吅、從言，而此戈誤書作「詈」形，此其可疑二也。此戈自名其器類為「戈」，與燕戈自名為「鋸」、「鍨」、「鉘」、「鍨鉘」之例不合，此其

〔註47〕程瑤田：《通藝錄・考工創物小記・續錄戈戟圖考》。

〔註48〕《金文總集》所載燕王署名監造之戈，計有下列十八器：7440、7441、7442、7479-7490、7497、7478、7536。

〔註49〕河北省文物管理處：〈燕下都第23號遺址出土一批銅戈〉，《文物》1982年第8期，頁42-49。

可疑三也。燕戈銘文辭例多爲「郾王某乍某某鋸（鋊、鈽、鋬鈽）」，而此戈銘云「郾王詈戈」，辭例不合，此其可疑四也。戈內長方，其下緣既未因磨刃而內彎，亦無鋸角（參本節條例一第二款），此其可疑五也。綜上所述，此戈銘文必僞無疑。

圖 3.2.1　高明左戈

圖 3.2.2　正師戈

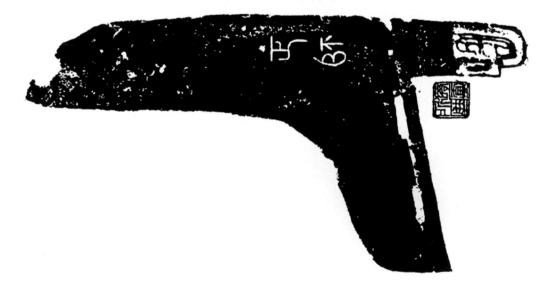

圖 3.2.3　夔戈

圖 3.2.4　□晉戈

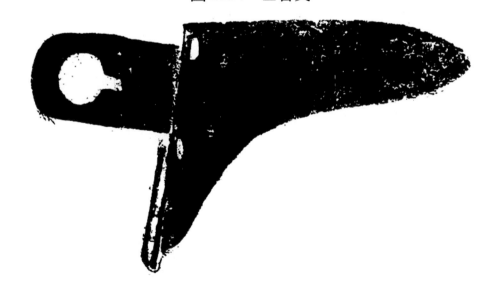

圖 3.2.5　鄦戈

圖 3.2.6　周公戈

圖 3.2.7　正師戈

圖 3.2.8　伐戎劍 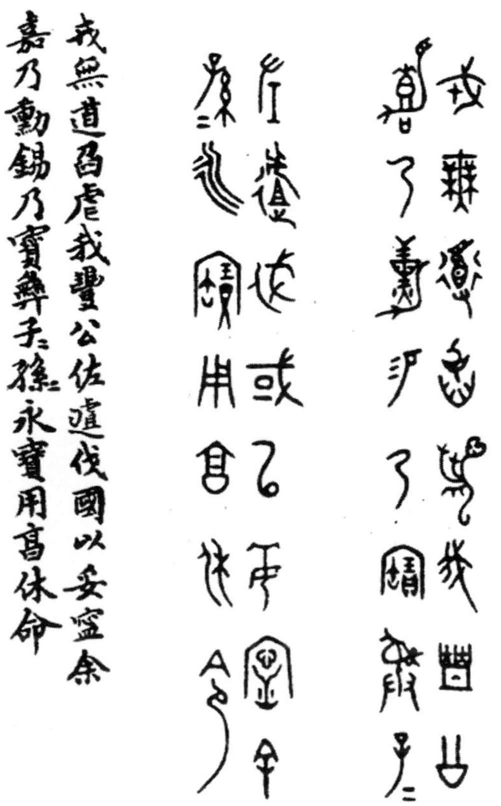　　　　　　　　圖 3.2.9　系伯劍

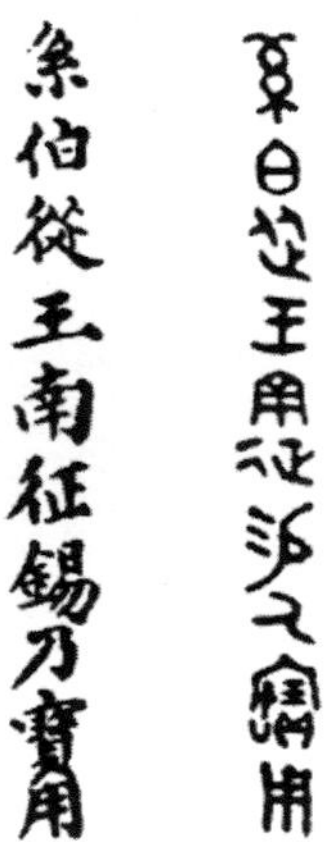

圖 3.2.10　子執戈戈

圖 3.2.11　鄔侯左軍戈

圖 3.2.12　鄶王立事劍　　圖 3.2.13　大且日己戈

圖 3.2.14　且日乙戈　　圖 3.2.15　大兄日乙戈

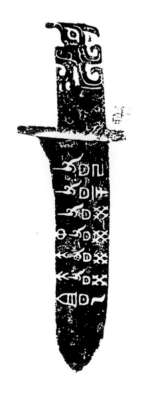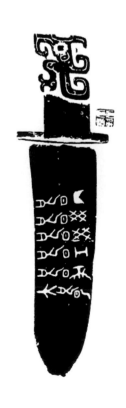

圖 3.2.16　且乙戈

圖 3.2.17　四年相邦呂不韋戈

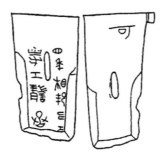

圖 3.2.18　郾王職乍□萃鋸

圖 3.2.19　郾王詈戈

第四章　春秋戰國文字異形舉例

本章所謂「文字異形」，專就同一字之不同結構而言；書法筆勢之別，不在討論之列。許慎《說文‧敘》云：

> 諸侯力政，不統於王，惡禮樂之害己，而皆去其典籍。分爲七國，
>
> 田疇異晦，車涂異軌，律令異法，衣冠異制，言語異聲，文字異形。

許慎但言文字異形現象之時代背景，若夫各國差異程度如何？秦與六國異形程度是否有別？同一國之文字是否即無異形問題？各式異體之間有否共同特徵？異體字與通假字之間有否往來現象？書寫工具不同是否促使字體結構發生變異？形聲字與會意字變異途徑是否相同？異體字大量衍生之際，文字本身有否若干規律予以約制？凡此問題，許慎未遑詳述，筆者因思略事補苴。兵器銘文辭例類多固定，利於異體字之確認，本章擬就句兵銘文習見之「造」、「冶」二字，分析各式異體之時空背景、結構特徵，冀能爲上述問題尋得部分線索。

第一節　釋「造」－兼論「乍」與「造」之關係

「乍」、「鑄」、「造」三字，皆可表製造之義，惟兩周彝器銘文多用「乍」和「鑄」，罕及於「造」。以迄今所知材料而言，「造」字始見於西周中期之頌鼎、

頌簋、頌壺。〔註1〕而彝銘所見「造」字，亦僅此數例。〔註2〕春秋以降，「造」字大量湧現，其器類以兵器為大宗，且多能辨別國屬、年代；餘如陶器等類，雖亦零星散見，惜其國屬、年代類多不明。〔註3〕本章之研究旨趣，在闡明東周列國文字異形之時空特徵，故取材僅限於兵器銘文，其餘資料則以時、空多未能徵考，暫未列入。

據筆者搜集所得，兩周時期「造」字之異體多達二十二式，其中「𪲶」、「𪲴」、「𥨷」三式，僅見於西周中期彝器銘文（即頌鼎、頌簋、頌壺），然以其結構與春秋戰國「艁」、「造」二式相關，故亦論及之。

「造」字之異體殊多，端緒紛繁，本文討論之順序，擬先臚列各式異體，其次辨其音讀，再次解析字形，復次歸納其區域特徵，最末附論「乍」、「造」二字之關係。

下列各器年代、國屬之判別，除銘文自言其國屬者外，餘詳本文〈考釋篇〉、考古報告、及黃盛璋〈試論三晉兵器的國別和年代及其相關問題〉一文（以下簡稱〈三晉兵器〉）。凡未見於上述三項資料者，暫視為國屬不詳。茲臚列各器銘文如下：

第一式：𪲶

（1）西周　頌鼎（《三代》4.38）

監嗣新𪲶，貯用宮御。

（2）西周　頌簋（《三代》9.40）

監嗣新𪲶，貯用宮御。

第二式：𪲴

（3）西周　頌鼎（《三代》4.39）

監嗣新𪲴，貯用宮御。

〔註1〕上列頌器之時代，從郭沫若定為西周中期，詳《兩周金文辭大系圖錄考釋》，頁72。

〔註2〕彝銘所見「造」字尚有二例，惟皆非表製造之義，其一、詹大史申鼎（《大系》錄187）：「鄀安之孫詹大叀（史）申乍（作）其造（祮）鼎」，郭沫若謂「造」當讀作「祮」，《說文》：「祮，祭也。」其二、邦造遣鼎（《大系》錄223）：「邦䤷遣乍（作）寶鼎子子孫孫用享」，郭沫若謂「邦䤷遣」為人名。

〔註3〕金祥恒《陶文編》所載「造」字，有「祰」、「造」、「賭」三式，惟其國屬難以徵考。

（4）西周　頌壺（《三代》12.32）

　　　監嗣新廄，貯用宮御。

第三式：㝫

（5）西周　頌簋（《三代》9.46）

　　　監嗣新㝫，貯用宮御。

第四式：𨐦

（6）西周　頌簋（《三代》9.47）

　　　監嗣新𨐦，貯用宮御。

（7）秦　　秦子戈（〈考釋〉191）

　　　秦子乍𨐦公族元用，左右市□用逸宜。

（8）秦　　秦子矛（〈考釋〉191）

　　　秦子乍𨐦公族元用，左右市□用逸宜。

第五式：造

（9）齊　　陳金戈（〈考釋〉092）

　　　墜（陳）金造鈛（戈）

（10）齊　　陳侯因咨戈（〈考釋〉096）

　　　墜（陳）侯因咨造

（11）齊　　齊城右戈（〈考釋〉104）

　　　齊城右造車鈛（戟）冶臘

（12）齊　　元阿左戈（〈考釋〉085）

　　　元阿左造徒戜（戟）

（13）齊　　陳侯因鑿（《邱集》8700）

　　　陳侯因造

（14）莒　　闈丘戈（〈考釋〉076）

　　　闈丘爲鵲造

（15）秦　　丞相觸戈（〈考釋〉198）

　　　☐年，丞相觸（燭）造。咸〔陽工〕師葉，工武。

（16）秦　　六年上郡守疾戈（〈考釋〉196）

王六年，上郡守疾之造。□禮。

（17）秦　　廿二年臨汾守暉戈（〈考釋〉208）

廿二年，臨汾守暉，庫係歂造。

（18）秦　　十四年相邦冉戈（〈考釋〉197）

十四年，相邦冉造。樂工帀（師）□，工禺。

（19）秦　　四年相邦樛斿戈（〈考釋〉194）

四年，相邦樛斿之造。櫟陽工上造間。

（20）秦　　廿六年蜀守武造（〈考釋〉211）

武。廿六年，蜀守武造。東工師宦，丞□，工□。

（21）秦　　廿六年□栖守戈（〈考釋〉210）

廿六年，□栖守□造。西工宰閭，工□。

（22）秦　　五年相邦呂不韋戈（〈考釋〉204）

五年，相邦呂不韋造。詔事圖，丞𣪊，工寅。詔事，屬邦。

（23）秦　　八年相邦呂不韋造（〈考釋〉205）

八年，相邦呂不韋造。詔事圖，丞𣪊，工奭。詔事，屬邦。

（24）秦　　十三年相邦義戈（〈考釋〉195）

十三年，相邦義（儀）之造。咸陽工帀（師）田，工大人耆，
工欂。

（25）秦　　廿五年上郡守戈（〈考釋〉209）

廿五年，上郡守□造。高奴工師竃，丞申，工鬼薪咄。

（26）秦　　大良造鞅戟（〈考釋〉192）

☑年，大良造鞅之造戟。

（27）秦　　十六年大良造鞅戈鐓（《邱集》8764）

十六年，大良造庶長鞅之造。雍□。

（28）秦　　元年丞相斯戈（《考古與文物》1983 年第 3 期，頁 22）

元年，丞相斯造。櫟陽左工去疾，工上□□。武庫。石邑。

（29）秦　　十七年丞相啓狀戈（《文物》1986 年第 3 期，頁 43）

十七年，丞相啓、狀造。郘陽嘉，丞兼，庫胅，工邪。郘陽。

（30）韓　　□公戈（《文物》1972 年第 4 期，頁 40）

　　　　　　□公之造戈

第六式：䚦

（31）齊　　陳子𦥽戈（〈考釋〉090）

　　　　　　墜（陳）子𦥽䚦戜（戟）

（32）齊　　羊角戈（〈考釋〉254）

　　　　　　羊角之亲（新）䚦散戈

（33）魯　　羊子戈（〈考釋〉080）

　　　　　　羊子之䚦戈

（34）滕　　滕侯耆戈（〈考釋〉070）

　　　　　　滕侯耆之䚦

（35）滕　　滕侯吳戈（《考古》1984 年第 4 期，頁 337）

　　　　　　滕侯吳之䚦

（36）州　　羣于公戈（〈考釋〉075）

　　　　　　羣于公之□䚦

（37）邾　　邾大司馬戈（〈考釋〉074）

　　　　　　邾大嗣（司）馬之䚦戜（戟）

（38）不詳　□子戈（〈考釋〉247）

　　　　　　□子之䚦

（39）不詳　𤔲子戈（〈考釋〉236）

　　　　　　𤔲子之䚦戈

（40）不詳　陰平劍（《邱集》8595）

　　　　　　陰平左庫之䚦

第七式：䚪

（41）滕　　滕侯吳戈（〈考釋〉072）

　　　　　　滕侯吳之䚪戜（戟）

第八式：鋯

（42）齊　　陳**𦥑**戈（〈考釋〉088）

　　　　　　陳**𦥑**鋯銭（戈）

（43）齊　　陳右戈（〈考釋〉093）

　　　　　　陳右鋯鍼（戟）

（44）齊　　陳侯因咨戈（〈考釋〉095）

　　　　　　墜（陳）侯因脊鋯

（45）滕　　滕侯耆戈（〈考釋〉071）

　　　　　　滕侯耆之鋯

（46）郘　　郘侯劍（《邱集》8585）

　　　　　　郘侯之鋯

（47）郘　　郘侯左庫劍（《邱集》8585）

　　　　　　郘侯左庫鋯

（48）曹　　曹公子戈（《商周青銅器銘文選》782）

　　　　　　曹公子沱之鋯戈

（49）不詳　子𤔲戈（《邱集》8238）

　　　　　　子𤔲鋯戈

（50）不詳　右庫劍（《邱集》8584）

　　　　　　右庫工帀（師）鋯

第九式：賠

（51）宋　　宋公䜌戈（〈考釋〉065）

　　　　　　宋公䜌之賠戈

（52）宋　　宋公尋戈（〈考釋〉068）

　　　　　　宋公尋之賠戈

（53）宋　　宋公差公（〈考釋〉067）

　　　　　　宋公差之所賠**𦥑**（柳）□戈

（54）宋　　宋公差戈（〈考釋〉066）

宋公差之所賠丕陽族戈

第十式：戜

（55）許　　許戈（〈考釋〉063）

　　　　　鄦（許）之戜戈

（56）楚　　邲竝果戈（〈考釋〉227）

　　　　　邲竝果之戜戈

第十一式：𢧄

（57）齊　　高密戈（〈考釋〉082）

　　　　　高密𢧄戈

第十二式：戠

（58）楚　　𨹩侯戈（〈考釋〉057）

　　　　　𨹩侯之戠戈。五百。

第十三式：戠

（59）韓　　六年鄭令凭嚳戈（〈考釋〉170）

　　　　　六年，奠（鄭）倫（令）凭嚳、司㓂（寇）向□左庫工帀（師）
　　　　　倉□、冶朝（尹）□戠。

（60）韓　　元年鄭令檞湢矛（《邱集》8567）

　　　　　元年，奠（鄭）倫（令）檞湢、司㓂（寇）芋慶、坓庫工帀
　　　　　（師）皮耴、冶朝（尹）貞戠。

（61）韓　　卅四年鄭令檞湢矛（《邱集》8570）

　　　　　卅四年，奠（鄭）倫（令）檞湢、司㓂（寇）肖（趙）它、
　　　　　坓庫工帀（師）皮耴、冶朝（尹）皷戠。

（62）韓　　卅三年鄭令檞湢劍（《邱集》8659）

　　　　　卅三年，奠（鄭）命（令）檞湢、司㓂（寇）肖（趙）它、
　　　　　坓庫工帀（師）皮耴、冶朝（尹）啓戠。

（63）趙　　十二年趙令邯鄲戈（〈考釋〉180）

　　　　　十二年，肖（趙）命（令）邯鄲𥁋、右庫工帀（師）□紹、

冶倉散。

（64）魏　七年宅陽令隅餭矛（〈三晉兵器〉頁31）

七年，宅陽命（令）隅餭、右庫工帀（師）夜痙、冶赿散。

第十四式：散

（65）韓　四年鄭令韓□戈（〈考釋〉168）

四年，奠（鄭）倫（令）韓□、司叝（寇）長（張）朱、武庫工帀（師）弗恣、冶昋（尹）敀散。

（66）韓　五年鄭令韓□戈（〈考釋〉169）

五年，奠（鄭）倫（令）韓□、司叝（寇）張朱、右庫工帀（師）春高、冶昋（尹）端散。

（67）韓　七年鄭令癹嚳矛（《邱集》8569）

七年，奠（鄭）倫（令）癹嚳、司叝（寇）史墜、左庫工帀（師）倉慶、冶昋（尹）弞散。

第十五式：散

（68）韓　四年□雍矛（〈三晉兵器〉頁14）

四年，□雍倫（令）韓匡（？）司叝（寇）刜它、左庫工帀（師）刑秦、冶衺散。戜（戟）束（刺）。

第十六式：散

（69）三晉　十八年亓子戈（《古文字研究》第十輯，頁274）

十八年，亓子（令？）韓餧、邦庫嗇夫吳湯、冶□散。

第十七式：散

（70）韓　十七年巋令艇肖戈（〈考釋〉175）

十七年，巋命（令）艇肖、司叝（寇）奠（鄭）啬、左庫工帀（師）□較、冶帒散。

第十八式：窋

（71）齊　陳麗子戈（〈考釋〉094）

墜（陳）麗子窋鈛（戈）

（72）不詳　帝陵劍（《邱集》8590）

帝陵 窋

第十九式：告

（73）衛　　衛公孫呂戈（〈考釋〉143）

衛公孫呂之告戈

（74）衛　　衛司馬劍（《邱集》8603）

衛司馬□之告工帀（師）

（75）不詳　 子 戈（〈考釋〉306）

子 之告戈

第二十式：郜

（76）楚　　郜之新造戈（〈考釋〉223）

郜之新郜

（77）不詳　去屖戈（〈考釋〉248）

去屖郜鏚（戟？）冶

第二十一式：棗

（78）韓　　宜□戟（〈考釋〉153）

宜□之棗戟

第二十二式：鑩

（79）晉　　韓鐘劍（《古文字研究》第 5 輯，頁 95）

韓鐘之鑩鎗（劍）

　　第一至第二十式，偏旁所從互有別異，惟聲符則同從「告」聲，與《說文》之說解契合。然「造」從「告」聲之說，高田忠周、張日昇二氏嘗致其疑。高田忠周云：

　　按《說文》：「造，就也。從辵，告聲。譚長說：『造，上士也』。」
　　其作半、半、屮者，與牛字迥別，與告字作𦥯明從牛者不同也。〔註4〕

〔註 4〕高田忠周：《古籀篇》，卷 65，頁 14。

張日昇云：

> 高田忠周謂字非從告，其言至確。考諸金文造字右旁作⬚、⬚、⬚，
> 頭部向左傾，中部橫畫乃從點變成，而此點又無中生有之繁飾，最
> 後衍變成⬚（郤大司馬戟），直與從牛、從口之告無異。許氏謂告聲，
> 實據古文譌體而爲說者也。〔註5〕

二氏所以致疑者，悉據《說文》「告」字從口、從牛之說解立論。然「告」字實
非從牛，此由甲骨文「牛」字與「告」字上半所從之形對照即知。《甲骨文編》
收錄「牛」字二十五文（其中有二字爲合文），及「牡、犅、牝、牢、物」等字
偏旁所從之「牛」八十三文，二者合計一百〇八文，其共同特徵有三：

（一）中直畫多低於上半兩曲畫，如⬚（《甲》525）；與之齊平者較少，
　　　如⬚（《明藏》470）；高於上半兩曲畫者，未之一見。

（二）與中直畫下段相交者，幾悉爲二斜畫，如⬚（《乙》3331）；爲一短
　　　橫畫者僅二見，一作⬚（《戩》17.18），一作⬚（《前》1.10.3）；無
　　　此斜畫或橫畫者，未之一見。

（三）中直畫可不貫穿上端兩曲畫，如⬚（《粹》39）。

以此三特徵驗證「告」字，則其上半所從是否爲「牛」字，自可不言而喻。
《甲骨文編》收錄「告」字，凡四十五文，其上半所從之特徵如下：

（一）中直畫高於上半兩側曲畫者十見，如⬚（《前》4.29.5）、⬚（《續》
　　　1.3.2）。

（二）與中直畫下段相交之筆畫，爲二斜畫者未之一見；而爲一橫畫者高達
　　　二十三見，如⬚（《甲》186）、⬚（《粹》87），已逾總數之半；而既
　　　無斜畫且無橫畫者亦多達十八見，如⬚（《甲》603）、⬚（《乙》6417）。

（三）中直畫不貫穿上端兩曲畫者未之一見。

經此詳細對照，知《說文》「告」字從口從牛之解，實不足信。「造」從「告」
聲，據上列第十八式但作「告」可證。或謂：「告」字古音見母幽部，「造」字
精母幽部，二者聲母發音部位有別，「告」屬牙音，「造」屬齒音，故「造」不
得從「告」聲。然古音中本有牙音、齒音互通之例，如「扱」字屬穿母緝部，
而其聲符「及」屬羣母緝部；又如「浹」字屬精母葉部，而其聲符「夾」則屬

〔註5〕張日昇說，詳周師法高《金文詁林》，頁887-888。

見母葉部，此皆牙音、齒音互通之證。綜上所論，《說文》謂「造」从「告」聲，實確不可易。〔註6〕

　　甲骨文未見表製造義之「造」字，金文所見則以頌器「簉」、「䚋」、「𡧈」、「𥥆」為最早，時代約當西周中期。上列頌器四式，以辭句全同，可確信為一字之異體，此四式至春秋時期唯「簉」猶存於秦子戈、矛。至春秋戰國時期，則作「造」或「艁」，皆不从宀或广。頌器四式與「造」、「艁」二式之關係，就現有材料言，後者為前者之省文。惟今所見西周金文之「造」字，僅止於頌器銘文，當時有否表製造義之「造」、「艁」二式，尚難確切論定。

　　「造」、「艁」二式俱見於《說文》，《說文》：「造，就也。从辵，告聲。譚長說：『造，上士也。』艁，古文造从舟。」案：許慎訓「造」為「就」，「就」有二義，一曰「成就」，如《詩・周頌・敬之》：「日就月將，學有緝熙於光明。」一曰「往就」，如《孟子・梁惠王上》：「望之不似人君，就之而不見所畏焉。」「造」字从辵，辵有行走之意，此式蓋為「往就」、「造訪」義之本字，後乃假借用為「成就」、「製造」之義。《書・盤庚》：「咸造勿褻在王庭」，《傳》：「造，至也。」〈盤庚〉著成之年代，屈萬里謂「蓋殷末人、或西周時宋人追述古事之作矣」，因知西周時期「造」字已有「往就」、「造訪」之義。〔註7〕

　　「艁」字所从之「舟」，各家詮釋不一。段玉裁謂乃舟車之舟，〔註8〕林義光謂「舟、告皆聲」，〔註9〕馬敍倫謂「履」之初文，〔註10〕張日昇謂「盤」之初文。〔註11〕案：「造」字古音精母幽部，「舟」字照母幽部，二者聲母有精與照三之別，此二聲系一般分用不混。〔註12〕「盤」字之初文，多與「舟」字相淆，不易審辨。「艁」字所从，若為「盤」之初文，則其本義必為「製造」；若為「舟」之初文，則「製造」、「造訪」二義皆可通，惟孰為本義、孰為借義，尚難確證。

〔註6〕龍師宇純口頭提示筆者，「造」與「告」聲母有別，「造」从「告」聲之說，猶待商榷。

〔註7〕屈萬里：《尚書集釋》，頁81-82。

〔註8〕段玉裁：《說文解字注》，頁71。

〔註9〕林義光：《文源》，「造」字條。

〔註10〕馬敍倫：《讀金器刻詞》，頁65。

〔註11〕同註5，張日昇文。

〔註12〕中古音曾見少數精系字與照三系字互通之例，詳龍師宇純：〈例外反切的研究〉，《中央研究院歷史語言研究所集刊》第36本，頁334-335。

　　春秋戰國時期，形聲造字法業已成熟，促使文字異形問題轉劇，「造」字尤為其中之顯例。第八式「鋯」字，從金，蓋表其質材。第九式「賠」字，從貝，蓋表貨貝，如小臣單觶：「周公易（錫）小臣單貝十朋，用乍寶隣彝。」，「造」字從貝殆即此意。第十式「敁」字，從攴，蓋表冶鍊鍛打之意。第十一式「戠」字，從戈，蓋表其器類。第七式「醻」字，累增酉旁，其義不詳，此蓋戰國時期形聲造字法濫用之結果。〔註13〕第十二式「宬」字，所從宀旁見於頌器四式，所從戈旁見於第十一式「造」，此累從二偏旁，與「艁」字之結構相似。第十三式「敠」字，郝本性釋為「造」，惜未申述其立論所據為何，故難取信於人。〔註14〕如黃盛璋即云：

> 案此字寫法有好幾種，最常見的作「敠」，簡寫為「敠」，但也有寫成「敠」（四年□雍矛）或「敠」（十七年彘戈）。其字從「攴」從「員」從「中」既為大多數寫法所同，可隸寫為「敠」，其字不見字書，應表兵器製造某種工序，如同「執齊」之類，只是目前我們還不能詳知。〔註15〕

案：「敠」字之辭例與「執齊」相當，二者之意義必相關。「執齊」表製造器用之工序，幾僅見於趙國器。〔註16〕「敠」字則多見於韓國器，從貝、從攴、告聲，當釋為「造」。「造」字從貝，見於第九式「賠」，從攴見於第十式「敁」，累增兩偏旁亦見於「艁」、「宬」、「醻」等式。偏旁累增，乃戰國文字特色之一。第十四式「敠」、第十五式「敠」、第十六式「戠」、第十七式「敠」，辭例與「敠」全同，聲符「告」雖已訛變難識，猶可確定乃「敠」之異體。第十八式「窯」字，從穴、從火，象窯中有火之形，製造之意甚顯。第十九式「告」字，或為「造」之通假字，或為其省文，以此式晚出，後說可能性較大。第二十式「郜」字，亦見於郜史碩父鼎，為國名專字，殆以從「告」得聲之故，假為「製造」之「造」。第二十一式「棗」字，古音屬精母幽部，與「造」字聲近韻同，自可

〔註13〕龍師宇純謂《說文》「酉」字訓為「就」，「造」字亦訓為「就」，「醻」字從酉，或可見《說文》「酉」字之訓解蓋有所本。

〔註14〕郝本性：〈新鄭「鄭韓故城」發現一批戰國銅兵器〉，《文物》1972 年第 10 期，頁 35。

〔註15〕黃茂琳：〈新鄭出土戰國兵器中的一些問題〉，《考古》1973 年第 6 期，頁 379。

〔註16〕黃盛璋：〈三晉兵器〉，頁 42。

通假。第二十二式「鑪」字，與第二十一式「棗」字聲符相同，亦當釋爲「造」字。「造」字从金，亦見於第八式「鋯」字。

　　茲將上述各式表示「製造」義的字，依〈考釋篇〉國別之次第，彙整列表如下：

序號 隸定	(1)	(2)	(3)	(4)	(5)	(6)	(7)	(8)	(9)	(10)	(11)	(12)	(13)	(14)	(15)	(16)	(17)	(18)	(19)	(20)	(21)	(22)	合計
西周	2	2	1	1																			6
郜								2															2
楚										1		1								1			3
許										1													1
宋									4														4
曹								1															1
滕						2	1	1															4
邾						1																	1
州						1																	1
莒					1																		1
魯						1																	1
齊					5	2		3			1							1					12
衛																			2				2
晉																						1	1
韓													4	3	1		1			1	1		11
趙													1										1
魏													1										1
三晉																1							1
秦				2	15																		17
不詳						3		2										1	1	1			8
合計	2	2	1	3	21	10	1	9	4	2	1	1	6	3	1	1	1	2	3	3	1	1	79

〔註17〕

　　「造」字之二十二式異體，置諸時空架構中分析，可歸納出如下結論：

　　一、「造」字二十二見，除「□公戈」爲韓器外，其餘不屬秦，即屬齊。「艁」

〔註17〕例（69）「十八年□子戈」，依辭例可斷爲三晉系兵器，惟其確切國屬尚待考證，
　　　故表中於韓、趙、魏下，再列「三晉」一欄。下同。

字十見，除三器國別不詳外，其餘分屬滕、邾、州、魯、齊，此數國皆位於山東地區，可稱之爲齊系各國。「䚢」字四見，悉出於宋器。「䝅」、「䝅」、「䝅」、「䝅」、「䝅」五式，結構相近，僅見於三晉系，他國未之一見。凡此，某一字體僅見於某一特定區域，而不見於他處，足證春秋戰國字確有區域之別。

二、韓桓惠王至王安時期，國都新鄭所造諸器作「䝅」、「䝅」，而地方政府督造之器則見「䝅」、「䝅」二式，此或反映戰國文字之區域性特徵，非以國家爲最小單位，同一國之中，復有區域性之文字異形現象。

三、同時同地同主之器，如陳侯因咨戈、滕侯耆戈，亦見文字異形現象，此殆書手個人習慣不同所致。

四、秦國於春秋時期作「竈」，戰國時期作「造」。韓國於戰國早期作「造」、「棗」，晚期作「䝅」、「䝅」、「䝅」、「䝅」。由此二端可知，同一地之字體亦因時而異。

五、第一至二十式，意符各殊，而聲符則同從「告」聲。列國文字互異，猶能往來溝通無礙者，殆以此故。

六、秦銘僅見「竈」、「造」，前者沿用西周之舊，後者省偏旁「宀」。齊銘則有「造」、「艁」、「鋯」、「𪩘」、「窖」等五式，且其所從偏旁之性質相去皆遠。秦、齊對照，即知文字異形程度各國有別，西土之秦多存西周金文之舊，東土各國則新體叢出。

七、「鑩」從字金、從日、棗聲，「棗」、「早」音同，「曩」殆即「早」字之異構。〔註18〕「棗」以音近假借爲「造」，「鑩」則加注「金」旁爲意符，而爲「造」之異體。由「棗」、「鑩」二字之關係，得以略窺戰國異體字衍生過程之一斑。

八、文字異形現象淵源甚早，如衛字甲骨文即見「𧗿」（《前》3.41.6）、「𧗱」（《明》716）、「𧗿」（《前》4.31.5）、「𧗿」（《後》2.22.16）四式，至春秋戰國時期，形聲造字法廣泛使用，促使文字異形問題日益加劇。

九、或謂：兵器質堅，契刻不易，故其銘每呈苟簡省率，異形特多，不得

〔註18〕中山王𧊒鼎：「曩棄群臣」，張政烺謂：「曩，從日、棗聲，讀爲早。」詳張政烺：〈中山王𧊒鼎壺及鼎銘考釋〉，《古文字研究》第一輯，頁224。

取爲戰國文字一般狀況之代表。〔註 19〕然上舉戰國秦銘十五例（春秋時之秦子戈、矛未計），「造」字皆从辵，其中唯「大良造鞅戟」爲鑄款，其餘悉爲刻款。其次，上舉齊銘十二例皆爲鑄款，而「造」字有从辵、从舟、从金、从戈、从穴火五式。秦爲刻銘，字體劃一；齊爲鑄款，結構多變。由是足見文字異形係各國社會環境轉變所致，與銘文出於契刻無必然關係。刻銘固多草率省簡，而其結構未必因之變異。

十、韓、趙、魏同出一系，韓銘「造」字習見，而趙、魏鮮見，此係各國辭例不同所致。韓銘用「造」字處，趙銘多用「執齊」，魏銘二者皆罕用之。

十一、吳國、越國、燕國已見著錄之兵器甚夥，惟皆以「乍」表製造義，迄今未見「造」字，此亦列國辭例不同所致。

茲擬附論「乍」、「造」二字之關係。《詩・緇衣》：「緇衣之宜兮，敝、予又改爲兮，……敝、予又改造兮，……敝、予又改作兮，……。」，「爲」、「造」、「作」三字駢列，可證其字義通用。秦子戈、矛「乍𨑃」連用，組成同義複詞，尤可確證此二字皆可表製造義。茲將《邱集》兵器類所有以「乍」表製造義之器銘臚列如下：

（1）疑僞　父乍戈（〈考釋〉316）

　　　　　□父乍戈

（2）疑僞　田乍琱戈（〈考釋〉314）

　　　　　田（周？）乍琱

（3）不詳　𨸿𠤳戈（〈考釋〉308）

　　　　　𨸿𠤳乍𦥑戈。三百。

（4）不詳　吉爲劍（《邱集》8592）

　　　　　吉爲乍元用。吉爲乍元用。

（5）越　　越王句踐劍（《邱集》8609）

　　　　　戉（越）王鳩（句）淺（踐）自乍用鐱（劍）

（6）越　　越王州句劍（同銘六器，《邱集》8620－25）

〔註 19〕高大威：《上古文字暨其應用之研究》，頁 279。

戉（越）王州勾自乍用僉（劍）。〔戉王〕州句自乍用僉（劍）。

（7）吳　攻敔王光劍（《邱集》8629）

攻敔王光自乍用鐱（劍）

（8）不詳　鳴公劍（《邱集》8631）

鳴公圃自乍元劍永寶用之

（9）吳　攻敔王夫差劍（同銘三器，《邱集》8635－8637）

攻敔王夫差自乍其元用

（10）不詳　令休劍（《邱集》8642）

隹三月甲寅令休王易（錫）乍寶用

（11）越　越王丌北古劍（《邱集》8626）

□戉（越）王丌北古乍元之用之劍

（12）吳　工𠭯太子劍（《邱集》8663）

工𠭯大子姑發𦎫反自乍元用

（13）梁　梁伯戈（〈考釋〉144）

洌（梁）白（伯）乍（作）公行元用

以上共二十一器。例（1）、（2）二器疑僞（詳本文〈考釋篇〉），不予討論。其餘，例（4）－（13）等十八器，「乍」皆與「用」字並見，或銘「乍寶用」，或銘「乍某某器永寶用之」，與彝器銘文相似，如杜伯鬲（《大系》錄144）：「杜白乍弔[illegible]鬲，其萬年子子孫孫永寶用。」或銘「自乍（元）用」，載明用器之人。上列諸器，銘文「乍」字未與「用」字並見者，僅例（3）[illegible]戈一器而已。

燕銘「乍」字，皆見於燕王署名督造之器，凡四十三見，辭例大致相同。〔註20〕茲舉二器爲例：

〔註20〕燕王署名監造之器，器名多雷同，故僅臚列《邱集》之器號如下：8235、8298、8301、8326、8327、8333、8342、8346、8347、8349、8350、8351、8352、8353、8354、8355、8356、8357、8358、8359、8360、8367、8368、8410、8411、8529、8533、8536、8537、8538、8539、8540、8541、8542、8544、8547、8548、8549、8602、8604、8605、8634。

（14）郾王職戈（《考古》1973 年第 4 期，頁 245-246）

　　郾王職乍御司馬鐓

（15）郾王詈戈（〈考釋〉126）

　　郾王詈怎（作）行議鐓

其辭例皆爲「郾王某人作某某人（某類器）」，爲雙賓語句，間接賓語即爲該器使用者，與前述「自乍（元）用」之辭例相近。「自乍用某器」實即「乍某器自用」之倒置，表製造義之「乍」字，習與「用」字並見，且多載明用器之人，此爲其異於「造」字之辭例特徵。

　　上文所列「造」字七十九器，載明用器之人者，僅見於例（7）－（8）秦子戈、矛，與例（53）－（54）宋公差戈。前二器「乍造」連用，故其辭例自可同於「乍」字。後二器「造」字之前有「之所」二字，與他器辭例略異，其所以載明用器之人，殆以此故。

　　綜上所述，兩周時代「乍」、「造」二字之關係，可略言如下：

（一）二字皆可表製造義。

（二）「乍」字甲骨文習見；「造」字最早見於西周中期彝器銘文，除頌器　　　四式外，餘皆遲至春秋戰國始見。

（三）「乍」字普遍見於各國彝器銘文，「造」字則多見於秦、齊、三晉兵　　　器銘文。

（四）吳、越、燕兵器銘文用「乍」不用「造」，秦、齊、三晉用「造」不　　　用「乍」（秦子戈、矛用「乍造」除外）。

（五）「乍」字習與「用」字並見，「造」字則否。

（六）「乍」字多見於雙賓語句，載明用器之人，「造」字則否。

上述六項特徵，乃「乍」、「造」二字關係之表面現象，「乍」字古音精母魚部，「造」字精母幽部，聲母發音部位相同，惟韻母相隔尚遠，二字是否具有同源關係，猶待學者深入鑽研。〔註21〕

〔註21〕王力云：「凡音義皆近，音近義同，或義同音近的字，叫做同源字。」詳王力：《同　　　源字典》，頁 3。

第二節　釋「冶」

以現有資料而言，「冶」字最早見於戰國器銘，且以三晉兵器爲主，楚器亦曾數見，餘如齊、秦、中山各一、二見。

「冶」字之辨識較晚，至 1959 年李學勤論壽縣楚器「徨」字，始見突破。惟以楚銘「徨」字，與《說文》古文「剛」字作「𠛬」、小篆「侃」字作「𠗂」形近，時賢或釋「剛」、或釋「侃」、或釋「冶」，意見猶未一致。

本節擬由文字考釋入手，其次排比「冶」字各式異形，再次歸納其特徵。茲將楚銘「徨」字之辭例臚列如下：

（1）楚　　楚王酓忑鼎（《邱集》1128）

　　　　　徨師盤埜差（佐）秦忑爲之　　〈器銘〉

　　　　　徨師吏秦差（佐）苛𤔲爲之　　〈蓋銘〉

（2）楚　　楚王酓忑盤（《邱集》7537）

　　　　　徨師夅差（佐）墜共爲之

（3）楚　　徨吏勺（同銘二器，《邱集》7406－7407）

　　　　　徨吏秦苛𤔲爲之

（4）楚　　徨盤勺（同銘二器，《邱集》7408－7409）

　　　　　徨盤埜秦忑爲之

（5）楚　　徨□夅勺（《邱集》7410）

　　　　　徨□夅墜共爲之

此字亦見於下列三晉與齊之兵器銘文：

（6）三晉　廿三年□陽令奱戲戈（〈考釋〉268）

　　　　　廿三年，□陽命（令）奱戲，工帀（師）□窘，徨菓。

（7）韓　　十七年龏令舡肯戈（〈考釋〉175）

　　　　　十七年，龏倫（令）舡肯，司馬奠（鄭）嗇，右庫工帀（師）□較，徨冄造。

（8）魏　　七年宅陽令矛（《三晉兵器》頁31）

　　　　　七年，宅陽命（令）隔餰，右庫工帀（師）夜疢，徨起瓤（造）。

（9）齊　　齊城右戈（〈考釋〉104）

　　　　　　齊城右造車鉹

（10）不詳　 處戈（〈考釋〉287）

　　　　　　 處

古文字偏旁中，从人、从刀每以形近而混，如「豐」誤而爲「豐」，故「」、「」當係一字。〔註22〕此字朱德熙釋爲「剛」：

> 剛帀當讀爲工師，剛工雙聲，並屬見紐，工、東部，剛、陽部，東陽二部通轉是古代楚方言的特徵。……這三條銘文（源案：指例（6）及《巖窟》下56「邯鄲戟」，《周金》6.95「七年□陽令劍」，劍銘與例（8）略同）以但與工帀對舉，而在上引楚器銘文中與但帀對舉，可見但帀就是工帀，因之但也就等於工。再如「齊城右造車鉹但𦮃」（《三代》20.19 齊城右戟）、「但𢕄」（《三代》20.5但𢕄戟），這兩字也應讀爲工𦮃和𢕄都是工人之名。〔註23〕

或釋此爲「侃」字，謂《說文》「侃」爲「剛」之古文，「侃帀」當假爲「工師」，其說與釋爲「剛」者無異。〔註24〕朱說刊布五年，至1959年李學勤始致其疑：

> 「但」不能釋爲「工」，因爲在同時的勺銘上，「但師」可簡稱爲「但」：（源案：中略。指前引例（3）－（5））「工師」的身份與「工」大有不同，「工師」決不能自稱爲「工」，況且楚器，如懷王二十九年的漆奩，銘文爲「二十九年，大司□造，吏丞向，右工師爲，工大人台」，「工」字並不作「但」。「但」其實是「冶」字。戰國題銘中的「冶」，最繁的形態是从「人」、「火」、「口」、「＝」，但常省去其中任何一個部分。〔註25〕

案：李文所疑甚是，惟論之未詳。今補述如下：「剛」、「工」二字於楚方言中固可通轉，惟典籍未見實例，此其可商者一也。「工師」一詞，典籍習見，如《管

〔註22〕唐蘭：《古文字學導論》，下編，頁57。

〔註23〕朱德熙：〈壽縣出土楚器銘文研究〉，《歷史研究》1954年第1期，頁108-111。

〔註24〕周師法高：《金文零釋》，〈釋「侃帀」〉，頁142-143。源案：周師此書1951年出版，早於朱德熙上引文三年。

〔註25〕李學勤：〈戰國題銘概述（下）〉，《文物》1959年第9期，頁60。

子·立政》：「使刻鏤文采毋敢造於鄉，工師之事也。」《荀子·王制》所記略同；而「剛師」一詞則無可徵考，此其可商者二也。上引例（9）爲齊器，例（7）爲韓器（詳〈考釋篇〉），例（8）黃盛璋考爲魏器，因知「但」字非楚銘所特有，此其可商者三也。但字於楚銘與「但市」對舉，於三晉則與「工市」並見，據此，但可謂楚之「但市」與晉之「工市」職事相當，不可因之遂謂「但」、「工」同字。「但」之於「工」，猶「兵」之於「卒」，性質雖近，終非一字，此其可商者四也。綜上所述，舊釋「𤺻」爲「剛」或「侃」，而讀爲「工」，實未允也。

次論「𤺻」當釋爲「冶」。上引例（6）－（8）爲三晉器，茲亦舉四件三晉兵器與之參照：

（11）韓　　八年新城大令韓定戈（〈考釋〉174）

八年，亲（新）城大命（令）𩁾（韓）定，工市（師）宋□，䚋□。

（12）三晉　卅二年𤸫令初戈（〈考釋〉266）

卅二年，𤸫𪫺（令）初，左庫工市（師）臣，𤏳山。

（13）魏　　七年邦司寇富無矛（〈三晉兵器〉頁28）

七年，邦司寇富無，上庫工市（師）戌閒，𤏳箐。

（14）魏　　十二年邦司寇野弚矛（〈三晉兵器〉頁28）

十二年，邦司寇野弚，上庫工市（師）司馬癥，𤏳厮。

例（11）、（12）詳本文〈考釋篇〉，例（13）、（14）黃盛璋考爲魏器。上舉例（6）－（8）之辭例與此四器相同，故可確定「𤺻」爲「𤏳」之省文。「𤏳」皆位於工師之後，知其必爲職稱名。就字形而言，「𠂤」與小篆冶字「𠗂」相近，從火尤爲冶鑄所需之要件，因知李學勤釋「𤺻」、「𤏳」爲「冶」，其說確不可易。

《說文》：「冶，銷也。從𠗊，台聲。」，「𠗊」乃「冰」字之初文。王人聰據金文「𤏳」體云：

我們可知冶字本作㷭，從火從㫚，㷭與㫚是㷭的簡化，而𤺻則㫚的變形。但是到了小篆則譌變爲𠗂，成了從𠗊（冰）台聲的冶字。〔註26〕

因知許慎謂「冶」字從𠗊、台聲，係就譌變之篆形立說，故未能得其實情。唐

〔註26〕王人聰：〈關於壽縣楚器銘文中「但」字的解釋〉，《考古》1972年第6期，頁47。

蘭解析字形云：

> 在古文字裏，冶字本畫出兩塊銅餅，即呂字，是金屬的名稱。冶字
> 還畫出一把刀，有時下面還畫有火，是指冶鑄銅爲刀的意思。〔註27〕

黃盛璋言之尤詳：

> 《荀子·疆國》述當時鑄劍之程序有：「刑范正，金錫美，工冶巧，
> 火齊得，剖刑而莫邪已。」刑範即型範，鑄造青銅器首先要銅與錫
> （鉛）調劑成一定比例之金餅，其次要造範，作爲原料之金餅塊料
> 經火冶煉而爲銅液，然後澆入型範鑄器，最後剖開範而器物成，故
> 以「＝」在火上，刀、刃、斤與凵配，「＝」表已調劑之金餅，火
> 表火齊，凵表型範，刀、刃、斤則表「工冶巧」與「器物成」。戰
> 國最完整之「冶」字即爲「＝、火、刀（刃、斤）、口」四要素的配
> 合，基本上表達冶煉之全過程。因此「冶」是一個依會意造字，而
> 不是形聲字，說它是「从𠆢、台聲」，全屬誤解。〔註28〕

唐、黃二氏以會意說「冶」字，於字形、字義皆有足取，惟謂「＝」象塊狀銅餅
之形、「凵」象型範之形，略失之泥。蓋青銅器係屬合銅、錫、鉛等多項原料製
成，焉知「＝」非象他類金屬之形？又甲、金文屢見以小點狀液體之形，焉知「＝」
非象已溶金屬漿液之形？筆者以爲此但謂象冶鑄所需質材之形，不宜斷言爲某一
類物。又謂「凵」象型範之形，固有可能，然焉知非象煉爐或坩鍋之形？筆者以
爲此但謂象冶鑄所需容器之形，未必確指型範而言。唐、黃二氏不守許書之舊，
溯源金文字形，必求形義緊密結合之努力，正所以啓示吾輩以一正確途徑。

　　三晉「冶」字異體殊繁，茲擬依結構繁簡舉例如下。惟以三晉兵器辭例率
多雷同，爲節篇幅，各器銘文不一一迻錄。凡句兵類國屬之判定，詳本文〈考
釋篇〉；非句兵類，則詳黃盛璋〈試論三晉兵器的國別和年代及其相關問題〉、
郝本性〈新鄭「鄭韓故城」發現一批戰國銅兵器〉二文。

　　第一式：㣵

　　（1）韓　　八年新城大令韓定戈（〈考釋〉174）

〔註27〕唐蘭：〈中國青銅器的起源與發展〉，《故宮博物院院刊》1979年第1期，頁5。
〔註28〕黃盛璋：〈戰國「冶」字結構類型與分國研究〉，《古文字學論集》初編，頁428-429。

第二式：鈾（鈾）

  （2）三晉　　卅二年㦱令初戈（〈考釋〉266）

  （3）魏　　　七年邦司寇富無戈（〈三晉兵器〉頁28）

  （4）魏　　　十二年邦司寇野㡵矛（〈三晉兵器〉頁28）

第三式：鑰

  （5）趙　　　廿九年相邦趙戈（〈考釋〉183）

  （6）趙　　　元年劍（〈三晉兵器〉頁20）

  （7）趙　　　守相杜波劍（〈三晉兵器〉頁24）

  （8）趙　　　十五年相邦劍（〈三晉兵器〉頁24）

  （9）趙　　　王立事劍（〈三晉兵器〉頁26）

  （10）趙　　四年春平侯劍（〈三晉兵器〉頁21）

  （11）趙　　十三年劍（〈三晉兵器〉頁24）

  （12）趙　　八年相邦建信君劍（〈三晉兵器〉頁29）

  （13）趙　　十年陽安君劍（《考古》1983年第5期，頁472）

第四式：燚

  （14）三晉　七年導工戈（〈考釋〉260）

第五式：釗

  （15）魏　　卅四年邙丘令癸戈（〈考釋〉187）

第六式：鈗

  （16）魏　　九年戈丘令雍戈（〈考釋〉188）

第七式：釗

  （17）趙　　四年春平相邦劍（〈三晉兵器〉頁20）

第八式：釗

  （18）趙　　元年郘令夜□戈（〈考釋〉179）

第九式：釗

  （19）三晉　三年㕚余令韓謹戈（〈考釋〉264）

第十式：刹

（20）魏　　廿九年高都令陳愈戈（〈考釋〉190）

（21）魏　　廿九年高都令陳愈劍（〈三晉兵器〉頁 34）

第十一式：坒

（22）三晉　十六年喜令韓□戈（〈考釋〉270）

（23）韓　　四年□雍令矛（〈三晉兵器〉頁 17）

第十二式：坌（坒、坒）

（24）三晉　敽令戈（〈考釋〉258）

（25）三晉　十四年戈（〈考釋〉259）

（26）三晉　四年□令韓謹戈（〈考釋〉265）

（27）魏　　卅三年大梁左庫戈（〈考釋〉186）

（28）韓　　廿四年郫陰令戈（〈考釋〉172）

（29）韓　　六年鄭令韓熙戈（〈考釋〉170）

（30）韓　　廿年鄭令韓悐戈（〈考釋〉165）

（31）韓　　十六年鄭令趙距戈（〈考釋〉163）

（32）韓　　十七年鄭令坌□戈（〈考釋〉164）

（33）韓　　卅一年鄭令槍活戈（〈考釋〉167）

（34）韓　　四年鄭令韓□戈（〈考釋〉168）

（35）韓　　六年鄭令嫂曾戈（〈考釋〉170）

（36）韓　　八年鄭令嫂曾戈（〈考釋〉171）

（37）韓　　卅二年鄭令槍活矛（《邱集》8566）

第十三式：坒

（38）韓　　九年鄭令宜疆矛（《邱集》8560）

（39）韓　　卅四年鄭令槍活矛（《邱集》8570）

第十四式：坒

（40）韓　　五年鄭令韓□戈（〈考釋〉169）

第十五式：≟（≟）

（41）韓　　十四年鄭令趙起戈（〈考釋〉161）

（42）韓　　十五年鄭令趙起戈（〈考釋〉162）

（43）韓　　廿一年鄭令艇□戈（〈考釋〉166）

（44）韓　　五年鄭令韓□矛（《邱集》8555）

（45）韓　　七年鄭令奏豐矛（《邱集》8569）

（46）韓　　二年鄭令檣浧矛（《邱集》8571）

第十六式：廷

（47）韓　　王三年鄭令韓熙戈（〈考釋〉160）

第十七式：≟

（48）韓　　元年鄭令檣浧矛（《邱集》8567）

第十八式：炊

（49）韓　　七年侖氏令韓宕戈（《考古學報》1974年第1期，頁14）

第十九式：坦

（50）三晉　　廿三年□陽令奡戲戈（〈考釋〉268）

（51）韓　　十七年敡令艇肖戈（〈考釋〉175）

（52）魏　　七年宅陽令矛（〈三晉兵器〉頁31）

第二十式：坦

（53）趙　　十二年趙令邯鄲戈（〈考釋〉180）

第二十一式：钻

（54）魏　　廿三年郚令垠戈（《考古學報》1974年第1期，頁33）

第二十二式：坦

（55）三晉　　王三年馬雍令史吾戈（〈考釋〉271）

第二十三式：均

（56）魏　　四年咎奴蕃令□鹮戈（〈考釋〉189）

上文所舉楚銘「坦」字，可歸入第十九式。此外，黃盛璋〈戰國「冶」字

結構類型與分國研究〉一文，尚收錄如下五式：

第二十四式：𢽁

（57）魏　　陰晉戈（《小校》10.43.1）

第二十五式：𣂁

（58）中山　中山國鳥柱盆

第二十六式：𢼭

（59）齊　　齊陶（《古陶》8.1）

第二十七式：𠂤

（60）魏　　安邑下官鍾（《文物》1975 年第 6 期，頁 72）

第二十八式：冶

（61）秦　　右鐵冶官印（《璽印集英》9.5）

第二十九式：𣂸

（62）魏　　平安君鼎〔註29〕

第三十式：𠂤

（63）？　　金村四斗方壺

例（57）《孫目》、《邱集》未錄，故本文〈考釋篇〉亦從闕。例（58）黃盛璋摹作「𣂁」，張守中《中山王𰯼器文字篇》摹作「𣂁」（頁 124）。例（60）徐中舒《殷周金文集錄》摹作「估」（第 616 器），筆者檢視原拓影本，此字似作「𠂤」形。〔註30〕

戰國「冶」字之辨識，李學勤首發其端，居功至偉。其後，王人聰、黃盛璋對於「冶」字結構類型之研究，及本文所列三十式，詳略固有不同，實皆本

〔註29〕平安君鼎之國屬，原報告定爲秦器，李學勤考爲衛器，黃盛璋考爲魏器，據銘文辭例以辨，黃說較長。詳駐馬店地區文管會等：〈河南泌陽秦墓〉，《文物》1980 年第 9 期，頁 15-22；李學勤：〈秦國文物的新認識〉，《文物》1980 年第 9 期，頁 27-29；黃盛璋：〈新出信安君鼎、平安君鼎的國別年代與有關制度問題〉，《考古與文物》1982 年第 2 期，頁 56-58。

〔註30〕咸陽市博物館：〈陝西咸陽塔兒坡出土的銅器〉，《文物》1975 年第 6 期，頁 72，圖六。

於李學勤上引文。惟李學勤謂「冶」字從「人」，殆據楚銘「㳙」而言，然由第十式從「斤」，第八、九等式從「刃」，知「刂」當為刀之象形，「⼑」則「刀」或「匕」之變體。李氏此誤，王人聰已予諟正。

「冶」字異形殊繁，變化複雜，王人聰云：

> 此字變化的特點：（1）從最繁的結構中可以省去從「火」或從「口」的任一部分，（2）刀字可正寫或反寫，其位置可置於左邊、左上角或右上角，（3）「＝」字可置於左上角或右上角。這些變化的特點，反映出當時此字的寫法還不固定，正處於簡化的過程，其簡化的趨向，即是

〔註31〕

王文所集異體未廣，其言自難周詳。茲擬歸納各式異體之特徵，補贅數事如下：

一、戰國「冶」字異體流變表：

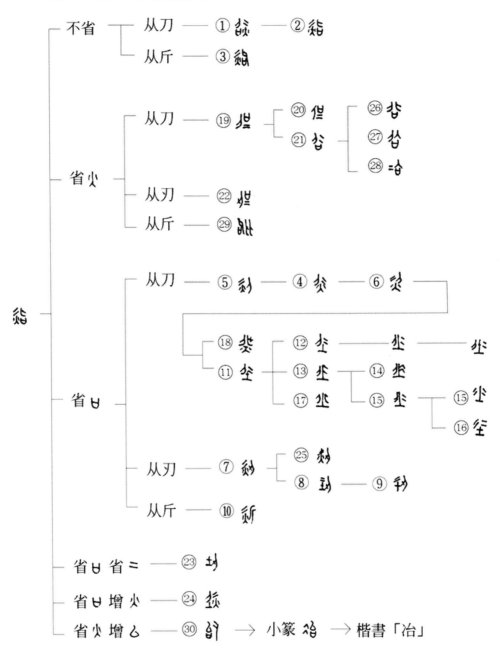

（①表前述「冶」字第一式，餘類推。）

二、「火」表冶鑄所需之火劑。上舉「冶」字所從火旁有如下七式異體：

（a）火（第三式）

（b）央（第二式）

（c）夾（第一式）

（d）上（第十三式）

（e）土（第十二式）

（f）土（第十一式）

（g）十（第九式）

豎畫加點，圓點變橫，乃古文字演變習見現象，如數目字「十」，初作一豎畫「｜」，後作「￨」、「￩」，復由點變橫，始有「十」字。上列「火」字（a）至（c）、（d）至（f）之演變，蓋亦如是。（d）至（f）三式，乃「火」之變體。從火、從土形近而訛，此亦古文字演變習見現象，如「董」字甲骨文作「䓴」（《後》2.18.1）、「䓴」（《燕》29），董伯鼎作「䓴」，啓卣作「䓴」，下俱從火；㪔鐘作「䓴」，洹子孟姜壺作「䓴」，其下所從已與「土」相亂。所以知「冶」字從火、不從土者，蓋「土」之於冶鑄，或爲礦土，或爲土範，前者已有「＝」表之，後者亦有「ㅂ」足以表之，毋庸重複。g式「十」，僅例（29）「三年䢔余令韓誰戈」一見，《小校》10.54.3 戈銘與本戈同，而「冶」字作「䢔」，因知「十」爲「火」字之訛省，或爲（f）式「土」漏刻一筆。

三、「刀」、「斤」（第十式）皆表冶鑄之成品，事類相同，自可互通。惟從「刀」者數十見，從「斤」者僅同銘之器二見，此蓋與刀之用途較廣有關，取習見事物以造字，斯乃人情之常，不足爲異。「冶」字亦有從「刃」（第七式）者，「刀」、「刃」字義相因，固可通用，如中山王䌶鼎「則」字，從「刀」、從「刃」二體並見，是其佳證。第三式從「ㄅ」，第三十式從「ㄅ」，黃盛璋謂前者爲「刀」之異構，後者爲「斤」之別體。〔註32〕第二十九式從「比」，黃盛璋初謂「斤」之或體，〔註33〕後謂象雙刀形。〔註34〕源案：兩豎畫各附有斜出之橫畫，與「刀」字同，後說是也。

四、「＝」表冶鑄所需之質材，例（40）作「仝」形，或即小篆「仝」所自昉。

五、「冶」字最繁體之偏旁有四，其簡體或省「口」（第四至十八式），或省「火」（第十九至二十二式），或省「＝」（第二十三、二十六、二十九、三十式）。惟未見省「刀」（含「刃」、「斤」等）之例，蓋「冶」之本義爲銷金製器，省「刀」

〔註32〕同註28，黃盛璋文，頁435。

〔註33〕同註28，黃盛璋文，頁435。

〔註34〕同註29，黃盛璋文，頁59。

則本義必因之而晦。「口」、「火」皆省之例，亦未之一見，蓋此二偏旁皆省，則字作「⿰⺀刀」或「⿰刀⺀」，銷冶之義無從審知矣。

六、偏旁「刀」、「口」、「＝」之位置，均可任意更動，惟「火」必位於字之下方，蓋火性向上，必置於被燃物下，功能乃顯。

七、第十五式「⿱⺀土」，第十七式「⿱⺀⺀」，第二十六式「⿱⺀⺀」，同一偏旁重複二見，結構皆屬上二下一之倒金字塔形。此疑由第十二式「⿱⺀⺀」、第二十一式「⿱⺀⺀」之變體，蓋「⿰」、「＝」形近，且位置相對，右右兩偏旁類化，以求字體結構勻稱所致。第十八式「⿱⺀⺀」，左刀、右刃，其意亦同。

綜上所述，「冶」字異形衍生之途徑有五：其一、出於字形訛變，如「火」旁與「土」旁淆亂；其二、出於偏旁類化，如「⿱⺀土」變成「⿱⺀⺀」，「⿱⺀⺀」變成「⿱⺀⺀」；其三、出於偏旁更易，如或從「刀」、或從「刃」、或從「斤」、或從雙「刀」；其四、出於偏旁多寡之簡省，如或省「口」、或省「火」、或省「＝」；其五、出於偏旁位置之異動，如「刀」、「口」、「＝」可出現於該字任何部位。此五項變數排列組合，即可衍生數百種異形，上文所列三十式，僅爲已知部分，考古工作日益推展，則「冶」字各式異形亦當陸續出現。

戰國「冶」字異形雖繁，而其衍生之際，實亦受文字內部規律所制約，非全無理致可言。如偏旁更易之對象，必取之金屬器具，而從「木」、從「石」、從「邑」等偏旁必無出現之理；又如偏旁組成要素，多者有四（第一至三式），少者僅二（第二十三式），「口」、「火」、「＝」均可個別省略，惟表金屬製品之「刀」旁不可省，及表冶鑄特有之「火」、「口」不得同時皆省；又如偏旁「火」必位於字之下方。凡此，悉與「冶」之本義爲銷金製器有關。易言之，「冶」字異形變化，猶受其本義所制約，此與「造」之異形受「告」聲制約相類。「造」爲形聲字，「冶」爲會意字，適爲一組相對之例證，由此可略見戰國文字異形之梗概。

「冶」字各式異體之分布，略具區域性，此由上列例證不難窺知。黃盛璋〈戰國『冶』字結構類型與分國研究〉一文云：

> 戰國最完整亦即最繁式之「冶」，爲四要素組合，一般僅有三要素組合而省去「口」或「火」，甚至僅有二要素火與刃結合，趙常用四要素最繁式⿰⺀⺀、⿰⺀⺀，韓常見三要素之⿱⺀土、⿰⺀土與⿰⺀⺀、⿰刀⺀，魏各式皆有，除兼韓、趙外，二要素⿰土刀，三要素⿱⺀⺀、⿱⺀⺀、⿰⺀⺀，四要素⿰⺀⺀皆所

特有，常見爲三要素，但又不拘一格，中山用 、，東周用 、，楚、齊、燕皆用 ，而 爲齊所僅見，秦用 、，與他國亦有不同。〔註35〕

案：引文魏銘「」（例（67））乃「」之誤摹（詳上文）；秦銘「」實爲漢篆（詳黃文頁 434）；東周器（例（24））判定之依據爲何，黃氏未言。類此枝節問題除外，其說確得「冶」字異形之精髓。黃氏深通歷史地理之學，故能言人所未言，爲戰國文字異形研究植基。

〔註35〕同註28，黃盛璋文，頁438。

考　釋　篇

凡　例

一、國內迄今所見集大成之金文著錄書籍，有邱德修《商周金文集成》（以下簡
　　稱《邱集》）、嚴一萍《金文總集》（以下簡稱《嚴集》），此二書皆據孫稚雛
　　《金文著錄簡目》（以下簡稱《孫目》）編輯而成，內容大同小異。茲以《邱
　　集》補收之器目略多於《嚴集》，故本文選擇《邱集》兵器類爲取材範圍。
　　復於各器目之後標明二書之器號，以備參照。

二、本文以「兩周青銅句兵銘文彙考」爲題，凡無胡句兵且銘文爲族徽者，視
　　爲商器（參〈研究篇〉第二章第三節），不予採錄。年代下限則從《邱集》、
　　《嚴集》二書之體例，止於秦始皇二十六年。

三、本文所錄各器，依性質不同，分爲四類，國屬明確者居首，系屬可知而國
　　屬待考者次之，系屬亦無可推知者再次，疑僞者殿後。

四、國屬明確諸器之編次，西周在前，東周在後。東周列國之序，先長江流域，
　　次江、河之間，再次山東地區，復次北燕，續以三晉與秦，而止於巴蜀。
　　同國之器，年代可考者，以年代相次；不可考者，乃以辭例簡繁爲序，蓋
　　兵器辭例之演變大致是由簡趨繁。

五、系屬可推知諸器之編次，由楚系、齊系而三晉系，以與國屬明確器之次第
　　相應。

六、凡國屬不明確諸器（後三類），各以字數多寡爲序，字多者列後。

七、茲以本文各器之次第與《集成》、《邱集》、《嚴集》有別，另編「本文與《集成》、《邱集》、《嚴集》器號對照表」，置於目錄之後，以便檢索。

八、本文於各器類別辨識，有與《孫目》（《邱集》、《嚴集》皆本於《孫目》）不同者。如燕國句兵之器類名自成一系，自名曰「鋸」、「鍨」、「鍨」、「鍨鍨」，《孫目》於此四類器從其自名，而於未自名類別器，則名之曰「戈」。本文則從《周金》、《小校》、《三代》及考古工作者之例，概名之曰「戈」，不從其自名，以求與列國句兵分類標準一致，詳〈研究篇〉第二章「器類辨識」。

九、各器命名依「器從主名」原則，《邱集》命名與此不合者，於〈本文與《邱集》器名對照表〉中互見。此表置於目錄之後、器號對照表之前。

十、本文以青銅句兵爲研究範圍，《邱集》所載玉兵數器（8461－8468號），不予收錄。又《邱集》8301「郾王殘器」，實非青銅句兵，亦未收錄。

十一、《邱集》屢見有目無器之例，本文係以銘文考釋爲主，凡銘文未見刊布者，概不收錄。

十二、本文既以《邱集》爲底本，凡《邱集》重出之器，僅於釋文中訂正，器目則仍其舊，未予裁併。

十三、每類器之各部位名稱，考古工作者之命名大同小異，本文所據之名稱，詳〈研究篇〉第二章「器類辨識」。

十四、凡句兵皆有兩面，茲從考古工作者之例，以對人而援在左者爲正面，反是爲背面，詳〈考釋篇〉例014「戟」。

十五、戰國兵器辭例類多固定，爲節省篇幅，釋文詳於前而略於後，不一一複述。凡需參見他器釋文者，於〈研究篇〉以圓括號（〈考釋〉△△△）表之；於〈考釋篇〉則省作（例△△△），惟各器釋文所舉例證另有編號時，爲求別嫌，則改用（考釋△△△）表之。

十六、名器釋文自爲起迄，銘文相同或器主相同者，合爲一條，一則可節省篇幅，再則可收參照互證之效。

十七、各器拓片隨文附見，以器號爲其圖號。因考釋舉證所需之附圖，則以圓括號（附圖A：B）識別之，「A」表該器器號，「B」表附圖序號。如（附圖030：1），表例030之附圖一。〈研究篇〉之圖號則以圓括號（圖A.B.C）表之，「A」爲章數，「B」爲節數，「C」爲該章節之圖次。

十八、茲蒙邱德修先生惠允，剪貼《邱集引得》於各器拓片左側，如是各器著錄之詳情，一目瞭然。各器所附之《邱集引得》條目，其左上角爲《孫目》器號，右上角爲《邱集》器號。

十九、本文所附各圖多影印自《三代》、《小校》等著錄書，以求器銘清晰。筆者所集各家摹文，亦隨圖附見。

二十、本文所舉古文字字例，多見於容庚《金文編》、孫海波《甲骨文編》、金祥恆《續甲骨文編》《陶文編》、徐中舒《漢語古文字字形表》、高明《古文字類編》、羅福頤《古璽文編》《漢印文字徵》、商承祚《先秦貨幣文編》等書。

001　兀戈（《邱集》8127、《嚴集》7304）

　　1975 年北平北郊昌平縣白浮村附近，掘得三座保存完好之西周木槨墓，本戈即出自第 2 號墓，編號 M2:36。內上銘文一字，作「兀」形，不識，原報告謂此乃氏族徽號，此說可從，蓋西周中期以前彝器銘文猶見氏族徽號。〔註1〕

　　　6652　　　　　　　8127
兀戈　　　　　　　內上 1 字
　　考古　1976.4. 251 頁
　　圖五：3，圖六：1

〔註 1〕北京市文物管理處：〈北京地區的又一重要考古收獲──昌平白浮西周木槨墓的新啟示〉，《考古》1976 年第 4 期，頁 250。

002　兀戟（《邱集》8476、《嚴集》7586）

本戟與例001「兀戈」同出，援之上有曲鉤，考古工作者名之曰「鉤戟」。
郭寶鈞云：

> 戟制中有一種不爲戈、矛合體，而爲戈、刀合體的：它的上部不爲
> 刺而爲鉤，我們爲使與刺戟區別，權名之曰「鉤戟」。……似此器早
> 期（源案：指西周而言）已有前型而不見重視，中葉時經過大量製
> 造，卻並不如刺戟的合用，故以後即不再鑄了。這是西周兵器演進
> 試驗中的一個旁枝。〔註2〕

故由形制以辨，例001「兀戈」與本戟之時代，約當西周初期至中期之間。內
銘「兀」字，不識，殆亦氏族徽號。

```
6950            8476
兀戟            1 字
考古   1976.4.251 頁
圖五：5，圖六：4
```

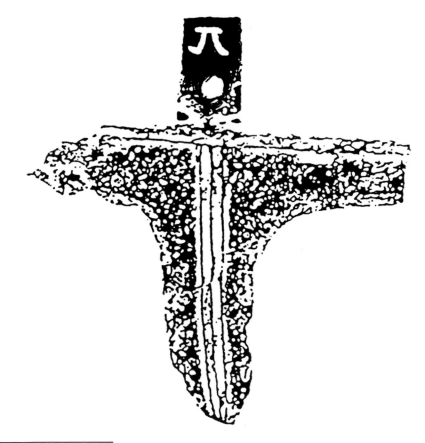

〔註 2〕郭寶鈞：《濬縣辛村》，頁 44。

003　**成周戈**（《邱集》8161、《嚴集》7327）

004　**成周戈**（《邱集》8160、《嚴集》7326）

005　**成周戈**（《邱集》8159、《嚴集》7325）

　　例 003 短胡一穿，濬縣辛村第 42 號墓出土，屬科學發掘品，爲西周早、中期之標準戈制。〔註3〕內銘「成周」二字，作「𢦔𠀑」。例 004 形制相近，例 005 僅存內末，銘文皆作「𢦔田」形，參照例 003，知此二銘亦當釋爲「成周」。

　　「周」字，《甲骨文編》著錄三十一文，多作「𠀑」，作「田」形者僅一見。《續甲骨文編》著錄四十一文，作「田」形者五見，餘悉作「𠀑」形。二書合計七十二文，皆未從「口」。新四版《金文編》著錄五十五文，未從「口」者八見，其中作「𠀑」者五，界格無點者三。餘四十七文悉從「口」，其中界格有點者僅十三見。《先秦貨幣文編》與《古璽文編》二書，所載多屬春秋戰國時物，前者著錄八十文，後者十四文，悉從「口」（或從「𠙻」、「𦣞」），界格中無點。此外，石鼓文作「𠆣」，信陽楚簡作「𠱾」，亦從「口」、無點；其後，《金文續編》、《漢印文字徵》等書皆同。據上述資料，「周」字構形演變，可略而言之：殷商時期皆不從「口」，字多作「𠀑」形，界格中無點者鮮見；西周時期從「口」、不從「口」、有點、無點並行，而以從「口」、無點者較習見，且就《金文編》所列器目以觀，不從「口」、有點者，多屬西周早、中期器；春秋戰國以降，結體悉與小篆無異。因知「周」字構形轉變，殆以西周早、中期爲過渡階段，而成周戈作「田」形、或作「𠀑」形，尤爲明證。

　　「周」字之形義，眾說紛陳，迄無定論。阮元釋爲「鹵」，謂即古文「魯」，劉心源、方濬益、徐同柏、王襄、高田忠周諸氏皆承其說，復謂界格中小點乃象鹽粒形。葉玉森謂田象盛金粒之器，界格中之小點即象金粒形。余永梁、周師法高、張日昇諸氏，謂田象耕田阡陌縱橫之象，小點象田中所植之物。馬敍倫謂乃「墉」之初文，本象垣壁之形。高鴻縉謂象箱篋周密以藏貝玉之形。朱芳圃、白川靜、李師孝定諸氏，謂象方格縱橫刻畫文采之形，當爲「彫」之初文。龍師宇純謂「田」、「周」二字本同一形，「周」字加點但求有別於「田」字而已。〔註4〕茲據上段所述，知「周」字甲骨文即見界格中無點之形，「田」非

〔註3〕參郭寶鈞：《濬縣辛村》，頁 40。林巳奈夫：《中國殷周時代の武器》，頁 39。

〔註4〕阮元、劉心源、方濬益、徐同柏、高田忠周、周師法高、張日昇、馬敍倫、朱芳

「囲」之省，甚者，小點蓋出於後加。設若格中小點實有所象，則此當爲重要表意成份，甲骨文不當已見省點之形，春秋以降，尤不當未嘗一見有點之形，因知以小點象鹽粒、金粒、植物形者，俱不可從。至若界格「田」形之取象，則以彫畫文采之說較長，餘說於音理咸不相侔。至於《說文》以「从用口」解析字形，係據小篆爲言，篆形從「用」者，殆由無叀鼎作「𤰯」、縣妃簋作「𤰯」而譌，古文本不從「用」，是以許氏之誤固不待辯矣。

契文「田」、「囲」二體並行，因知格中小點初不必有所取象，添益之，但求不與農田之「田」淆亂，非別有深意。格中小點之功用，至西周金文漸爲「ᄇ」、「∪」（孟爵、格伯簋）、「○」（例 003「成周戈」）所取代，凡此諸形，其用亦在別嫌而已，本非口嘴之「口」，是以春秋以降復得衍出「𤰯」（《古璽》1186）、「𤰯」（《古璽》1194）、「𤰯」（《古璽》0207）、「𤰯」（信陽楚簡）、「𤰯」（《說文》古文）諸形，而無礙於字之結體。至夫「ᄇ」諸形何以取代格中小點，是否別有文字演變規律支配使然，則猶待深入鑽研。

```
6673              8161
又三              2字
辛村   圖版陸參：2，拾玖：4
41 頁 圖九：3
```

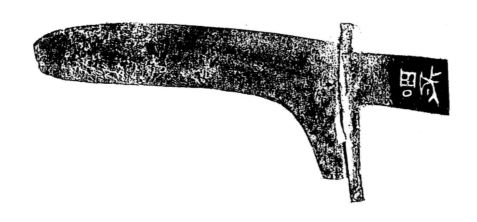

圃、高鴻縉諸氏之說，詳周師法高《金文詁林》，頁 660-675。王襄、葉玉森之說，詳李師孝定：《甲骨文字集釋》，頁 383-388。金永梁、龍師宇純之說，詳龍師宇龍：《中國文字學》，頁 180-182。白川靜之說，詳周師法高《金文詁林補》，頁 320-322。李師孝定之說，詳其所撰《金文詁林讀後記》，頁 26。

6672　　　　　8160
又二　　　　　2字
　貞補　中 32 前
　三代　19.28.3

6671　　　　　8159
成周戈一　　　2字
　貞補　中 32 後
　頌齋　32
　小校　10.13.3
　三代　19:28.2
　中華　91
　故圖　下下 492

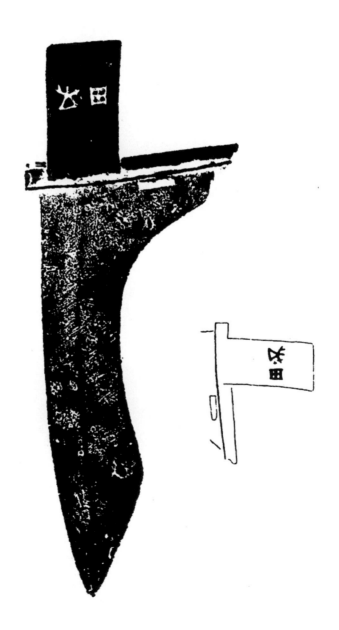

006　大保**常**戈（《邱集》8175、《嚴集》7341）

007　大保**常**戈（《邱集》8210）

008　大保**常**戟（《邱集》8479、《嚴集》7589）

　　例 006 河南洛陽東郊北瑤龐家溝第 161 號西周墓所出，戈內一面鑄「大（太）保」二字，另面鑄一「**常**」。〔註5〕例 007 摹文初載於《彙編》919，銘同例 005，惟「**常**」摹作「**常**」略異，二體形近，當爲一字。例 008 係 1931 年河南東北部所出，據云銘文與前二戈同，惟照片質劣，難以辨識。〔註6〕

　　「**常**」當係大保之私名，馮蒸隸定爲「**常**」，〔註7〕蔡運章隸定爲「**菁**」。〔註8〕金文「**常**」字作「**常**」（頌鼎），「**菁**」字作「**菁**」。戈銘與「**常**」字較近，姑從馮釋。或謂太保**常**即周初輔佐成王之召公奭，馮蒸駁云：

> 如果召公自己作器，不會簡單地自稱爲太保。而且以召公奭的地位，
>
> 作此簡單的類似明器的戟，也是不大可能的。……**常**既非太保召公
>
> 奭，那就可能是召公的後裔。〔註9〕

馮蒸復謂召公長子代召公就封燕地，而傳世燕國銅器銘文，未見有自稱爲「大保」者，故大保**常**亦非召公長子，但可能爲召公次子，或是留於周室之後裔。

　　銅器所見銘有「大保」者二十餘器，〔註10〕其中有「大保」二字在「某乍寶尊彝」之後者，如《三代》3.6.4－6 所著錄三件「大保鼎」即是，陳夢家謂此類「大保」銘文爲族名，〔註11〕由是以觀，馮氏以大保**常**爲召公後裔之說，確有所據。蔡運章承接馮說，復進而言曰：

> 太保**菁**（源案：即「**常**」）諸器的年代當在西周成王或康王初期以
>
> 前。因此，我們認爲太保**菁**可能就是召公奭留任王官的次子。也就

〔註 5〕蔡運章：〈太保菁戈跋〉，《考古與文物》1982 年第 1 期，頁 80。

〔註 6〕馮蒸：〈關於西周初期太保氏的一件青銅兵器〉，《文物》1977 年第 6 期，頁 50-54。

〔註 7〕同註 6，馮蒸文。

〔註 8〕同註 5，蔡運章文。

〔註 9〕同註 6，馮蒸文。

〔註 10〕陳壽：〈大保簋的復出和大保諸器〉，《考古與文物》1984 年第 4 期，頁 29-30。

〔註 11〕陳夢家：〈西周銅器斷代（二）〉，《考古學報》第十冊。該文亦收錄於王夢旦編：《金文論文選》，頁 81。

　　是說，可能是第二代召公，至遲也不會晚於第三代召公。……綜上
　　所述，我們認爲太保莽戈及太保莽諸器中的「莽（遘）」，可能是召
　　公奭的次子的名字，「太保」是其族名。〔註12〕

召公奭次子雖留周室，代爲召公，語見《史記・燕世家》索隱。惟既以大保爲
族名，則大保莽未必即爲世襲召公位之「第二代召公」或「第三代召公」；況
召公奭子嗣究有若干，史無足徵，留於周室而自稱「大保某」之子輩，亦難確
證爲召公奭之次子。

　　　　6687　　　　　　　8175
　　大保莽戈　　正面2，反面1字
　　文革　第一輯88頁

6714/d 　　　　　　8210
大保戈 　　　　　　3字
Gettens, etal（1961）64-5
彙編 　7.663.（919）

6953 　　　　　　8479
大保𢆉勾戟 　　　3字
文物 1977.6.51 頁（器影）
R.T.格特恩斯等《兩件中國古
代的隕鐵刃青銅兵器》1971 年
梅原末治：《中國出土の一群
の銅利器に就いて》1954 年

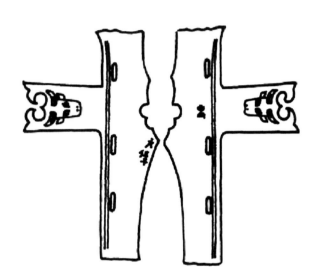

009　　侯戟（《邱集》8472、《嚴集》7582）

010　　侯戟（《邱集》8468、《嚴集》7578）

011　　侯戟（《邱集》8469、《嚴集》7579）

012　　侯戟（《邱集》8470、《嚴集》7580）

013　　侯戟（《邱集》8471、《嚴集》7581）

　　上列五戟形制、銘文全同，其中例 009 爲濬縣辛村科學發掘所得，時代確
定爲西周中期。此類戟制，皆戈、矛合鑄聯爲一體，發掘報告執筆人郭寶鈞謂
之「十字戟」，云：

　　　　戈爲勾兵，矛爲刺兵，若戈矛合鑄聯爲一體，就等於在平頂戈的頭
　　　　上加一刺，即成爲可刺可勾兩用的戟，應是一種進步的兵制。此制

發生在何時不可知，我們在辛村墓42中發掘初次發現了3柄小戟，緊接著在下一個墓2中更出現了11柄大型戟，另外在墓8中也見戟一柄，可見這時候確已有戟了。這時候的戟分二式，一式以矛爲體，旁加戈援的，僅一見；一式以戈爲體，上加矛、刺的，共出十餘具。
〔註13〕

上列各器內末均銘一「侯」字，此蓋與例001「元戈」銘文性質相同，皆爲氏族徽號。

6946　　　　　　8472
又五　　　　　　1字
辛村　圖版貳壹：2，陸陸：1
古青銅器　圖版十二・1

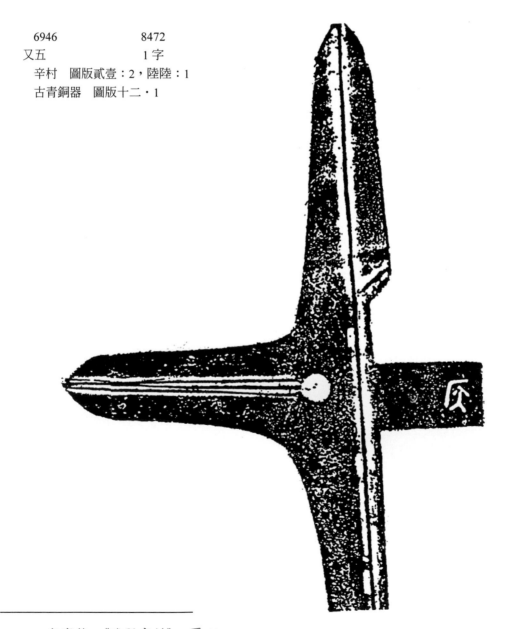

<hr />

〔註13〕郭寶鈞：《濬縣辛村》，頁41。

6942　　　　　　8468
侯戟一　　　　　　1字
　小校　10.62.1
　三代　19.22.2

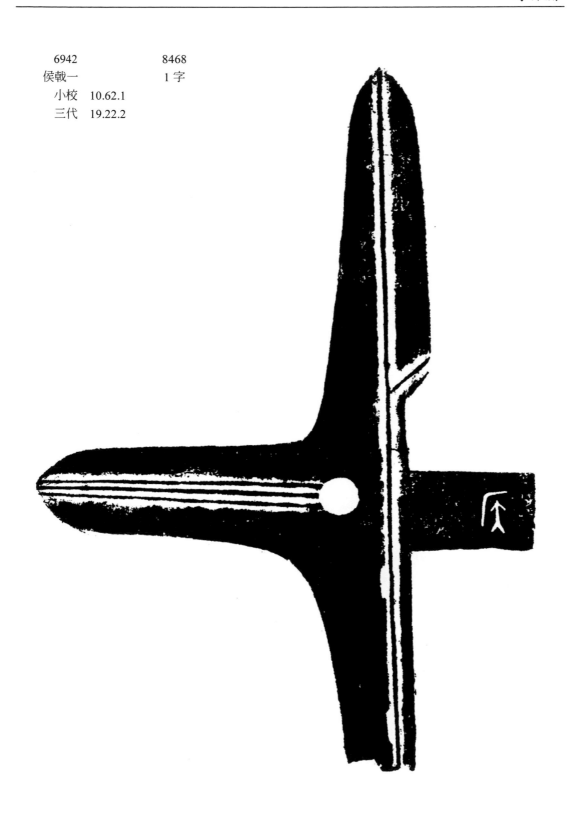

6943 8469
又二 1字
家絜 32
三代 19.23.1
故圖 下下 495

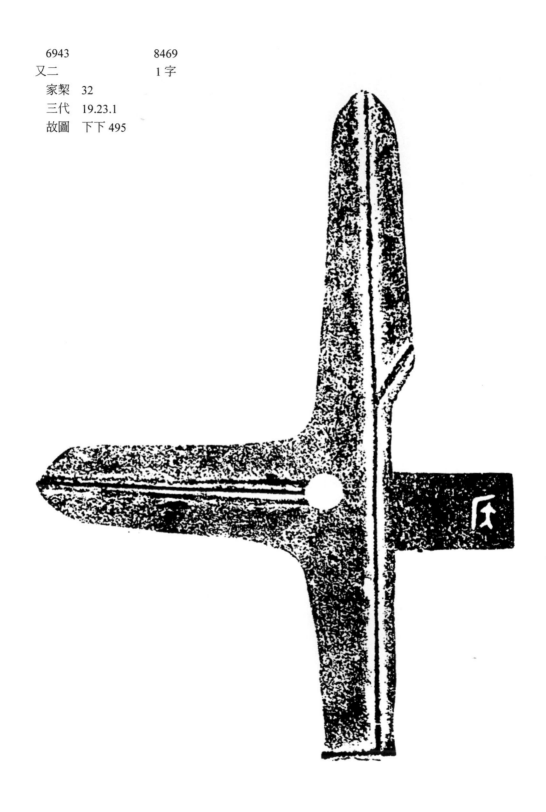

6944   8470
又三   1字
  劍吉　下26
  三代　19.23.2

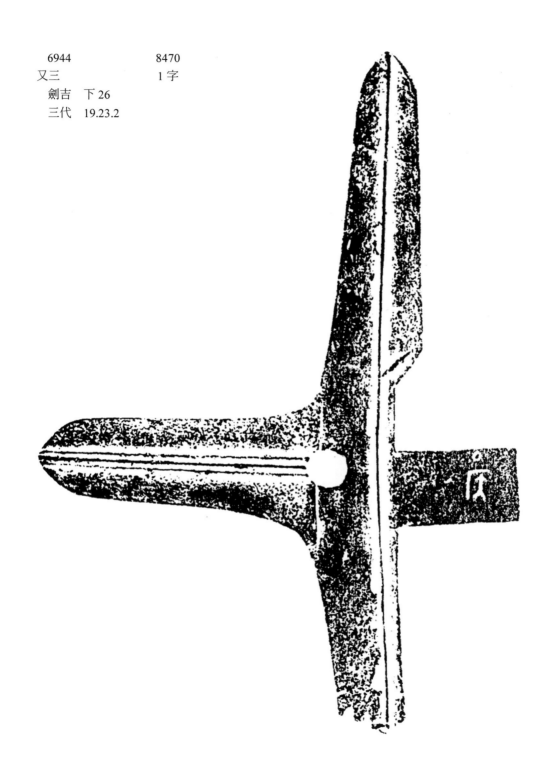

6945　　　　　　　8471
又四　　　　　　　1字
　頌齋　33
　善齋　10.40
　小校　10.61.2
　三代　19.24.1
　中華　94

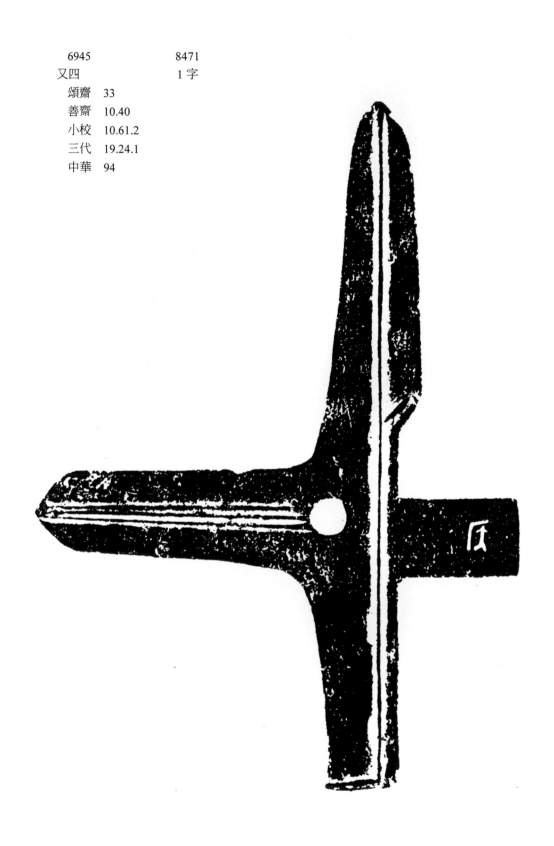

014 　戠戟（《邱集》8473、《嚴集》7583）

本戟濬縣辛村第 2 號墓出土，時代確定爲西周中期。內末背面銘一「戠」
字，郭寶鈞云：

> 凡對人而援在左者爲面；反是爲背，凡對人而面在上者爲右；反是
> 爲左，此其義程氏（源案：程瑤田）已發之矣。……辛村所出戟有
> 銘者十，其三銘戠，皆刻於戟內之背，其七銘戠，皆刻於戟內之面，
> 二者數應相等，以係殘墓，故難確考，其質不甚重，似專爲儀仗用，
> 執戟者若左右侍立，援鋒向前，則戠戟居右，戠戟居左，適爲對
> 文。……故知左戈左戟，爲儀仗、雙舞，便左者之用，故特鑴左字
> 以爲識別；若右戈右戟爲戈戟之常式，無標識之必要，故傳世鮮右
> 戈之文也。〔註14〕

戟銘「戠」字，不識，殆爲氏族徽號。

6947　　　　　　8473
戠戟　　　　　　1字
辛村　圖版貳壹：1；陸柒：1

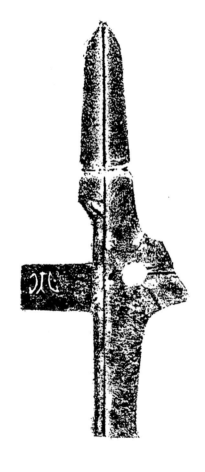

〔註14〕郭寶鈞：〈戈戟餘論〉，《中央研究院歷史語言研究所集刊》第 5 本第 3 分，頁321。

015　白矢戟（《邱集》8477、《嚴集》7587）

本戟河南濬縣辛村第 8 號墓出土，形制與例 009「侯戟」、例 014「戟」相同，時代約當西周中期，內末銘「白矢」二字，殆爲器主之名。

6951　　　　　　8477
白矢戟　　　　　　2 字
辛村　圖版貳貳：2；陸參：3

016 射戟（《邱集》8474、《嚴集》7584）

本戟形制與前述「侯戟」、「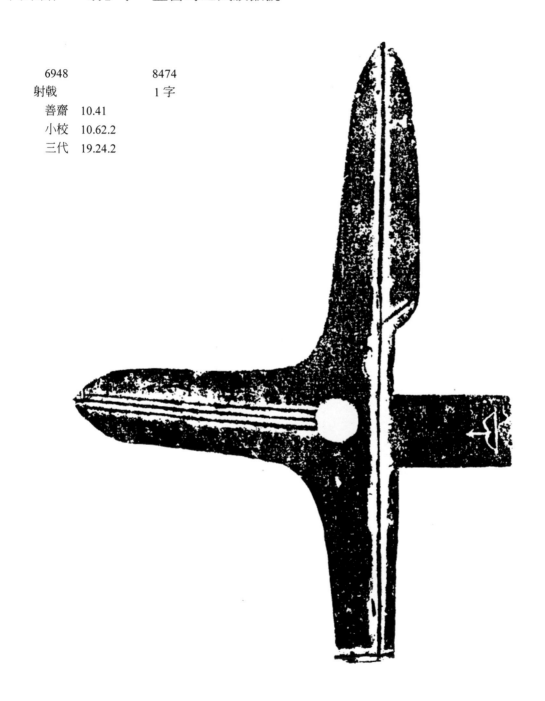戟」同，均屬十字戟，時代約當西周中期。
內末銘一「射」字，蓋當時之氏族徽號。

6948	8474
射戟	1 字
善齋　10.41	
小校　10.62.2	
三代　19.24.2	

017 斦戟（《邱集》8467、《嚴集》7577）

本戟拓片上端似經裁剪，未審其形制爲勾戟，抑爲十字戟，惟此二類形制皆僅見於西周中期前後，故本器之時代猶可確定。內銘「斦」字，不識，殆爲氏族徽號。

6941   8467
斦戟   1字
  貞松   11.22
  三代   19.22.1

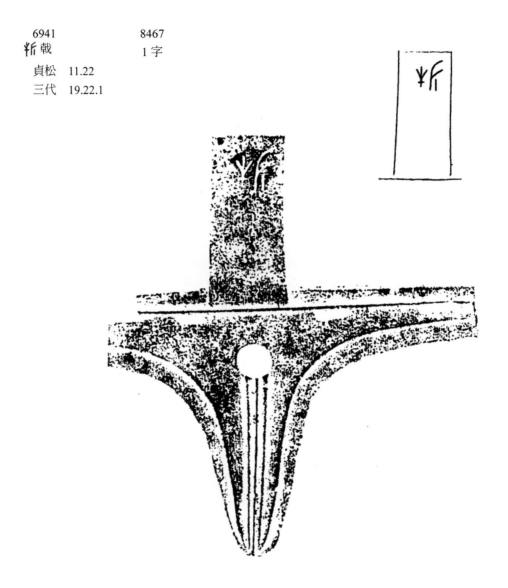

018　戟（《邱集》8475、《嚴集》7585）

　　本戟 1964 年洛陽龐家溝第 139 號西周墓出土，形制屬十字戟。〔註15〕內銘一「」字，不識，殆爲氏族徽號。

6949　　　　　　　8475
戟　　　　　　　1字
文物 1972.10.30 頁圖二八，
24 頁圖一五

019　叔戈（《邱集》8256、《嚴集》7406）

　　本戈與例 018「戟」同出，援本處有墨書銘文四字，原報告釋爲「叔鄒作戈」，〔註16〕徐中舒釋爲「叔侯魚旍」。〔註17〕因銘爲墨書，故無拓片。據摹文以觀，釋「叔」可從；餘三字，以摹文縮影過甚，無由審辨，從闕。

6755　　　　　　8256
叔鄒乍戈　　　　4字
文物 1972.10.24 頁圖一四：3

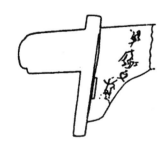

〔註15〕洛陽博物館：〈洛陽龐家溝五座西周墓的清理〉，《文物》1972 年第 10 期，頁 20-31。

〔註16〕洛陽博物館：〈洛陽龐家溝五座西周墓的清理〉，《文物》1972 年第 10 期，頁 24。

〔註17〕徐中舒主編：《殷周金文集錄》，頁 32。

020　侯石戟（《邱集》8480、《嚴集》7588）

　　本戟出自 1973 年北京房山縣琉璃河鎮第 52 號西周墓，上有曲鈎，下有長胡，形制與例 002「兀戟」相近，考古工作者名之曰「鈎戟」。〔註18〕戟內銘文似有四字，左一字，右三字。左一字殘泐難辨，右三字爲「侯石冉」。識讀順序當自右起，蓋銘文自左行起讀乃燕銘之特色（詳後），而燕國未見此類戟制。

6954　　　　　　　8480

侯□冉鈎戟　　　　4 字

考古 1974.5 圖版拾：3f

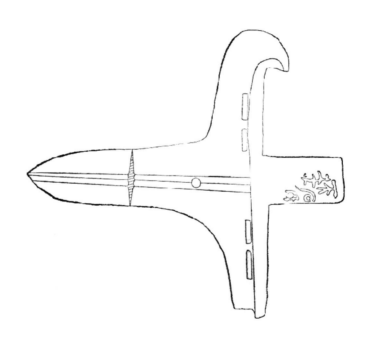

〔註18〕中國科學院考古研究所等：〈北京附近發現的西周奴隸殉葬墓〉，《考古》1974 年第 5 期，頁 309-321。

021 　 郙𢇛白戈（《邱集》8401、《嚴集》7527）

本戈河南濬縣辛村第 42 號墓出土，時代約當西周中期，原報告云：

（本戈）援部殘缺，胡部尚留存一角，似亦短胡一穿式。內部有銘
文，前面八字，後面五字，唯銹蝕過甚，剔工且有誤修處，文不盡
可通讀。〔註19〕

銘分兩面，面各三行，自上緣向下緣直書，唯其釋讀順序則難以究詰。正面銘
文可識者，唯右起第一行「白」字，第三行「茲」、「𢆶」二字。背面右起第二
行第二字作「𪾔」，疑爲「秉」之壞字。第三行末一字作「𣎯」，從二子、從
甘，此體新四版《金文編》收於「附錄」上第 511 條。案：古文字從日者，每
訛爲從甘，如太𪓿鎬「晉」字作「𣎯」，即是一例，故本銘疑即《說文》籀文
「𣤶」字，《說文》：「𣤶，盛皃。從弄、從日，讀若麩。麩，一曰若存。𣎯，籀
文𣤶，從二子。一曰𣎯即奇字𣢆。」

6879　　　　　　8401
𨦗𢇛白戈　　　　13 字
辛村　圖版拾玖：7，陸參：1

022 　 楚公𧊒戈（《邱集》8286、《嚴集》7429）

本戈內末銘文五字，高至喜隸定爲「楚公𧊒秉戈」。〔註20〕本戈一經刊布，
其眞僞問題，旋即引起熱烈討論。于省吾、姚孝遂〈「楚公𧊒戈」辨僞〉一文，
列舉本戈八大疑點：

（1）銘文適當納柲處，「秉戈」二字勢將爲柲所掩。

（2）戈之形制當屬商代，至遲不能晚於周初。而「楚公𧊒」之時代當屬
　　　於春秋。

〔註19〕郭寶鈞：《濬縣辛村》，頁 42。

〔註20〕高至喜：〈「楚公𧊒」戈〉，《文物》1959 年第 12 期，頁 60。

（3）銘文自內之左端繞行而右，商末周初之無胡戈未見如此行款。

（4）商末周初戈內之銘文，多僅有一、二字，而本戈多達五字。

（5）春秋戰國戈銘，或稱「用戈」，或稱「元用」，而此稱「秉戈」者，係後世語例。

（6）兵器上有鎏銀花紋者，始見於春秋後期。商末周初無胡戈之援，未見有如本戈以銀斑爲飾者。

（7）內穿距援甚近，致納柲處過於狹窄。

（8）援後端與內交接處呈弧形，內穿作梭形，凡此皆與常制不合。〔註21〕

然于、姚二氏所舉諸疑，皆有待商榷。其一，戈銘初即不以柲掩爲嫌，如1973 年易縣燕下都遺址出土一批銅戈，其中一號戈銘云：「郾王職乍🥢萃鋸」（圖 2.1.18），「乍」字位於內穿前端至側闌之間，即適當納柲處，因知戈銘部位初即不以柲掩爲慮，此意筆者已予辨明，詳〈研究篇〉第三章辨僞條例四。其二、上引該文第（2）至（6）諸疑之所以發生，係因該文據其形制無胡，即斷本戈爲商器，其時代至遲不得晚於周初。然周初以前戈制固多無胡，而無胡戈卻未必盡屬西周初期以前，如巴蜀一帶至戰國時期猶可見無胡戈。馮漢驥即以本戈與新出蜀戈對照，發現本戈之戈援圓斑紋飾、援與內相接處呈弧形、內穿作梭形、內穿距側闌極近等特徵，俱見於蜀戈，因謂本戈實爲蜀戈，時代約當西周後期至戰國前期之間。〔註22〕故于、姚該文於本戈形制之質疑，已不待細辯。其三，「秉戈」一詞嘗見於1982 年湖北棗陽所出曾侯戈，此戈李學勤謂其時代約當兩周之際，亦可與馮漢驥對本戈之斷代相應。〔註23〕故于、姚該文所舉諸疑確可成立者，唯銘文行款一端而已。本戈銘文所以自內之左端繞行而右，蓋與不於無胡戈援部刻鑄銘文之風尚有關，請參〈研究篇〉第三章辨僞條例四。商承祚嘗親驗本戈，詳審該銘刻字刀法，其結論云：

> 從楚公豪戈文字風格來說，具有古樸鈍拙之韻，缺乏挺健流利之姿，
> 原因是，每筆重刀過多，而非左右兩刀所可奏效。……據我個人初

〔註21〕于省吾、姚孝遂：〈「楚公豪戈」辨僞〉，《文物》1960 年第 3 期，頁85。

〔註22〕馮漢驥：〈關於「楚公豪」戈的眞僞并略論四川「巴蜀」時期的兵器〉，《文物》1961 年第 11 期，頁 32-34。

〔註23〕李學勤：〈曾侯戈小考〉，《江漢考古》1984 年第 4 期，頁 65-66。

步意見，戈成約當西周中、末期，文字附加不早於西周末葉。〔註24〕劉彬徽即從其說。〔註25〕蜀戈而楚銘，銘文後刻，此說最爲通達。

戈銘前三字亦見於楚公豪鐘，郭沫若釋云：

豪蓋爲字之異，古文爲作象，形甚相近。公豪當即熊咢之子熊儀，儀、爲古同歌部。〔註26〕

郭文刊布於 1935 年，學者皆沿用不疑。迄 1984 年張亞初〈論楚公豪鐘和楚公逆鎛的年代〉一文，始別立新解，云：

對楚公豪的豪字，過去有四種讀法。楊沂孫釋爲，吳大澂釋家，孫詒讓釋鷫，柯昌濟釋爰（以爲即熊延）。郭沫若同志采用爲字說，……如按郭說，楚公逆（熊咢）、楚公豪（熊儀）爲父子，楚公逆鎛早於楚公豪鐘。我們認爲，從形制、紋飾和銘文字體看，楚公豪鐘接近於西周中期，它的年代要早於楚公逆鎛，郭說可商。豪字吳大澂釋爲家是對的。豪字是家字的繁體字。……我們認爲，楚公豪（家）就是文獻上的楚公熊渠。〔註27〕

1985 年夏淥〈銘文所見楚王名字考〉一文，則云：

郭老以「豪」字與古文字「爲」字作「象」，形甚相近，一字異體是對的。……楚王名「爲」，郭老以熊咢之子熊儀當之，古音通轉，亦自成理，但疑時代偏早，熊儀爲若敖，當東西周之交，楚國尚爲南蠻叢爾小邦，有無能力和需要鑄造樂鐘（源案：指「楚公豪鐘」），尚可研究。我與張日明同寫年會論文初稿中，定爲楚靈王熊圍之器，徐少華同志研究了器物的形制，認爲該器款式較古，不合靈王時代較晚的形制，我就字論字，完全沒有接觸器物，承他指正，重新訂正爲晚於熊儀五代，早於靈王五代的成王熊惲。熊惲，《左傳》作頵，古文字指揮的揮，也可寫作撝，知「軍」與「爲」作聲符讀音相同。

〔註24〕商承祚：〈「楚公豪戈」眞偽的我見〉，《文物》1962 年第 6 期，頁 19-20。

〔註25〕劉彬徽：〈楚國有銘銅器圖錄概述〉，《古文字研究》第九輯，頁 334-335。

〔註26〕郭沫若：《兩周金文辭大系圖錄考釋》，頁 164。

〔註27〕張亞初：〈論楚公豪鐘和楚公逆鎛的年代〉，《江漢考古》1984 年第 4 期，頁 95。

所以金文銘文的「楚公爲」，典籍得書作「惲」，「爲」與「惲」古音
相近得以通假。〔註28〕

戈銘首字作「」形，與牆盤楚字作「」者形近，與楚公豪鐘「楚」字作
「」者尤近，故戈銘首字確爲「楚」字無疑。至於「豪」字從爪、從宀、
從豕，既不得釋「家」，亦不得釋「爲」，蓋「家」字不從爪，「爲」字不從宀。
此字筆者未識，姑從闕。

6777　　　　　　　8286
楚公豪秉戈　　　　5字
文物 1959.12.60 頁

023　周王段戈（《邱集》8344、《嚴集》7476）

本戈出於河南汲縣山彪鎮第一號墓，援上刻銘七字，云：「周王段之元用
戈」。周王名「段」字，周師法高釋爲「阪」，讀爲「捷」，謂即周定王庶兄王
子札。〔註29〕

案：「及」字甲骨文作「」（《前》6.62.7），金文作「」（保卣），象從
後逮及之形，所從之手不當位於人形之前下方。此字高去尋釋爲「段」，惜無說。
〔註30〕高明亦釋爲「段」，謂乃周威烈王之名：

〔註28〕夏淥：〈銘文所見楚王名字考〉，《江漢考古》1985 年第 4 期，頁 53。

〔註29〕周師法高：《金文零釋》，〈周王戈考釋〉，頁 102-112。

〔註30〕同上註，頁 106 所引。

段字克鐘作「〔圖〕」，師寰簋作「〔圖〕」，均與此字相當。《說文》又部段字二寫，作〔圖〕也作〔圖〕與此字更爲相同。此戈字作「周王〔圖〕」即「周王段」恐無疑。我們認爲「周王段」就是威烈王之名「周王午」，因「段」古音在見紐，「午」在疑紐，二者發音部位相近，均屬牙音，也謂淺喉音。段與午古韻同在魚部，段玉裁《六書音韻表》同在五部。段與午古音相同，可互爲通假。〔註31〕

龍師宇純亦釋爲「段」，謂即周昭王之名，考釋云：

> 金文段字作〔圖〕、〔圖〕、〔圖〕等形，與此字僅左半有〔圖〕、〔圖〕之異。〔圖〕通常爲阜字，〔圖〕則象崖石剝落形，本自不同。但《說文》磬字或體作〔圖〕，蔡侯鐘〔圖〕字作〔圖〕，可見〔圖〕即〔圖〕字，偏旁同化於阜。小篆段字由〔圖〕變爲〔圖〕，亦足以說明〔圖〕即〔圖〕的變形。此字見於周王戈，爲周王名。據《史記》，周王之名無有與及聲之「阪」聲韻切合者，而昭王名瑕，瑕從段聲，段字篆文作〔圖〕，與此形最近，當以〔圖〕字釋段方爲合理。〔註32〕

欲考證「周王〔圖〕」究係何人，宜先確定該墓與本戈之約略時代。山彪鎮第一號墓之時代，原報告執筆人郭寶鈞謂其絕對年代當在公元前 300－240 年，約當戰國晚期。〔註33〕高明〈略論汲縣山彪鎮一號墓的年代〉一文，重新斷爲戰國初期。〔註34〕故此墓之年代尚無定論。墓葬之年代，但可爲墓中所出器物年代之下限，其上限則須由器物之形制與銘文推測。本戈形制，短援、短胡、銎內，不當遲至戰國晚期。〔註35〕據原報告云，銘文爲刻款。西周初年不當有銅器刻銘之事，蓋銅器刻銘非有刀尖淬火之鐵刀不易致力，而此一熟鐵局部淬火之技術，春秋晚期始漸盛行，非西周初期可有。〔註36〕兵器質堅，難以觸刻，所需刻刀之冶鑄技術，殆至戰國始漸成熟。戰國之前罕見兵器刻銘，其故在此。其次，「元用」一詞兵器銘文習見，惟其時代多屬春秋，西周未見此例，詳例

〔註31〕 高明：〈略論汲縣山彪鎮一號墓的年代〉，《考古》1962 年第 4 期，頁 214。

〔註32〕 龍師宇純：《中國文字學》，頁 343。

〔註33〕 郭寶鈞：《山彪鎮與琉璃閣》，頁 46-47。

〔註34〕 同註 31，高明文，頁 211-215。

〔註35〕 高去尋謂本戈之形制當屬春秋時期，詳周師法高《金文零釋》，頁 106。

〔註36〕 北京鋼鐵學院：《中國冶金學史》，頁 60。

029「邛王是埜戈」。故「周王🔣」之時代，約當春秋晚期至戰國中期之間。

　　高明所持周威烈王之說，固可與戈之形制、銘文相合，惟未必即爲定論，蓋「🔣」是否確爲「叚」字，猶待深入研究。本銘右上作「🔣」形，當係「人」字，而叚字金文所从作「🔣」（曾伯霥匥）、「🔣」（克鐘）等形，與「人」字不類。「周王🔣」究係何人，待考。今以此戈爲周王所作，姑次於西周器之後。

6827　　　　　　　　8344
周王🔣戈　　　　　　　7字
臏稿　圖49
考古 1962.4.214 頁圖一
山彪鎮　圖版貳肆，3-4

024　矢仲戈（《邱集》8186、《嚴集》7332）
025　矢仲戈（《邱集》8187、《嚴集》7333）

　　例 024、025 皆銘「矢中（仲）」二字，實爲同一器，乃 1974 年陝西隴縣古矢國墓地所出，編號 LNM6：5，初載於 1981 年出版之《陝西出土青銅器（三）》一書中，考古調查報告則遲至 1982 年始見發表。〔註37〕《邱集》、《嚴集》失察，誤分爲二目。

　　銘文「矢」字，亦見於《綴遺》5.19.2「矢鼎」，方濬益釋云：

　　舊釋爲仄，按《說文》：「仄，側傾也。从人在厂下。籀文作厌，从夨，夨亦聲。」此文作矢，自是夨字。《說文》：「夨，屈也。从大，象也。」

然「夨」、「仄」二字之別，非在頭部左傾、右傾不同。此銘《金文編》收於「矢」字條下，容庚云：

　　《說文》：「矢，傾頭也。夨，屈也。」一左傾，一右傾。金文从走之字，所从之夨，皆作ㄓ或ㄓ。蓋矢象頭之動作，夨象手之動作，故定此字爲矢。

容氏「矢」、「夨」之辨，確不可易。惟容氏復云：

　　矢，國名，疑吳字省口，猶周之省口作田也。

此說則有可商。

　　案：「田」、「周」爲一字之異構，而「矢」、「吳」則爲不同之國名，二組字例實未具平行關係，不可取以譬況。「周」字《甲骨文編》著錄三十一文，《續甲骨文編》著錄四十一文，合計七十二文，作「田」或「𤱿」，均未从口。新四版《金文編》著錄五十五文，未从口者僅有八見。是以「周」字从口，乃後增之別嫌符號（詳例 003「成周戈」），豈可反謂「周之省口作田」耶？就古音言，「矢」字照母職部，「吳」字疑母魚部，聲韻俱遠。就字形言，此二字之結體甚簡，當與省形省聲字之求「簡化或方正美觀」無關，因知容庚謂矢字乃「吳字省口」之說實未允當。〔註38〕

〔註37〕盧連成、尹盛平：〈古矢國遺址、墓地調查記〉，《文物》1982 年第 2 期，頁 55-56。
〔註38〕龍師宇純：《中國文字學》，頁 302-324。

矢國所在位置，約當今汧水流域隴縣至寶雞一帶；其存滅之年代，則略與西周王朝相始終。〔註39〕

6697／b   8186
矢仲戈   2字
陝西（三）151

6697／c   8187
矢仲戈   2字
文物 1982.2.50 頁圖 4.1

〔註39〕參盧連成、尹盛平上引文。劉啓益：〈西周矢國銅器的新發現與有關的歷史地理問題〉，《考古與文物》1982 年第 2 期，頁 42-43。

026　矢戈（《邱集》8120、《嚴集》7296）

027　矢戟（《邱集》8466、《嚴集》7576）

上列二戈，內末皆銘一「矢」字。例 026 之形制，與例 024「矢仲戈」全同，皆爲短胡、闌側一穿、胡末內末平齊、內上無穿。此二戈銘文之部位行款亦同，皆由內末向側闌直書。例 024 出於矢國遺址，確爲矢器無疑；例 026 形制、銘文與之無異，知亦爲矢國器。例 027 形制與例 017「𣂪戟」相近，時代約當西周中期，銘文部位行款亦同於例 024「矢仲戈」，故本戟亦可確定爲矢國器。

6645
矢戈
　貞松　11.21
　善齋　10.9
　小校　10.10.2
　三代　19.25.2

8120
內上 1 字

6940　　　　　8466
大戟　　　　　1字
貞圖　中 54
三代　19.21.2

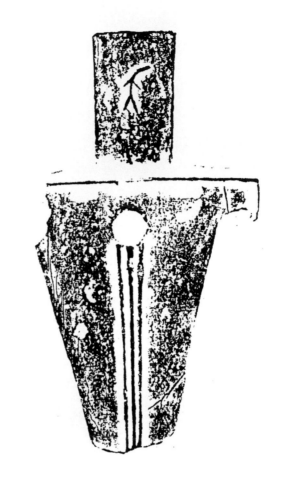

028　♀戈（《邱集》8137、《嚴集》7305）

本戈與例 024「矢仲戈」同出於古矢國遺址，內末銘文「♀」字，不識，殆爲氏族徽號。

6656／f　　　　8137
♀戈　　　　　1字
文物 1982.2.50 頁圖 4.2

029　邗王是埜戈（《邱集》8370、《嚴集》7500）

本戈初載於《錄遺》569，編者于省吾註云：「銘有八字」，戈銘郭沫若釋爲「邗王是𡐨乍爲元用」。〔註40〕然諦審「乍」下、「元」上之銘文，疑當釋爲「其口」二字。

「邗」乃國名，又見於禺邗王壺（《柯》12）。《說文》：「邗，國名。今屬臨淮。从邑，干聲。一曰：邗本屬吳。」《玉篇》：「邗，吳城名。」然吳、邗本係敵對之國，《管子・小問》：「昔者吳、干戰，未齔，不得入軍門，國士摘其齒，遂入。」「干」即「邗」，後吳滅邗，因稱「吳」爲「邗」，故本銘「邗王」即「吳王」。

「𡐨」字，郭沫若云：

> 「埜」字是野的古字。古時野字多作埜，或作壄，以予字爲聲符。這兒這個字是以亡爲聲符。

案：此銘但从林、从土，郭沫若以爲「亡」旁者，殆以左上「木」字筆畫不規整而誤識。《集韻》野字作「埜」，與本銘正合。吳王「是野」，郭沫若謂即吳王壽夢（公元前585至561年），陳夢家疑乃吳王夷昧（公元前530至527年），未審孰是。〔註41〕

「元用」一詞，兵器銘文習見。《易・乾》：「元者，善之長也。」用者，器用之謂也。茲將金文所見「元用」一詞臚列如下：

（1）春秋　吳季子劍（《邱集》8630）
　　　　　吳季子甫元用之鐱（劍）

（2）春秋　吳季子之子逞劍（《邱集》8639）
　　　　　吳季子之子逞之元用鐱（劍）

（3）春秋　邗王是埜戈（《邱集》8370；〈考釋〉029）
　　　　　邗王是埜乍其□元用

（4）春秋　工𠭯大子姑發𦊓反劍（《邱集》8663）
　　　　　工𠭯大子姑發𦊓反自乍元用

〔註40〕郭沫若：《奴隸制時代》，〈吳王壽夢之戈〉，頁132-133。

〔註41〕陳夢家：〈壽縣蔡侯墓銅器〉，《考古學報》1956年第2期，頁115-118。

（5）春秋　攻敔王夫差劍（同銘三器，《邱集》8635－8637）

攻敔王夫差自乍其元用

（6）春秋　梁伯戈（《邱集》8412；〈考釋〉144）

梁白（伯）乍宮行元用

（7）春秋　郤王之子戈（《邱集》8379；〈考釋〉037）

郤王之子□之元用之

（8）春秋　周王孫季怠戈（《邱集》8399；〈考釋〉053）

周王孫季怠孔臧元武元用戈

（9）春秋　秦子戈（《邱集》8421；〈考釋〉191）

秦子乍遘（造）公族元用

（10）春秋　秦子矛（《邱集》8554）

秦子乍遘（造）公族元用

（11）春秋　吉爲劍（《邱集》8592）

吉爲乍元用〔註42〕

（12）春秋　子孔戈（《邱集》8388；〈考釋〉262）

子孔擇其吉金鑄其元用

（13）春秋　虎$\mathbf{3}$丘君戈（《邱集》8377；〈考釋〉261）

虎$\mathbf{3}$丘君□之元用

（14）戰國　吉日壬午劍（《邱集》8655）

吉日壬午乍爲元用……〔註43〕

（15）不詳　周王$\mathbf{F}$戈（《邱集》8344；〈考釋〉023）

周王$\mathbf{F}$之元用戈

歸納上列十七例，結論如下：

一、「元用」一詞行用之時代，以春秋中、晚期爲主，戰國早期日漸式微。
春秋早期以前，戰國中期以降，迄今未之一見。

〔註42〕吳鎮烽、尚志儒：〈陝西鳳翔八旗屯秦國墓葬發掘簡報〉，《文物資料叢刊》第三輯，
　　　頁72、84。

〔註43〕郭沫若：《兩周金文辭大系圖錄考釋》，頁240-241。

二、「元用」一詞行用之地域，以長江流域爲主，吳（例（1）－（5））、梁（例（6））、徐（例（7））、曾（例（8））均有發現，尤以吳器最多見。秦（例（9）－（11））、東周（例（12））、晉（例（14））亦有此例。北燕與山東各國迄今未見。

三、「元用」一詞僅見於兵器銘文，彝器銘文未之一見。

四、銘文有「元用」一詞之器，器主或爲王、或爲君、或爲伯、或爲子，皆王室貴族。

例（15）「周王![]戈」之時代、器主，時賢各抒己見，或謂西周早期之周昭王，或謂春秋中期之周定王庶兄王子札，或謂戰國早期之周威烈王，原報告則定該墓之年代於戰國晚期（詳〈考釋〉023）。「元用」一詞之時代特徵，或可爲探索此問題之線索。

6853　　　　　8370
邘王是埜戈　　　8字
　錄遺　569

030 王子狹戈（《邱集》8345、《嚴集》7477）

　　1961 年山西萬榮縣廟前村出土，銘凡七字，錯金鳥書，正面援上二字，胡上四字，背面胡上一字。〔註44〕正面銘文，張頷隸定爲「王子于之用戈」；背面一字，未識。張頷取「吳季子之子劍」（《邱集》8639）與本銘對勘，二器銘文「之用」二字之結體相同，因斷本戈爲吳國之器，復云：

> 《左傳》昭公二十年：「員如吳，言伐楚之利于州于」，杜預《注》：「州于，吳子僚」。州于的「于」字與「王子于戈」上的「于」字形音皆同，所以「王子于之用戈」，當即吳王僚爲王子時之器。至於「州于」本爲兩個字，而戈上只稱「于」，這種例子在有關資料上是屢見不鮮的。……假如州于爲吳王餘眛之子的話，則此戈當是在王餘眛元年（公元前 530 年）至吳王僚（州于爲王）元年（公元前 526 年）四年間所鑄造的。假若如《公羊傳》所說，州于爲吳王壽夢庶子的話，則此戈當是在吳王壽夢元年（公元前 585 年）至吳王僚元年（公元前 526 年）五十多年內所鑄造的。〔註45〕

商承祚、容庚皆從其說。〔註46〕

```
6828              8345
王子狹戈            7 字
  文物 1962.4-5.5 頁
  圖一、二、三
```

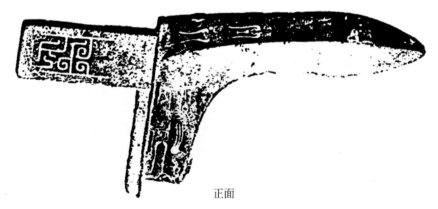

正面

〔註44〕張頷：〈萬榮出土錯金鳥書戈銘文考釋〉，《文物》1962 年第 4、5 期，頁 35-36。

〔註45〕同上註。

〔註46〕商承祚：〈「王子狹戈」考及其它〉，《學術研究》1962 年第 3 期，頁 65-67。容庚：〈鳥書考〉，《中山大學學報》1964 年第 1 期，頁 81。

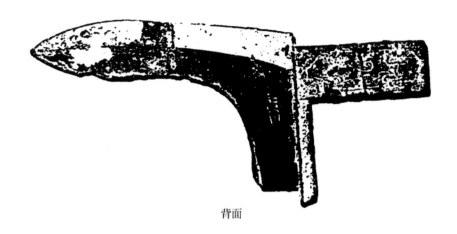

背面

戈銘文摹本（右一字爲背面之銘文）

031　攻敔王光戈（《邱集》8302、《嚴集》7443）

本戈背面胡銘三字、援銘二字，正面胡銘一字，于氏釋云：

> 此銘應讀作「光自攻敔工」。敔即禦之本字。禦在甲骨金文皆祭義。
> 古人凡言器物精好曰工（詳潘衍桐《爾雅正郭》）。古兵款識指其所
> 作之器言，往往省器名。此言光自攻敔精工之戈也。〔註47〕

商承祚亦云：

> 光自攻敔工，言光自身攻敔所用精好之戈也。後面一字，不識。……
> 末一字據攻字偏旁當爲工，而非王字。趩戈王作 ，與此具體而微。
> 此丨筆上出，中分作 ⅔，示文飾而非正體，且細於二橫畫。工字蓋

〔註47〕上引于氏文，見容庚：〈鳥書考補正〉，《燕京學報》第17期，頁175。容文所謂「于氏」，疑即于省吾。

連背面 字讀之，乃工師之名，亦猶呂不韋戈，末署工寅；丞相觸載之帀（師）葉工武，而武字反刻於背，是其佳證。容讀此戈爲「攻敔王光自」，並舉趞戈（容釋大王戈）爲例，謂趞戈當讀「大王□趞自乍用戈」，由胡至援，轉折於背（「大王□」在胡，「趞自作」在援，「用戈」在背。容說見《燕京學報》16 期〈鳥書考〉）。案，仍當順讀爲「趞自乍大王□用戈」。〔註48〕

容庚初釋爲「攻敔工光自□」，〔註49〕嗣後「工」字改釋爲「王」，並云：

> 《史記・吳太伯世家》：「太伯之奔荊蠻，自號句吳」。或引作勾吳。攻吳王夫差鑑作攻吳，工𤲬王鐘作工𤲬，此作攻敔，皆吳之別稱也。前以王字與攻字偏旁之工字相同，誤釋爲工，故知古文字變化多端，未盡可以偏旁推斷者。〔註50〕

案：本戈銘文之釋讀順序，迄今猶難予以論斷。就字體言，胡銘末字以隸定爲「工」較合，惟鳥蟲書變化多端，似難遽斷。就銘文行款言，除「趞戈」外，未見類似之例，而「趞戈」之釋讀復有疑義，因而本戈終爲孤證。惟容庚讀趞戈銘文爲「大王□趞自乍用戈」，實亦文從理順，蓋「自乍用戈」爲古兵銘文習見辭語。就銘文辭例言，銘云：「攻敔王光自。□」，似覺不辭。商承祚讀爲「王自攻敔（禦）工。□」，古兵銘文亦乏類似辭例。至於援銘「光」字，諸家皆謂即吳王闔閭，可從。《左傳・昭公二十七年》：「光，吳王諸樊子也。」1964 年山西原平縣峙峪村嘗出一件吳王光劍，吳王光即作「攻敔王光」；〔註51〕1978 年安徽南陵縣亦發現「攻敔王光」劍。〔註52〕故本戈可確信爲吳王闔閭之器，其絕對年代在公元前 514 至 496 年之間。

〔註48〕商承祚：《十二家吉金圖錄》，雙五，頁 29-30。

〔註49〕同註 47，容庚文。

〔註50〕容庚：〈鳥書考〉，《中山大學學報》1964 年第 1 期，頁 82。

〔註51〕戴遵德：〈原平峙峪出土的東周銅器〉，《文物》1972 年第 4 期，頁 69-71。

〔註52〕劉平生：〈安徽南陵縣發現吳王光劍〉，《文物》1982 年第 5 期，頁 59。

6790   8302
攻敔王光戈一   6 字
   家雙   4
   三代   19.43.3-4
   劍吉   上 44

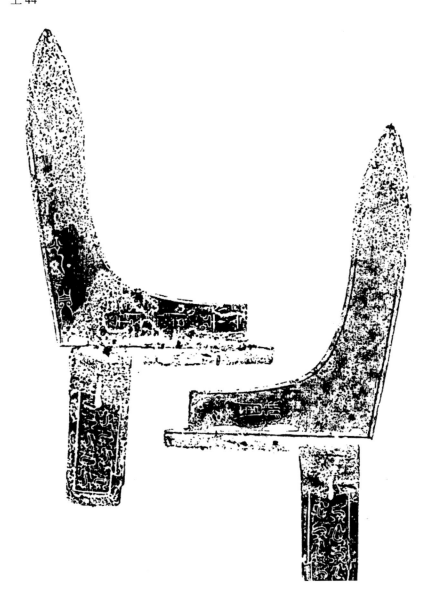

032　攻□戈（《邱集》8303、《嚴集》7444）

本戈殘損，僅存援部後段及胡部上端，援上銘云「自□」，胡銘殘存半字，倘與例 031「攻敔王光戈」比觀，可確定胡銘應爲「攻」字。就銘文字體、行款以辨，皆同於例 031，因知此爲吳器。本戈初載於《錄遺》564，編者于省吾

命之曰「攻敔王光鳥篆殘戈」，即遽以之爲吳王光器，此說固極可能，惟銘既不全，宜守闕疑之訓。

6791　　　　8303
又二　　　　存3字
錄遺　564

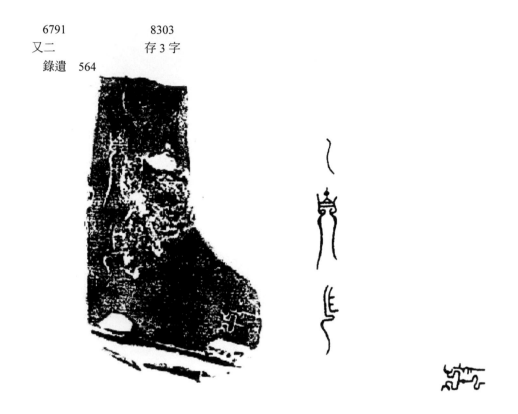

033　攻敔王戈（《邱集》8390、《嚴集》7516）

此戈 1958-1959 年安徽淮南市蔡家崗趙家孤堆第 2 號墓出土，編號 2.19.1。拓片載於發掘簡報；〔註 53〕孫稚雛另文附有銘文摹本。〔註 54〕《嚴集》因之誤爲二目，拓本見《嚴集》7353，摹本見《嚴集》7516。

戈胡銘文數字，分列兩行，殷滌非釋爲「攻敔王大差自乍其用戈」，〔註 55〕

〔註53〕安徽省文化局文物工作隊：〈安徽淮南市蔡家崗趙家孤堆〉，《考古》1963 年第 4 期，頁 204-205。

〔註54〕孫稚雛：〈淮南蔡器釋文的商榷〉，《考古》1965 年第 9 期，頁 467。

〔註55〕殷滌非之釋文，見郭沫若：〈跋江陵與壽縣出土青銅器群〉，《考古》1963 年第 4 期，頁 181。

陳夢家釋爲「□□王□□〔自乍〕其用戈」，〔註56〕孫稚雛釋爲「攻敔王夫差自乍其用戈」。〔註57〕孫稚雛曾目驗該器，謂銘文曾遭刮削。茲以拓本筆畫可辨者，唯右行「王」字、左行「其」字而已，故上引三說孰是孰非，難以論斷。同墓尚出一「工獻大子姑發劍」（《邱集》8663、《嚴集》7744），商承祚考爲吳王壽夢長子諸樊爲太子時所造。〔註58〕又 1976 年湖北襄陽出一「吳王夫差劍」，〔註59〕銘云：「攻敔王夫差自乍（作）元用」，字體與本戈相近，辭例亦與上引諸家所釋戈銘相當。據上述二旁證，當可判定本戈爲吳器。

6869　　　　　　　8390
攻敔王夫差戈　　　10 字
　考古 1963.4 圖版參：7，
　205 頁圖一：2
　考古 1965.9.467 頁

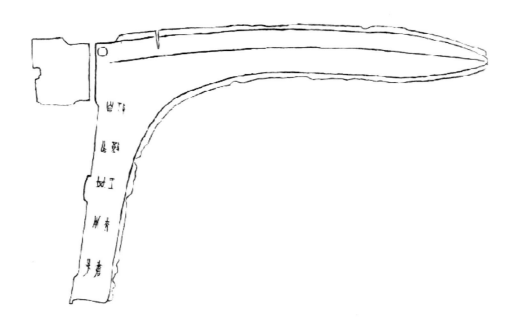

〔註56〕陳夢家：〈蔡器三記〉，《考古》1963 年第 7 期，頁 381。

〔註57〕同註 54，孫惟雛文。

〔註58〕商承祚：〈「姑發臀反」即吳王「諸樊」別議〉，《中山大學學報》1963 年第 3 期，頁 68-69。

〔註59〕襄陽首屆亦工亦農考古訓練班：〈襄陽蔡坡 12 號墓出土吳王夫差劍等文物〉，《文物》1976 年第 11 期，頁 65、圖版四。

034　越王者旨於賜戈（《邱集》8393、《嚴集》7519）

035　越王者旨於賜戈（《邱集》8394、《嚴集》7520）

上列二戈形制、銘文皆同，1958 年安徽淮南市蔡家崗趙家孤堆第 2 號墓所出，前器編號 2.19.4，後器編號 2.19.3。同墓尚出三柄「蔡侯產劍」（《邱集》8599－8600b），蔡聲侯名產，原報告斷定此墓爲蔡聲侯墓。〔註60〕

此二戈銘文對勘，可知戈胡兩面各有銘文六字，復各分列爲二行。陳夢家釋云：〔註61〕

　　　正面　　　□□餘

　　　　　　　　□□王

　　　反面　　〔戉〕王者

　　　　　　　〔旨〕於賜

「戉」、「旨」二字蝕泐難辨，惟據「越王者旨於賜矛」（《邱集》8536）觀之，陳文所補，當無疑義。見於著錄之越王者旨於賜器，猶有四劍（《邱集》8613－8616）、一鐘（《大系》補錄一），可參看。

越國歷代君王之名，典籍所載略有出入，郭沫若參稽《竹書紀年》、《史記》及《越絕書》，表列其世系如下：

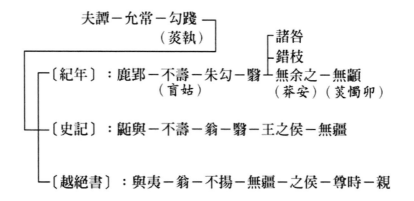

郭沫若復謂越王者旨於賜即越王諸咎，〔註62〕陳夢家初亦從之。〔註63〕

〔註60〕安徽省文化局文物工作隊：〈安徽淮南市蔡家崗趙家孤堆戰國墓〉，《考古》1963 年第 4 期，頁 206-209、212。

〔註61〕陳夢家：〈蔡器三記〉，《考古》1963 年第 7 期，頁 381。

〔註62〕郭沫若：《兩周金文辭大系圖錄考釋》，補錄，頁 1-2。

案：越王者旨於賜戈與蔡侯產劍同出一墓，是以者旨於賜之年代不得晚於蔡侯產之卒年。蔡侯產即蔡聲侯產，蔡聲侯在位年代為公元前 471－457 年。越王不壽即位第二年，即蔡聲侯卒年。又據《史記正義》引《輿地志》載，夫譚為侯，至允常始稱王。故越王諸王在位年代早於蔡聲侯卒年者，僅有允常、勾踐、鼪與、不壽四人。馬承源謂者旨於賜即鼪與，〔註64〕陳夢家〔註65〕、林澐〔註66〕、容庚〔註67〕、殷滌非〔註68〕皆從之。惟馬文之考證，未若林文之詳贍。茲摘引林說如下：

> 據《史記索隱》引《紀年》，勾踐又名菼執，不壽又名盲姑。允常在文獻記載中則無異名。這三個王的名字，無論從字音和字形上說，都找不出和者旨於賜有什麼聯繫。唯有鼪與一名，和者旨於賜是聲音相通的。……所以，緩言之為者旨於賜，急言之則為鼪與；這就像《國語》上的寺人勃鞮，在《左傳》上寫作寺人披一樣，是同一人名的不同記音方法。古籍和金文中所見的南方吳、楚、越等國人名每有此現象，郭沫若院長最近考定「姑發□反」即諸樊，也是同一個道理。

越王鼪與在位年代為公元前 464－459 年間，此即「越王者旨於賜戈」鑄造之年代。

本戈正面銘文，殷滌非隸定為「戈辛（惄）郄（俱）之子」，謂「戈惄俱丸」即為勾踐，戈銘意即「勾踐之子越王鼪與」。〔註69〕案：殷說待商，若正面銘文果如所釋為「勾踐之子」，則「越王」二字當冠於「勾踐」之前，如「楚王孫漁

〔註63〕陳夢家：《六國紀年表、六國紀年表考證》，頁 107-109。

〔註64〕馬承源：〈越王劍、永康元年群神禽獸鏡〉，《文物》1962 年第 12 期，頁 53。

〔註65〕同註 61，陳夢家文，頁 382。

〔註66〕林澐：〈越王者旨於賜考〉，《考古》1963 年第 8 期，頁 448-449。

〔註67〕容庚之說，先後三變。初則誤考「越王者旨於賜鐘」銘為「越王□夷」，而疑此為越王鼪與，詳〈鳥書考〉（《燕京學報》第 16 期，頁 197）。嗣於〈鳥書三考〉（《燕京學報》第 23 期，頁 289），自言前文所釋不當，惟者旨於賜究係何王，未予論斷。1964 年增訂〈鳥書考〉（《中山大學學報》1964 年第 1 期，頁 76-78），則改從馬承源、林澐之說，以者旨於賜為勾踐之子鼪與。

〔註68〕殷滌非：〈「者旨於賜」考略〉，《古文字研究》第十輯，頁 214-220。

〔註69〕同上註。

戈」（例058）、「邾王之子戈」（例037），斷無將國號置於人名後之例，因知殷
說未允。此六字諸家多未能識，姑存以待考。

6872　　　　　　　8393
越王者旨於賜戈一　　存10字
考古1963.4，圖版肆：4，
208頁圖三

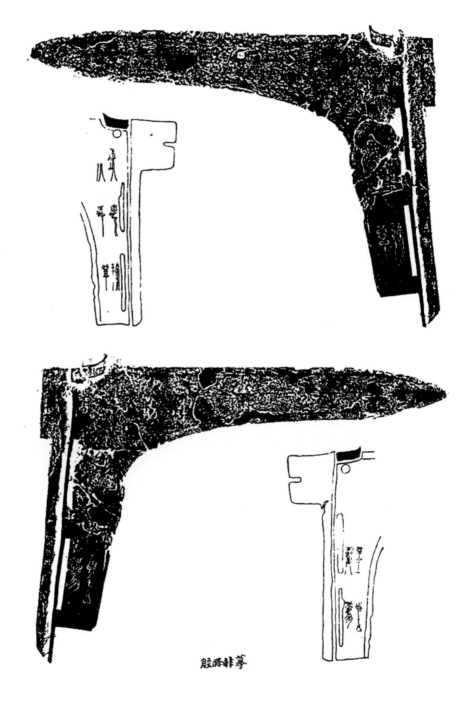

殷㳃菲夢

6873   8394

又二   存10字

考古 1963.4，圖版肆：5，

209 頁圖四

中山大學學報（哲學社會科學）

1964.1 鳥書考圖七

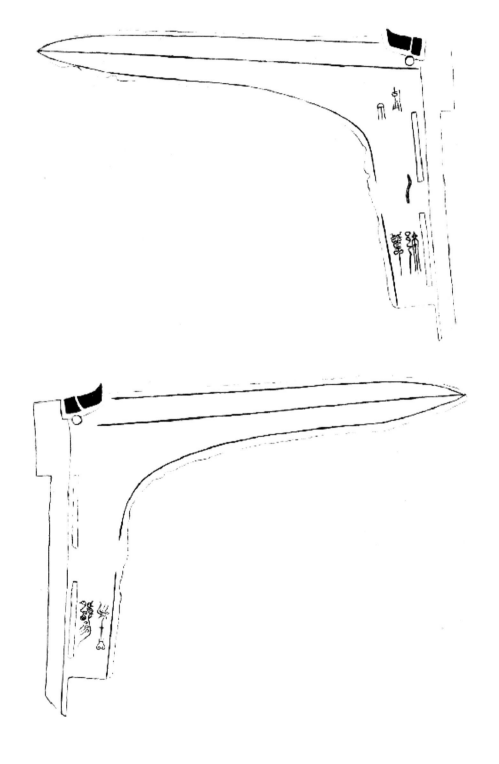

036　越王戈（《邱集》8294、《嚴集》7437）

　　本戈初載於《錄遺》573，內末銘云：「盛（越）王之虖瞀」。金文吳越之「越」，多假「戉」字為之，本銘从止、戉聲，與小篆从走、戉聲同意。「虖」字从虍、从土，《說文》所無，于省吾釋為「童」（《錄遺》573 器名），似有未允。金文「童」字作「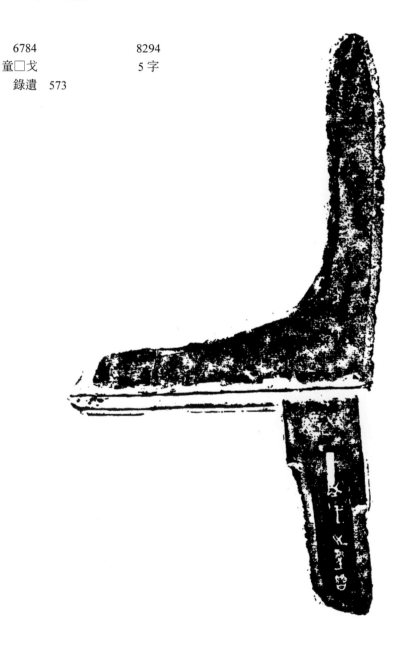」（中山王䚦鼎）、「」（毛公唐鼎），从重為聲，與戈銘不類。末一字作「」，下从甘，左上从亦，右上「」即「次」字，亦見於鄬壺、冰竝果戈，不識。

6784　　　　　　　8294
童□戈　　　　　　5字
錄遺　573

037 郐王之子戈（《邱集》8379、《嚴集》7506）

　　本戈 1873 年山東諸城縣西四十里吳太尉墳出土，戈胡銘文九字：「郐王之子□之元用戈」。﹝註70﹞「郐」乃國名，經典通作「徐」。《周禮・秋官・雍氏》鄭注：「伯禽以出師征徐戎」，《釋文》：「《劉本》作郐戎」。魯昭公三十年，為吳所滅，徐子奔楚，楚城夷以處之，後為楚所滅。﹝註71﹞第五字作「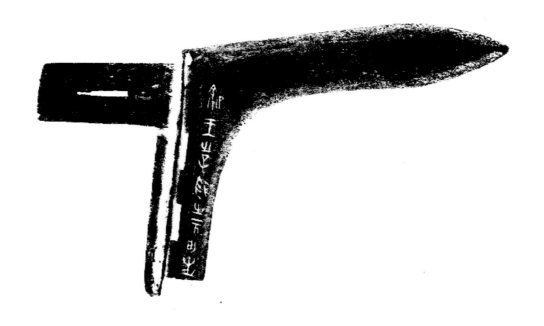」形，未識，乃郐王之子名。「元用」一詞，兵器銘文習見，元者、善之長也，用者、器用之謂也（詳例 029「邗王是埜戈」）。吳季子之子逞劍銘云：「吳季子之子逞之元用劍」（《邱集》8639），辭例與本戈最近似。

```
6859              8379
郐王之子戈          9 字
  錄遺  570
```

﹝註70﹞柯昌濟：《金文分域編》，卷 9，頁 21。

﹝註71﹞陳槃：《春秋大事表列國爵姓及存滅表譔異》，頁 273。

038 蔡侯鋪戈（《邱集》8307、《嚴集》7448）

039 蔡侯鋪戈（《邱集》8308、《嚴集》7449）

例 038 銘云：「蔡侯▨之行戈」，例 039 銘云：「蔡侯▨之用戈」。後器 1955 年安徽壽縣蔡侯墓所出，同出有銘銅器甚夥，多署名「蔡侯▨」，間雜有一「吳王光鑑」。

蔡侯▨究係何人，眾說紛陳，茲簡列各說發表年代、結論、資料出處如下：

1956 年	李學勤	蔡元侯〔註72〕
1956 年	郭沫若	蔡聲侯產〔註73〕
1956 年	陳夢家	蔡昭侯申〔註74〕
1956 年	史樹青	蔡成侯朔〔註75〕
?	孫百朋	蔡昭侯申〔註76〕
?	商承祚	蔡平侯盧（同上）
1958 年	唐蘭	蔡昭侯申（同上）
1979 年	于省吾	蔡昭侯申〔註77〕
1980 年	游壽、徐家婷	蔡平侯盧〔註78〕
1983 年	郭若愚	蔡成侯朔〔註79〕
1984 年	林素清	蔡成侯朔〔註80〕

〔註72〕 李學勤：〈談近年新發現的幾種戰國文字資料〉，《文物參考資料》1956 年第 1 期，頁 49。

〔註73〕 郭沫若：〈由壽縣蔡器論到蔡墓的年代〉，《考古學報》1956 年第 2 期，頁 1-5。

〔註74〕 陳夢家：〈壽縣蔡侯墓銅器〉，《考古學報》1956 年第 2 期，頁 115-118。

〔註75〕 史樹青：〈對「五省出土文物展覽」中幾件銅器的看法〉，《文物參考資料》1956 年第 8 期，頁 49。

〔註76〕 孫百朋、商承祚、唐蘭之說，俱見唐蘭：《五省出土重要文物展覽圖錄・序言》，頁 5。

〔註77〕 于省吾：〈壽縣蔡侯墓銅器銘文考釋〉，《古文字研究》第一輯，頁 49-52。

〔註78〕 游壽、徐家婷：〈壽縣蔡器銘文與蔡楚吳史事〉，《南京大學學報》1980 年第 1 期，頁 116。

〔註79〕 郭若愚：〈從有關蔡侯的若干資料論壽縣蔡墓蔡器的年代〉，《上海博物館館刊》總第 2 期，頁 82-83。

〔註80〕 林素清：《戰國文字研究》，頁 323。

今安徽壽縣鳳台一帶，於春秋時名曰「州來」。蔡昭侯二十六年（公元前493年）因避楚就吳，徙都於此。自昭侯遷都至國亡，計有如下五侯：

昭侯申　公元前 518-491 年（二十八年）

成侯朔　公元前 490-472 年（十九年）

聲侯產　公元前 471-457 年（十五年）

元侯　　公元前 456-451 年（六年）

侯齊　　公元前 450-447 年（四年）

同墓所出「吳王光鑑」，係吳國叔姬嫁至蔡國之媵器。吳王光在位十九年，其元年當蔡昭侯五年，卒年當蔡昭侯二十三年（公元前 496 年）。蔡平侯年代（公元前 530-522 年）在吳王光之前，故此非蔡平侯墓。元侯、侯齊年代距吳王光已遠，可能性較小。

1958 年安徽淮南市蔡家崗趙家孤堆曾出「蔡侯產劍」三柄，〔註81〕當係蔡聲侯產之器，因知「𤔲」實非「產」字。至於昭侯申、成侯朔之年代，皆與吳王光相近，是以「𤔲」字究當後世何字，乃問題關鍵之所在。

主張爲蔡昭侯申者，唯陳夢家、于省吾於字形有說。陳夢家云：

> 此墓所出蔡侯諸器，其名从四屮、从𤔲，後者是其聲符，《說文》以爲「讀若亂同」。此字當是《說文》䜌之古文，後者从𤔲从兩系；此字又或是《說文》䜌字，後者从𢆶从卯（即《說文》卯之古文）。系或幺與《說文》重之古文相近，重即屮。古音樂、亂、卯是相同的，而小篆之卯與申字形近易混，〈蔡世家〉昭侯名申，當是卯字之誤。

案：此字非从𢆶、从卯，實與「卯」字無涉。于省吾則謂此字从𤔲得聲，𤔲、申音近得通。但「𤔲（亂）」字古音屬來母元部，「申」字審母眞部，聲韻皆異，音近之說，猶待商榷。

主張爲蔡成侯朔者，唯史樹青、郭若愚於字形有說。史樹青云：

> 此字是从𡕦、甫聲，隸定應作𨏍，也就是𨏍字，𤔲字就是𨏍字的繁體。《史記・蔡世家》蔡成侯名朔，𨏍與朔諧韻，古音同在魚（模）部，可以通假，證以現在的方音，安徽潁上亳州一帶以及陝西、甘

〔註81〕安徽省文化局文物工作隊：〈安徽淮南市蔡家崗趙家孤堆戰國墓〉，《考古》1963 年第 4 期，頁 204-206，圖版四。

肅等地，讀「水」爲「匪」，讀「樹」爲「富」，讀「説」爲「拂」，
都是以舌音變爲唇音，《史記》成侯名「朔」可讀爲「縛」，則此縛
字，當即蔡成侯名（公元前490至472年），即朔字的音轉。〔註82〕
郭若愚說同。案：甲骨文甫字作「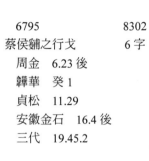」（《前》6.32.1），與「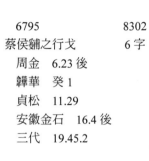」字所从正同，
史樹青隸定爲「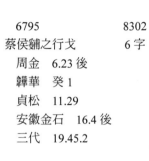」，謂即「縛」字，而與「朔」字音近通轉，其說可從，故上
列二戈即蔡成侯朔之器。「行戈」一詞，亦見於「曾侯戫戈」（例051），蓋王侯
巡行天下時侍衛所執之器。

6795　　　　　　　8302
蔡侯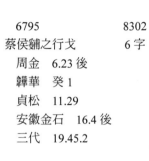之行戈　　　6字
　周金　6.23 後
　韡華　癸 1
　貞松　11.29
　安徽金石　16.4 後
　三代　19.45.2

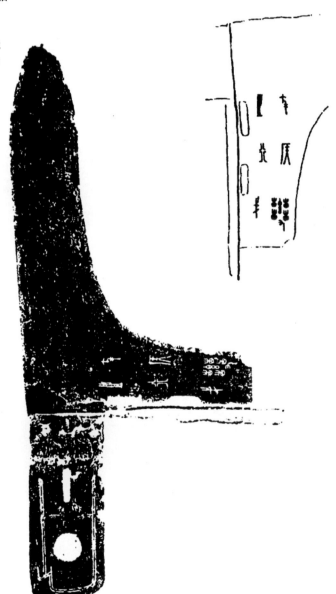

〔註82〕史樹青文，同註75。龍師宇純口頭提示：「古無輕唇音，故史氏舉現代方音以證古
　　　　音，實未允也。」

・168・

6796 8308
蔡侯舗之用戈 6字
五省　圖版 57：3
蔡侯墓　圖版貳貳：1 肆壹

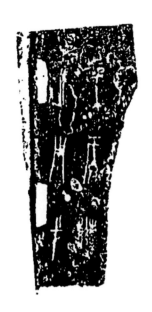

040　蔡公子果戈（《邱集》8309、《嚴集》7450）

041　蔡公子果戈（《邱集》8311、《嚴集》7452）

　　二戈銘文全同，皆云：「蔡公子果之用」，參照例 039 銘云「蔡侯舗之用戈」，知此二戈銘略去器物自名字。蔡公子果文獻無徵，智龕考爲蔡莊侯，云：

文獻記載蔡莊侯名甲午，這是錯誤的，甲午是六十干支之一，春秋時以干支紀日，每隔五十九天就要遇到一次。……春秋時魯、晉、宋以及戰國時的秦都已有了避諱的習慣，因而蔡莊侯名甲午是不可能的。蔡莊侯應名果，這可從蔡公子果戈的銘文字體上得到證明。甲，分甲盤作田，秭作父甲簋作田，甲盉作田；午，子禾子釜作午，鄦侯簋作午，弔朕簋作午。甲午兩字合書作果，這和蔡公子果戈的果字比較，是十分相像的。再果的音屬見紐，午屬疑紐，都是深喉音。兩者的發音又如此接近，所以文獻記錄就把蔡莊侯的名「果」，誤書爲「甲午」了。現在由於蔡公子果戈的出現，訂正了這一錯誤。蔡莊侯立於公元前 645 年，卒於公元前 612 年，在位三十四年。……據此知蔡莊侯鑄此戈的年代是公元前 645 年之前，當時他父親繆侯在世。稱公子果，説明他並不是蔡繆侯的大兒子。〔註83〕

案：此説待商，周秦之際，命名實未以干支字爲諱，茲以周師法高編《周秦名字解詁彙釋》爲例，時人以干支命名者有下列九條：〔註84〕

224　秦　白丙，字乙。

225　鄭　石癸，字父甲。

226　楚　公子壬夫，字子辛。

227　衛　夏戊，字丁。

228　楚　公子果，字子庚。

229　鄭　印癸，字子柳。

231　魯　泄柳，字子庚。

232　楚　鬭宜申，字子西。

233　楚　公子辰，字子商。

就字形言，「果」字下從木，「木」、「午」二字，區別甚顯，形訛之説，似嫌主觀，該文既以形訛説之，復以「果」、「午」音近可通爲佐證，似無此必要。況古音「果」字屬見母歌部，「午」字屬疑母魚部，音實非近；至於「甲」字古音，與「果」字相去益遠。公子果文獻既不足徵，闕疑可也。

〔註83〕智龕：〈蔡公子果戈〉，《文物》1964 年第 7 期，頁 33-34。

〔註84〕周師法高：《周秦名字解詁彙釋》，頁 133-138。

6797   8309

蔡公子果之用戈一   6 字

 周金 6.24 前

 貞松 11.30

 韡華 癸 3

 安徽金石 16.5.1

 三代 19.46.2

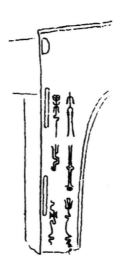

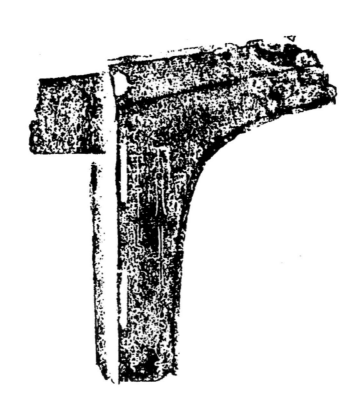

6799　　　　　8311
又三　　　　　　6字
文物 1964.7.34 頁圖二，
　　33 頁圖一

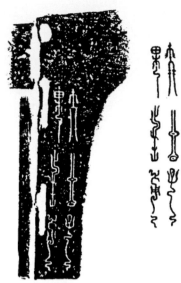

042　蔡公子從戈（《邱集》8312）

本戈初載於《彙編》730，拓片僅見有銘部分。銘云：「蔡公子從之用」，《安徽金石》16.6.2 著錄一柄「蔡公子劍」（《邱集》8601），與本戈銘文全同。劍銘第四字，徐乃昌釋爲「永」（《安徽金石》16.6.2），然字實从辵、从从，當釋爲「從」。

6799／b　　　　8312
蔡公子從戈　　　6字
巴納（1958）拓本
彙編　7.596.（730）

043　**蔡公子加戈**（《邱集》8313、《嚴集》7453）

044　**蔡加子戈**（《邱集》8314、《嚴集》7454）

　　例 043 銘云：「蔡公子加之用」，例 044 銘云：「蔡加子之用戈」。二戈同一器主，而銘文字體不同，前器爲鳥蟲書，後器非然。二者書體雖別，字體瘦長之風格則一。蔡器銘文，體皆瘦長，其長度每數倍於寬度，頗具特色。二戈辭例雖異，而字數、行款、部位則同。銘皆在胡，凡六字，均分爲二行，由近刃一行起讀，斯乃蔡戈之特徵，例 038－042 皆如是。蔡劍行款亦具此特徵，銘皆偶數，平均分列於劍脊兩側，如「蔡侯□叔劍」（《邱集》8594）、「蔡侯產劍」（《邱集》8599－8600b）、「蔡公子從劍」（《邱集》8601）皆如此作。

```
6800              8313
蔡公子加戈          6字
  上海　87
```

6801　　　　　8314
蔡加子之用戈　　6字
　巖窟　下42
　劍吉　上47

045　蔡公子戈（《邱集》8245）

046　蔡公子戈（《邱集》8310、《嚴集》7451）

　　上列二戈實爲同一器，皆指《三代》19.38.1「鳥篆戈」，《孫目》誤重，邱德修《邱集引得》已予指正。惟《邱集》以編輯體例之故，仍分爲二目。本文亦以此故，沿用未改。

　　戈銘殘存「囗公子囗之用」，雙行並列於胡末，銘文之字體、行款、部位，

與例 038－044 悉合，可確定爲蔡器。銘文「用」字，與例 042「蔡公子從戈」、例 043「蔡公子加戈」，例 044「蔡加子戈」略異，而與 040－041「蔡公子果戈」全同，故戈銘原貌殆爲「〔蔡〕公子〔果〕之用」。孫稚雛或亦有鑑於此，故逕命之曰「蔡公子果之用戈」，而於器目下註云：「存四字」。然蔡國公子非僅公子果一人，如前文所見蔡公子從、蔡公子加、又如 1966 年河南潢川出土「蔡公子義簠」，〔註85〕故遽以本戈爲蔡公子果之器，實非所宜。

6745   8245
蔡公子果之用戈   存 4 字
   三代   19.38.1

〔註85〕信陽地區文管會等：〈河南潢川縣發現黃國和蔡國銅器〉，《文物》1980 年第 1 期，頁 48，圖版伍：5。

047　翏戈（《邱集》8244、《嚴集》7397）

　　本戈胡、內皆有折損，銘存四字，殘泐頗劇，難以辨識，故各家釋文互有出入，羅振玉作「翏用□」（《貞松》11.25.2）、羅福頤作「□翏□用」（《代釋》4601）、邱德修作「〔玄〕翏用之」（《邱釋》8244）。此類懸案，本難決斷。茲幸有「蔡□戈」（附圖047：1），足資參照。非徒「翏戈」銘文之原貌由是可知，器主與國屬問題亦可因之論定。「蔡□戈」上海博物館藏，初載於容庚1964年〈鳥書考〉一文中。容庚云：

　　　　銘：「蔡□之用玄翏（鏐）」六字，四字在援，兩字在胡。之字略作

　　　　鳥形，用字泐。〔註86〕

取與「翏戈」殘文對照，即知二戈銘文之字體、內容、部位、行款全無不合，當係同主之器，俱為蔡□所有。

6744
又二
　貞松　11.25
　三代　19.37.4

8244
4字

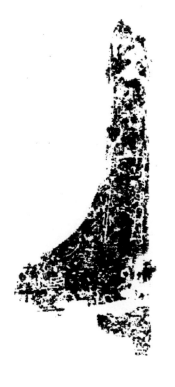

〔註86〕容庚：〈鳥書考〉，《中山大學學報》1964年第1期，頁87。

附圖 047：1

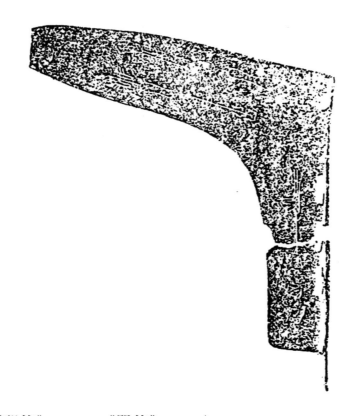

048　曾侯乙戈（《邱集》8328、《嚴集》7464）

049　曾侯乙戈（《邱集》8329）

050　曾侯乙戈（《邱集》8330、《嚴集》7465）

上列三戈，1978 年湖北隨縣擂鼓墩曾侯乙墓出土，銘文皆由援鋒讀至胡末，茲依次考釋如下：

048　曾侯乙之用戟

049　曾侯乙之走戟

050　曾侯乙之寢戈

「用戈」即某人所用之戈；「走戈」與「徒戈」同意，係徒卒侍衛所用之戈，參例 085「元阿左戈」；「寢戈」即王侯內寢侍衛所執之戈。同墓尚出一楚王酓璋鎛，銘云：

> 隹（唯）王五十又六祀，返自西瑒（陽），楚王酓璋乍（作）曾侯乙
>
> 宗彝，奠之於西瑒，其永時（持）用享。

楚王酓璋五十六祀，即楚惠王熊章五十六年（公元前 433 年），此即曾侯乙下葬

年代之上限。〔註87〕據此，上列三戈之年代可知矣。

6813   8328
曾侯乙之用戈 6字
 文物 1979.7.圖版玖：4
 曾侯乙墓 76

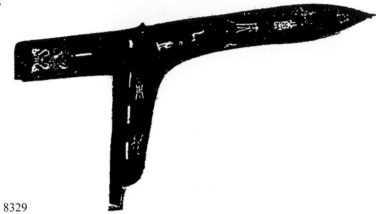

6813／b   8329
曾侯乙之走戈 6字
 曾侯乙墓 73

6814   8330
曾侯乙寢戈   6字
 文物 1979.7.9 頁圖九

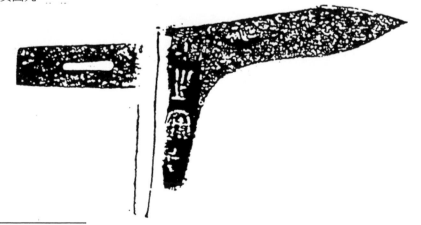

〔註87〕裘錫圭：〈談談隨縣曾侯乙墓的文字資料〉，《文物》1979 年第 7 期，頁 25。

051 　曾侯戙戈（《邱集》8331）

　　本戈銘云：「曾侯戙之行戟」，與例 048－050 同出於湖北隨縣曾侯乙墓，故「曾侯戙」殆曾侯乙之先人。

6814／b　　　　　8331
曾侯戙戈　　　　　6 字
　曾侯乙墓 77

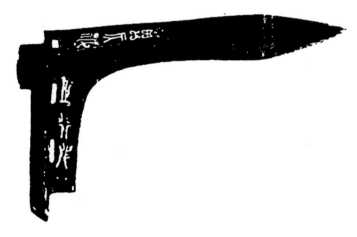

052 　白之戈（《邱集》8254、《嚴集》7404）

　　本戈 1973 年湖北棗陽縣曾國墓出土，內上銘文數字，發掘簡報執筆人楊權喜釋爲：「□□白（伯）之□執□」，﹝註88﹞徐中舒則釋爲：「□父執白之戈」，﹝註89﹞二人釋讀之順序相反。茲以銘拓僅見戈內部分，未詳其於全戈之方位如何，孰是孰非，暫難論斷。據銘拓以觀，唯「白之」與「執」三字清晰可辨。餘若徐書隸定爲「父」者，疑乃「尹」字殘文；徐書隸作「戈」者，殘泐難辨。

6753　　　　　　8254
白之囗執戈　　　　4 字
　考古 1915.4 圖版壹：1
　　223 頁圖三：2

﹝註88﹞湖北省博物館：〈湖北棗陽縣發現曾國墓葬〉，《考古》1975 年第 4 期，頁 223。

﹝註89﹞徐中舒主編：《殷周金文集錄》，頁 486。

053　周王孫季怠戈（《邱集》8399）
054　曾大工尹季怠戈（《邱集》8428）

　　上列二戈，1979 年湖北隨縣季氏梁春秋墓出土。〔註90〕例 053 銘文十二字，分鑄內末兩面，面各二行，由上緣向下緣直書，自右行起讀。例 054 銘文十六字，鑄於正面內末，分列四行，由上緣向下緣直書，自右行起讀。戈內銘文由上緣向下緣直書之行款，始於殷商，止於春秋中期，詳例 061「邛季之孫戈」。

　　此二戈銘文，裘錫圭釋文如下：

　　　例 053　周王孫李（季）剑（怠）孔城（臧）元武元用戈

　　　例 054　穆王之子、西宮之孫、曾大攻（工）尹季辝（怠）之用

裘氏復謂「剑」、「辝」字通，爲一字之異體，可釋作「怡」或「怠」。〔註91〕例 054「王」字，李學勤改釋爲「侯」，細審銘拓，確如李釋。李學勤復云：

　　季怡（源案：即「季怠」）是曾國大工尹，戈銘的穆侯自是曾之先君。
　　西宮是曾穆侯之子，季怡爲西宮的後人，他乃是曾國的公族，其任大
　　工尹官職當即由於這樣的緣故。他爲什麼又自稱爲「周王孫」呢？這
　　只在一種條件下才有可能，就是說曾侯本來便是周王的宗支。〔註92〕

戈銘詳言器主之名、國屬、官職，及其與周王室之關係，兵器銘文所見僅此一例，乃研究曾史之重要資料。例 053 銘云：「孔臧元武」，蓋當時成語，意即大善大武，用以表彰器之精良，兼明器主之志。

〔註90〕隨縣博物館：〈湖北隨縣城郊發現春秋墓葬和銅器〉，《文物》1980 年第 1 期，頁 36。

〔註91〕裘錫圭釋文，見註 90，隨縣博物館文。

〔註92〕李學勤：〈論漢淮間的春秋青銅器〉，《文物》1980 年第 1 期，頁 56。

6877／b　　　　　8399
周王孫戈　　　　正背各 6 字
　文物 1980.1，圖版參.1；
　　37 頁　圖 6-7

6904／b　　　　　8428
穆王之子戈　　　　16 字
　文物 1980.1，圖版參.1；
　　37 頁　圖 8

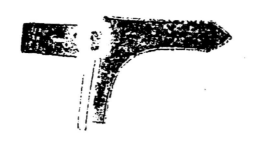

055　上鄀戈（《邱集》8419）

本戈胡末略殘，銘文沿援刃而下，云：「上鄀子于□鑄其用征行用從□□」。第二字作「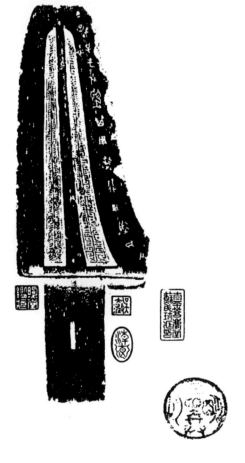」，與鄀公敔人簋（《大系》圖189）「鄀」字作「」相近，當係「鄀」之異文。《左傳·僖公二十五年》：「秦、晉伐鄀，楚鬥克、屈禦寇以申、息之師戍商密。」杜《注》：「鄀本在商密，秦、楚界上小國，其後遷於南郡鄀縣。」郭沫若謂鄀有上鄀與下鄀，下鄀位今陝西商縣，後為晉所滅，上鄀位今湖北宜城縣，後為楚所滅。〔註93〕「于□」二字，為上鄀子之名。第六字作「」，從臼、從倒皿、從金，當釋為「鑄」。第十三字作「」，疑「公」之倒文。末字下半殘泐，疑為「王」字。銘文「征行」，意即巡行。《左傳·襄公十三年》：「先王卜征」，杜《注》：「征謂巡守征行」。

本戈形制殊異，內作長方形，與側闌垂直相交，援特寬大，其上有二道陽紋飾，援上刃與內上緣平行，凡此皆與春秋時期有胡戈之常制不同、銘文之辭例與部位亦乏類似之例。就形制與銘文以觀，本戈若非偽器，則當係儀仗器。

6897／b　　　　　　8419
上鄀戈　　　　　　14 字
　蘇氏　（1900）23
　彙編　6.445.（411）

〔註93〕郭沫若：《兩周金文辭大系圖錄考釋》，頁 174-175。

056　長邦戈（《邱集》8172）

　　本戈 1974 年湖南長沙識字嶺楚墓出土，銘在胡，作「」形，單先進、熊傳新釋為「長邦」。〔註94〕近年湖南境內再出一戈，形制、銘文與例 056 全同（附圖 056：1），疑為同一器。此銘周世榮亦釋為「長邦」。〔註95〕「邦」字金文習見，作「邦」（克鼎）或「邦」（陳侯午錞），左旁直畫兩側之斜畫皆向上，與戈銘斜畫向下者懸異，惟古「封」、「邦」一字，「封」字本象植樹土上以明經界，樹之枝葉亦有向下者，故釋此為「邦」，其說可從。〔註96〕戈銘「長邦」，疑為地名。

```
6684              8172
長邦戈             2字
   考古   1977.1.63 頁圖三：4
```

附圖 056：1

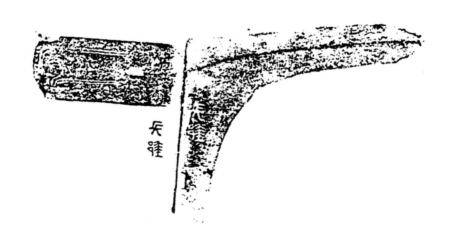

〔註94〕單先進、熊傳新：〈長沙識字嶺戰國墓〉，《考古》1977 年第 1 期，頁 62-64。

〔註95〕周世榮：〈湖南出土戰國以前青銅器銘文考〉，《古文字研究》第十輯，頁 248-249。

〔註96〕郭沫若：《甲骨文字研究》，上冊〈釋封〉。

057　徭侯戈（《邱集》8341、《嚴集》7474）

本戈胡部銘文七字，云：「徭侯之戠（造）戈五百」。第一字作「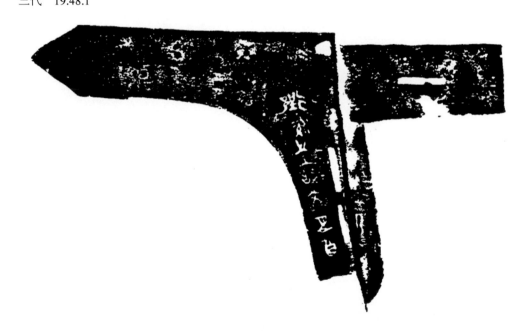」形，
从彳、从邑、从呈，當隸定爲「徭」，即楚都「郢」之繁文。徐國之「徐」，金
文皆从邑作「郤」，典籍則作「徐」，與此相類。徭侯，殆即楚君之別稱。第四
字从宀、从戈、告聲，「造」之異體，詳〈研究篇〉第四章。銘末二字，羅福頤
隸定爲「五百」（《代釋》4624），類似辭例亦見於例308「𩁹戊戈」，銘云：「𩁹戊
乍薔戈三百」，及山東省濰坊市博物館所藏戈銘：「右府御戈五百」，〔註97〕皆適
爲整數，此殆該次所造戈之總數。

6824　　　　　　8341
徭侯戈　　　　　　7字
　　貞松　11.33
　　三代　19.48.1

058　楚王孫漁戈（《邱集》8322、《嚴集》7462）

1954年湖北江陵縣出土兩件銅戈，皆有錯金鳥書銘文，云：「楚王孫漁之
用」。一有內，一無內，前者現藏中國歷史博物館，後者藏湖北省博物館；裘錫
圭謂此係同柲雙戈戟，有內者在上，無內者在下。〔註98〕一柲多戈之戟制，嘗

〔註97〕孫敬明、王桂香、韓金城：〈山東濰坊新出銅戈銘文考釋及有關問題〉，《江漢考古》
　　　　1986年第3期，頁65。
〔註98〕裘錫圭：〈談談隨縣曾侯乙墓的文字資料〉，《文物》1979年第7期，頁28。

見於曾侯乙墓，一柲所縛唯頂戈有內，餘皆無內。

據石志廉考證，「楚王孫漁」，即吳、楚之戰中陣亡之「司馬子漁」，事見《左傳・昭公十七年》。〔註99〕劉彬徽不贊同此說，駁云：

> 據《左傳》昭公十七年杜《注》：「司馬子魚，公子魴也。」公子魴
> 即王子魴，戈上之王孫漁與這個王子魴，輩份不同，名亦不同。可
> 見此戈銘之王孫漁絕非《左傳》記載之司馬子魚（公子魴）。故此戈
> 究屬何人，待考。其絕對年代不能定，相對年代可定爲春秋晚期。

〔註100〕

劉文所疑或是，惟其謂王孫漁絕非司馬子魚，似亦武斷，蓋輩份乃血親間相對之稱謂，己於父自稱爲子，於祖則自稱爲孫，故二處所載輩份雖異，猶未足以斷言必非一人。「魚」、「漁」古通，故王孫漁即司馬子魚，非全無可能。

```
6809                8322
楚王孫漁戈            6 字
  文物   1963.3.46-47 頁
```

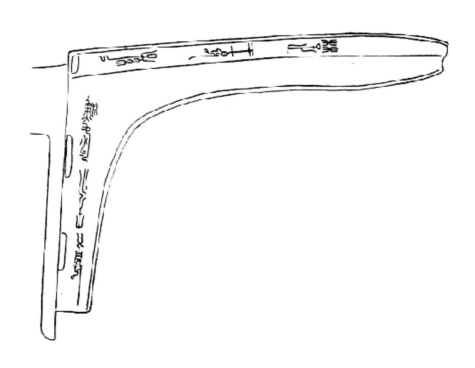

〔註99〕石志廉：〈「楚王孫夓（魚）」銅戈〉，《文物》1963 年第 3 期，頁 47。

〔註100〕劉彬徽：〈楚國有銘銅器編年概述〉，《古文字研究》第九輯，頁 355。

059 楚王酓璋戈（《邱集》8435、《嚴集》7554）

本戈銘文錯金十八字，容庚釋云：

> 銘云：「楚王酓璋嚴龔寅，乍鈲戈，以邵揚文武之戈用」，錯金十八字，鳥書者四字。洛陽出土。楚王之名熊者，金文作酓，楚王酓璋即楚惠王熊章，楚王酓忎即楚幽王熊悍也。《史記·楚世家》：楚昭王卒於軍中，子閭與子西、子綦謀，迎越女之子章立之，是爲惠王。〔註101〕

「嚴」字，井人鐘作「嚴」，中山王嚳壺作「嚴」，《說文》古文作「嚴」，上從三口，與戈銘同。「龔」字，容庚釋爲「龔」，於《金文編》則收於「龍」字條下。王孫鐘「龍」字作「龍」，右二形與戈銘相同。案：「龍」字甲骨文作「龍」（《前》4.53.4）、「龍」（《京津》1293），龍母尊作「龍」，龍子觶作「龍」，下皆有一曲筆以象龍軀騰躍之形。昶仲無龍鬲一作「龍」、一作「龍」，後者特著其首。樊夫人龍嬴匜作「龍」，邵鐘作「龍」，亦誇顯其首，惟後者之首形已與口形分離，而附著背軀上，此體蓋即王孫鐘左旁作「龍」所自昉，後以龍形既譌，乃加「兄」旁以爲聲符，此體僅見於徐、楚等南方國家，蓋古音「兄」隸陽部，「龍」屬東部，東、陽韻通乃楚方言之特色。〔註102〕戈銘此字以既有「兄」爲聲符，乃省已譌之「龍」，而成從它、兄聲之體。「龍」、「龔」韻部相同，「龔」、「恭」同音，本銘「龍」字當讀若「恭」。第七字下爲鳥形裝飾，上爲「寅」之變體。戈銘「嚴龍寅」，類似辭例亦見於秦公鐘銘：「嚴龔（恭）寅天命」、《尚書·無逸》「嚴恭寅畏」。嚴，敬也，義見《詩·殷武》毛傳。恭、寅，亦敬也，義見《爾雅·釋詁》。此言楚王酓璋命造本戈態度之恭敬，下文則言作戈之目的在「昭揚文、武」之德。

〔註101〕容庚：〈鳥書考〉，《中山大學學報》1964年第1期，頁83-84。

〔註102〕董同龢：《董同龢先生語言學論文選集》，〈與高本漢先生商榷「自由押韻說」兼論上古楚方音特色〉，頁1-12。

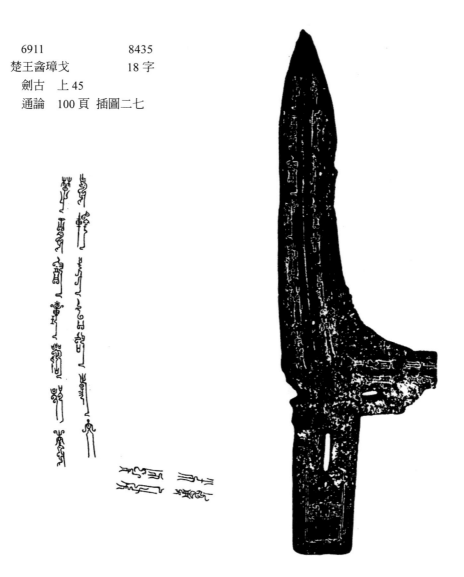

6911 8435
楚王酓璋戈 18字
劍古 上45
通論 100頁 插圖二七

060 楚屈叔沱戈（《邱集》8438、《嚴集》7557）

本戈初載於《貞松》11.35-36，銘文行款頗為特殊，所見僅此一例。編者
羅振玉釋云：

楚屈叔沱 屈□之孫（背面胡部）
□□□
□□□ （背面內末）

楚
王
右之
元
王鑄（正面內末）

劉體智（《小校》10.60）、徐乃昌（《安徽金石》16.5.2）皆從之。案：正面內末銘文之釋讀順序，依字體方向辨之，蓋爲「楚王之右元王鐘」。此三部分銘文關係如何？釋讀先後次第如何？因背面內末銘文殘泐，難以確證。據云，近年湖南出土一戈，胡上銘云：「楚屈叔沱之元用」，可與本戈參照。〔註103〕

6914　　　　　8438
楚屈叔沱戈　　　19字
　貞松　11.35-36
　小校　10.60
　安徽金石　16.5.2
　三代　19.55.1-2

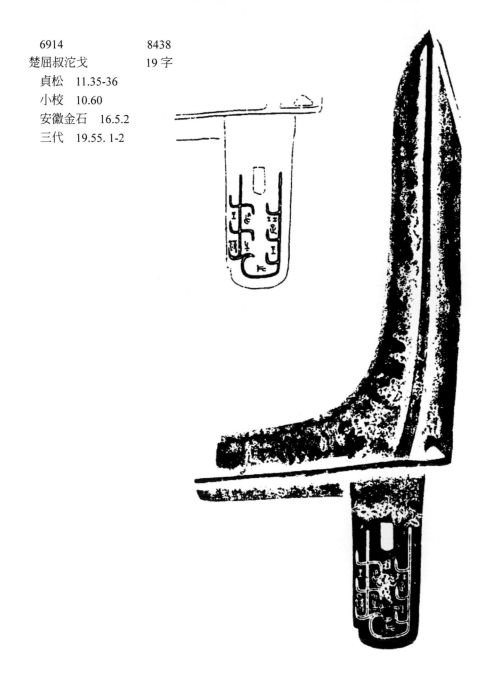

<hr />

〔註103〕周世榮：〈湖南出土戰國以前青銅器銘文考〉，《古文字研究》第十輯，頁249。

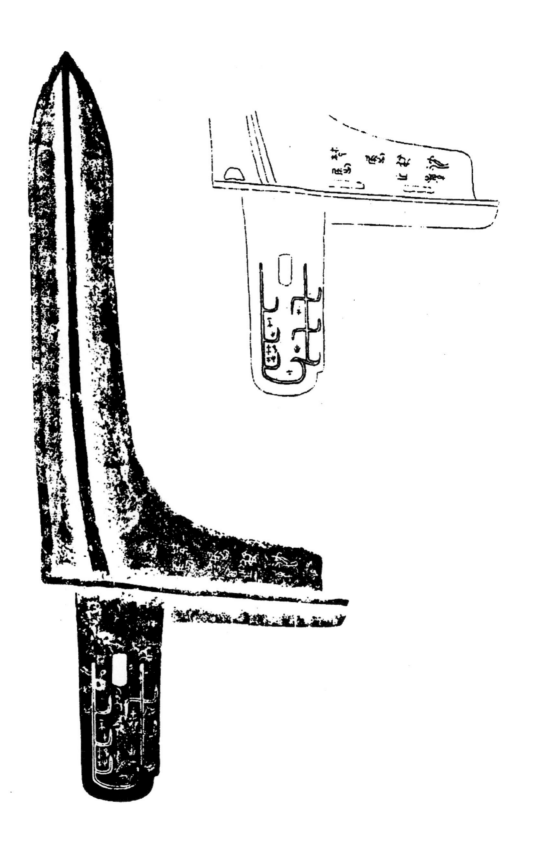

061 邔季之孫戈（《邱集》8369、《嚴集》7499）

本戈銘文九字，分鑄於內末兩面，一面云：「邔季之孫□方」，另面云：「或之元」。兩面銘文皆由上緣直行向下緣，與側闌之方向平行，類似行款僅見於如下數例：

（1）商　　馬戈戈（《邱集》8090）

（2）商　　告戈戈（《邱集》8091）

（3）西周　成周戈（同銘二器，《邱集》8159－8160，〈考釋〉004、005）

（4）西周　大保𣄰戈（《邱集》8175，〈考釋〉006）

（5）西周　楚公豪戈（《邱集》8286，〈考釋〉022）

（6）西周　𤉲𠂤戈（《邱集》8401，〈考釋〉021）

（7）春秋　周王孫季怠戈（《邱集》8399，〈考釋〉053）

（8）春秋　曾大工尹季怠戈（《邱集》8428，〈考釋〉054）

歸納上舉十例（含本器）可知，戈內銘文由上緣向下緣直書之行款，就現有資料言，蓋始於商，止於春秋中期。

「邔」乃古國名，亦見於邔君婦壺（《三代》12.13），方濬益云：

> 邔國不見於經傳，其字從工者，當即春秋之江國。籀文於國邑名，
>
> 類皆從邑，經傳以同聲通假作江也。（《綴遺》13.20）

魯文公四年（公元前 623 年）為楚所滅，此亦本戈之年代下限。「□方」乃邔季之孫，即作此器者之名。另面銘云：「或之元」，文辭簡晦，未詳其義。

6852　　　　　　8369
邛季之孫戈　　　存 8 字
　貞松　11.34
　三代　19.51

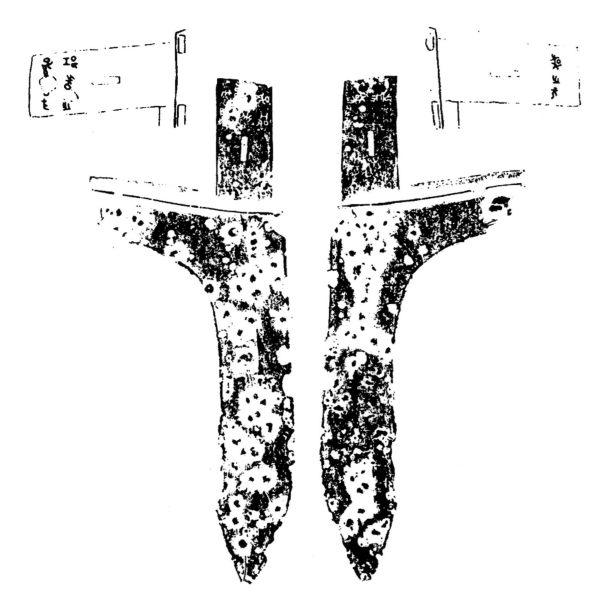

062 番仲戈（《邱集》8376）

本戈 1977 年湖北當陽縣金家山第 43 號墓所出，銘文錯金鳥書八字，簡報釋云：「番中（仲）乍（作）白（伯）皇止（之）造戈」。〔註104〕番國銅器見於著錄者，有番君召簋（《貞松》6.32），番仲榮匜（《貞松》10.39）等器，惟出土地均未詳。1978 年河南潢川縣出土番君白盤，原報告執筆人鄭杰祥、張亞夫謂河南潢川、固始一帶，即古番國封地所在，並引《隸釋》著錄之孫叔敖碑爲證，碑云：「欲有賞，必於潘國，下濕墝确，人所不貪，遂封潘卿，即固始也。」據碑文知河南固始縣舊稱爲「潘」，「番」與「潘」爲古今字，而固始與潢川復相鄰，因知此爲番國封地所在。〔註105〕本戈乃番國子孫名仲者爲伯皇所作，高應勤、馮有林謂其時代約當春秋、戰國之際，下限不晚於戰國早期。〔註106〕

6858／b　　　　8376
番仲戈　　　　　8 字
　文物 1982.4，46 頁圖二；
　47 頁圖四
　文物 1980.1，圖版玖：2 上

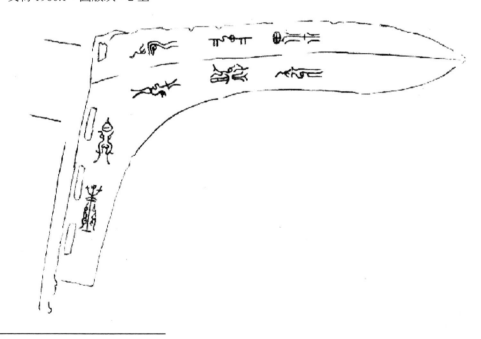

〔註104〕盧德佩：〈湖北省當陽縣出土春秋戰國之際的銘文銅戈〉，《文物》1980 年第 1 期，頁 95。

〔註105〕鄭杰祥、張亞夫：〈河南潢川縣發現一批青銅器〉，《文物》1979 年第 9 期，頁 91-93。

〔註106〕湖北省宜昌地區文物工作隊：〈湖北當陽縣金家山兩座戰國楚墓〉，《文物》1982 年第 4 期，頁 47。

063　許戈（《邱集》8268）

　　此戈 1977 年湖北當陽縣金家山戰國楚墓所出，銘四字，二在援，二在胡，黃盛璋釋為「鄦（許）止（之）戠（造）戈」。[註107] 發掘簡報謂：

　　　　（此戈時代）約在春秋晚期，……（該墓）時代略當於戰國早期，
　　　　下限不晚於戰國中期，此戈的時代為晚。兩戈（源案：含同出之「番
　　　　仲戈」而言）可能為墓主上世所傳。[註108]

　　《說文》：「鄦，炎帝大嶽之後，甫侯所封，在潁川。从邑，無聲。讀若許。」金文初假「無」字為之（如「鄦貞簋」），後从邑而為地名專字，此乃春秋戰國文字演變習見現象，如新鄭兵器「鄭」字皆作「奠」，而長沙所出「鄭左庫戈」（例158）則增邑旁。《史記・鄭世家》：「鄦公惡鄭于楚」，即用其本字，後人則假「許」字為之。「造」字从攴，則為楚國文字之特徵。

```
6763／b            8268
許戈               4 字
文物 1980.1 圖版玖 2 下
文物 1982.4，46 頁圖 1；
  47 頁圖 3
```

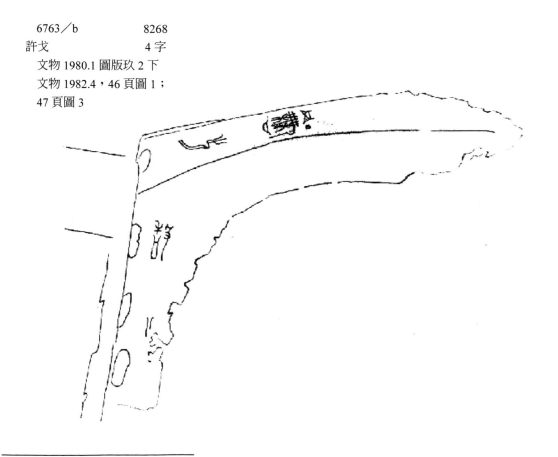

〔註107〕湖北省宜昌地區文物工作隊：〈湖北當陽縣金家山兩座戰國楚墓〉，《文物》1982
　　　　年第 4 期，頁 47。該報告云「許戈」、「番仲戈」銘文乃黃盛璋所釋。

〔註108〕同上註。

064　鄦白彪戈（《邱集》8323）

　　本戈初載於《劍古》上 46，胡有銘六字，云：「無（鄦）白（伯）彪之用戈」。戈銘第一字作「𣎴」形，與喬君鉦「無」字作「𣎴」形近，當係「無」之或體。「無」字甲骨文作「𣎴」（《甲》2858）、「𣎴」（《前》6.21.1），李師孝定謂此象人執物而舞之形，即「舞」字初文。〔註109〕本銘上象幠首披髮、下象舉足舞蹈之形，「舞」字之意尤顯。許國之「許」，金文初假「無」字為之（如「鄦旲簋」），後乃增邑而為「鄦」字（如「鄦子簠」），例 063「許戈」之「許」字即作此形。戈銘第三字，從虎、從彡，當隸定為「彪」，乃鄦伯之私名。

```
6809／b          8323
鄦白彪戈          6 字
劍古　上 46
```

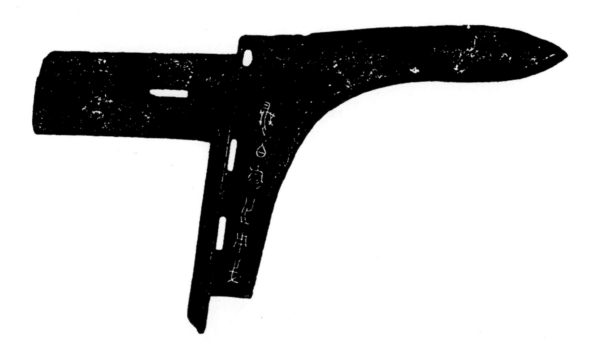

065　宋公欒戈（《邱集》8315、《嚴集》7455）

　　本戈 1936 年安徽壽縣出土，銘文錯金鳥書，云：「宋公欒之賠（造）戈」。「造」字從貝，亦見於下文「宋公差戈」及「宋公㝵戈」，乃宋器銘文特徵，參〈研究篇〉第四章「釋造」。《左傳・昭公二十年》：「癸卯，取太子欒與母弟辰，

〔註109〕李師孝定：《甲骨文字集釋》，卷 5，頁 1927-1928。

公子地以爲質。」《注》：「欒，景公也。」容庚據此謂本戈乃宋景公時（公元前514-451 年）所鑄。〔註110〕

066　宋公差戈（《邱集》8387、《嚴集》7513）

067　宋公差戈（《邱集》8385、《嚴集》7514）

例 066 銘文十字，云：「宋公差之所賠（造）丕陽族戈」。許瀚謂宋公差即宋元公佐：

> （許）瀚謹案：《説文》齒部齹下引《春秋傳》云：「鄭有子齹」，今左氏昭十六年《傳》「鹺」，《釋文》云：「鹺，《字林》『才可、士知二反。』《説文》作「齹」，云：『齒差跌也』，在河、千多二反。」

〔註110〕容庚：〈鳥書考〉，《中山大學學報》1964 年第 1 期，頁 85。

惟差、佐通用，故《字林》從差，《說文》從佐，並諧聲也。《呂氏
春秋・仲秋紀》：「禦佐疾以通秋氣」，高《注》：「佐疾，謂療也。」
案：佐不可訓療，蓋瘥之借字。瘥，瘉也，故又訓療。瘥，古書傳
多作差。……瀚囊在濟寧甘泉汪仲恪延熙得宋公差戈，瀚釋宋公佐
即宋元公。〔註111〕

齊器「國差繪」（《三代》18.17）銘云：「國差立事歲」，而《春秋經》：「齊侯使
國佐如師」，國差即國佐，可與戈銘互證。

第九字作「𰀀」形，右上角一撇，乃蝕痕所致。此字許瀚釋爲「𣅎（疑）」，
吳式芬從之（《攈古》二之一，57）。案：許、吳殆據篆文爲言，小篆「疑」字
作「𰀀」，左旁與戈銘略近。然「疑」字甲骨文作「𰀀」（《後下》13.2）、「𰀀」
（《前》7.19.1），孫海波謂象一人扶杖出行，臨歧瞻顧之狀，以示疑而不定之意。
〔註112〕金文從牛聲，作「𰀀」形（伯疑父設），與戈銘迥異。此字從九、從矢，
當釋爲「族」。

宋之公族強盛，如《左傳・莊公十二年》：「冬十月，蕭叔大心及戴、武、
宣、穆、莊之族，以曹師伐之。殺南宮牛於師，殺子游於宋，立桓公。」戈銘
「丕陽族」，《傳》雖未載，然其爲宋之公族則可知。許瀚謂「丕」即「邳」之
省，「邳」近彭城，爲南北孔道，彭城爲宋地，故戈銘「丕陽」即「邳陽」（《綴
遺》30.18引）。

例067係北京銅廠發現於廢銅堆中，形制、銘文皆與例066相近。〔註113〕
本戈銘云：「宋公差之所賭（造）峁（柳）〔族〕戈」，第七字作「𰀀」，上從中，
下從卯，程長新釋爲「柳」，云：

按《左傳》昭公十年，宋元公有寺人柳，元公爲太子時欲殺之，即

位後又加寵信，戈銘之柳，可能就是此人。〔註114〕

「柳」下殘泐之字，據例066可補爲「族」字。「柳族」殆爲宋元公之部屬，故
元公命造此戈交其執用。

〔註111〕許瀚說轉引自《攈古》二之一，46-48。

〔註112〕孫海波：〈卜辭文字小記〉，《考古社刊》第3期，頁59。

〔註113〕程長新：〈北京發現商龜魚紋盤及春秋宋公差戈〉，《文物》1981年第8期，頁55。

〔註114〕同上註。

6866　　　　　　　8387

宋公差戈一　　　　10 字

6864／b　　　　　8385

宋公差戈二　　　　9 字

068　宋公𦄂戈（《邱集》8316、《嚴集》7456）

　　本戈安徽壽縣出土，銘文錯金鳥書，云：「宋公𦄂之貼（造）戈」。「公」、「戈」二字稍泐，參照例065「宋公䜌戈」可補。《左傳·哀公二十六年》：「宋景公無子，取公孫周之手得與啓畜諸公宮，未有立焉。」《注》：「得，昭公也。」容庚據此謂「宋公𦄂」即宋昭公（公元前450－404年），復謂景公即位至昭公卒年，相距一百一十年，而宋景公時之「宋公䜌戈」，其形制、銘文皆與本戈略同，二戈之鑄年當相去不遠。〔註115〕「宋公䜌戈」殆鑄於景公晚年，而本戈則鑄於昭公早年。

6803　　　　　　　8316
宋公𦄂之貼戈　　　6字
　書道　103
　鳥書考　23（新版）

<hr />

〔註115〕容庚：〈鳥書考〉，《中山大學學報》1964年第1期，頁85。

069 雍王戈（《邱集》8295、《嚴集》7438）

本戈內末銘文五字，其中二字爲鑄款，三字爲刻。鑄款二字，于省吾隸定爲「雍王」（《錄遺》576 器名）。陳槃云：

> 于金文中，雍氏或稱「王」，有雟王戟；或稱「公」，有雝公緘鼎；或稱「伯」，有雝伯啚、雝伯原；或稱「子」，有「邕子良人」。然如上下文說雍有姞姓、姬姓與㛤姓之別，則茲所謂雍王、雍公、雍伯、雍子，今亦未知其當誰屬矣。〔註116〕

陳氏復謂今河南懷慶府修武縣西有雍城。刻銘三字，沈寶春隸定爲「亓所馬」，可從，惟以文辭簡晦，不解其義。〔註117〕

6785　　　　　8295
雟王戈　　　　5字
　錄遺　575

〔註116〕陳槃：《春秋大事表列國爵姓及存滅表譔異》，冊四，頁 326。

〔註117〕沈寶春：《商周金文錄遺考釋》，頁 864-865。

070　**滕侯耆戈**（**《邱集》**8275、**《嚴集》**7419）

071　**滕侯耆戈**（**《邱集》**8276、**《嚴集》**7420）

例070初載於《澂秋》下54，有羅振玉、王國維二氏跋文、羅振玉云：

> 滕侯戈文曰：「**滕**侯耆之造」，**滕**字下从火，于家藏滕虎敦二滕字作「」，亦从火。上从，即**朕**字。無㠱敦「朕」亦作「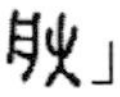」，盂鼎作「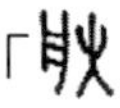」，與敦文合，吳子苾閣學《攈古錄》誤釋作「然」。**滕**从火，象火二騰，殆與騰爲一字，从水、从馬殆均後起之字也。

王國維則云：

> **滕**字，余曩跋**滕**虎敦始釋爲**滕**薛之**滕**。知然者，緣敦銘云：「**滕**虎作厥皇考公命中寶尊彝」，是**滕**虎之父曾爲**滕**公。而《禮記・檀弓上》稱，滕伯文爲孟虎，齊衰其叔父也；爲孟皮，齊衰其叔父也。則虎爲滕伯文叔父，其父本是**滕**君，與**滕**虎敦合。合觀此戈，與**滕**侯昃戟並用**滕**侯，益足證余說矣。

新四版《金文編》「滕」字條下，凡錄七文，下俱从火，因知文獻所載从水之「滕」確爲後起字。《世本》：「滕，錯叔繡，周文王子，居滕。」是滕爲姬姓國。陳槃云：「（滕）入春秋七年，始見經。終春秋世猶存。《世族譜》：『春秋後六世，齊滅之。』今案《戰國策》，宋康王滅滕。疑宋亦尋滅，地入於齊，故《譜》云然。」〔註118〕「侯」下之字，係滕侯之私名，上从「老」省，下所从與「旨」字作「」（耆旨𣪘盤）形近，舊釋爲「耆」，可從。「旨」字上半所从部件，殆與「老」字部分筆劃形似，遂重疊而省略之。例071與例070同銘，唯「造」字所从略異，例070作「艁」，例071作「鋯」，此二體爲山東地區銘文特徵，詳〈研究篇〉第四章「釋造」，人名後逕接地名之簡單辭例，亦爲山東地區兵器辭例特徵。

〔註118〕陳槃：《春秋大事表列國爵姓及存滅表譔異》，冊一，頁33。

6767 8275
朕侯耆之铦戈一 5字
澂秋 54
貞松 11.27
三代 19.39.3

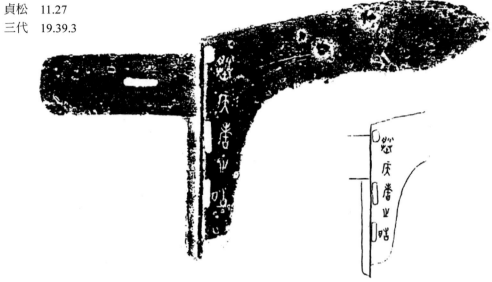

6768 8276
又二 5字
巖窟 下43

072　滕侯昊戟（《邱集》8334、《嚴集》7467）

本戈銘文六字，自援本至胡末，云：「滕（滕）侯昊之體（造）戜（戟）」。
第三字作「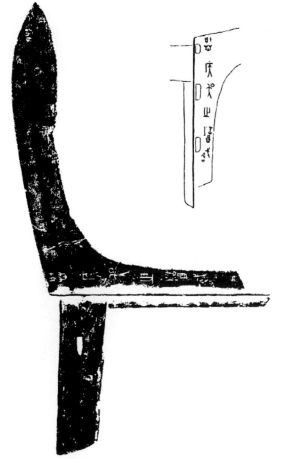」形，當隸定爲「昊」，此爲滕侯之私名。1982 年山東滕縣亦出
一柄「滕侯昊戈」，銘云：「滕侯昊之艁（造）」。戈之形制及其銘文部位，與例
072 全同，原報告謂「春秋時滕隱公所造」，未詳所據。〔註119〕第五字下从西，
右上从告、左上稍泐疑似从舟，从告爲聲，當讀爲「造」。第六字當隸定爲「戜」，
羅振玉釋爲「戟」而無說（《澂秋》下55引），楊樹達則釋云：

> 銘文戟字作戜，从戈、各聲，爲形聲字，戟之或作也。从各聲者，
> 各與戟古音相同故也。（同鐸部見母）此字《説文》未載，幸得於銘
> 文中見之。〔註120〕

楊說誠屬諦論。此字曾毅公（山東滕3.1）、羅福頤（《代釋》4667）隸定爲「戜」，
非是。

6817　　　　　　　　8334
滕侯昊戈　　　　　　6字
　貞松　12.3
　澂秋　下55
　三代　20.13.3
　積微　111

〔註119〕滕縣博物館：〈山東滕侯銅器墓〉，《考古》1984 年第 4 期，頁 337。

〔註120〕楊樹達：《積微居金文說》，頁 112。

073　滕司徒戈（《邱集》8362、《嚴集》7492）

　　本戈初載於《錄遺》577，銘文自援本至胡末，編者于省吾註云：「七字」，然蝕泐頗甚，筆畫可識者，唯銘首「滕司徒」三字，本戈當由其所監造。

6845
滕司徒戈

8362
7字

　　錄遺　577

074 邾大司馬戈（《邱集》8361、《嚴集》7491）

本文銘文七字，由援本至胡末，云：「邾大嗣（司）馬之艁（造）戈」。邾
國之「邾」，金文有二體，一作「鼄」（邾公華鐘），一作「邾」（邾公釛鐘）。陳
直謂春秋時邾國有二，金文作「鼄」者，爲魯之附庸，地在今山東鄒縣；金文
作「邾」者，爲楚之附庸，地在今湖北黃岡縣。〔註121〕案：邾國數遷，黃岡或
其舊居所在，非有二邾國也。〔註122〕戈銘「造」字從舟，與《說文》古文合，
此體山東諸器習見，如例 090「陳子戈」，例 070「滕侯耆戈」，例 080「羊子
戈」、例 075「臺于公戈」，而楚器未之一見，詳〈研究篇〉第四章「釋造」，因
知陳說未允。「鼄」實爲「蛛」之古字，此假爲國名之用，而「邾」乃後起之地
名專字。

6844　　　　　　　8361
邾大司馬之艁戈　　　7 字
　積古　8.16
　金索　金 2.106
　攈古　二之一，30
　周金　6.14 後
　三代　20.19.2

〔註121〕陳直：《金文拾遺》，頁 5-6。

〔註122〕陳槃：《春秋大事表列國爵姓及存滅表譔異》，頁 133-134。

075 臺于公戈（《邱集》8335、《嚴集》7468）

本戈胡部銘文六字，云：「臺于公之□艁（造）」。「臺」、「淳」古今字。「淳于」古州國國都，《左傳・桓公五年》杜注云：「淳于，州國所都城陽淳于縣也。」《春秋傳說彙纂》云：「故城在今山東安邱縣東北三十里。」曾毅公《山東金文集存》列本戈爲鑄國器（《山東》鑄 5.2），殆據王國維：「祝國即鑄國，亦即州國。」之說。〔註123〕然王氏此說待商，陳槃云：

> 今案祝即州說，字音固可通，然別有州國。桓五年，州公如曹，度其國危，遂不復。後地入于杞，爲杞都。而鑄則襄二十三年，其祀未絕。此其一。州，炎帝後姜姓；而祝，黃帝後任姓。此其二。王氏謂：州居淳于，在今安丘縣，而青州出鑄子叔黑頤諸器，是亦鑄、州爲一之證。此並不然。青州，即今益都縣，與東南之安丘，相去百五十里，何可以併爲一地？此其三。以此論之，祝自爲祝，州自爲州，非一事也。〔註124〕

「造」字從舟，見於《說文》古文，乃山東地區器銘之特徵。「造」前之字，不識。

〔註123〕王國維：《觀堂集林》，卷18，頁 4-5。

〔註124〕陳槃：《春秋大事表列國爵姓及存滅表譔異》，冊五，頁446。

6818 8335

辜于公戈 6字

　　貞松　12.3

　　劍吉　下 30

　　三代　20.14.1

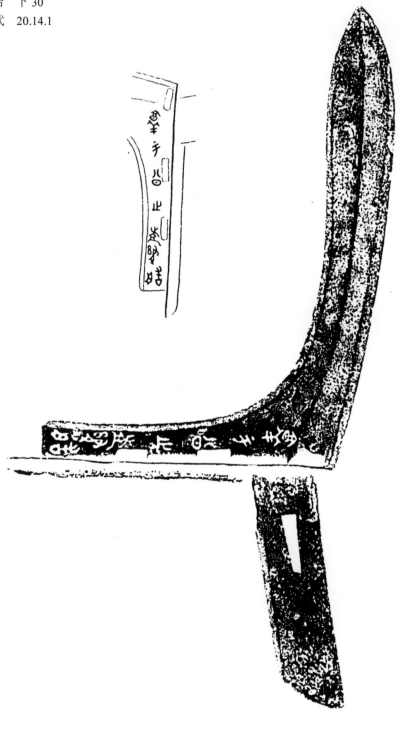

076　闌丘戈（《邱集》8272、《嚴集》7416）

本戈胡末略殘，銘存五字，在援、胡間，云：「闌丘爲鷹造」。「膚」字金文作「䖵」（弘尊），與戈銘第一字所從相近，此殆從之得聲。

第三字羅振玉隸定爲「隹」（《貞松》11.27.2），羅福頤則隸作「爲」（《代釋》4604）。孫常敍從羅福頤說，並釋云：

> 「爲」舊釋作「隹」，不對。就戈文來看，分明是爪象之形，只是由於銹蝕變「𠃊」爲「𠃌」。象的頭部雖稍有變化，可是尾足兩部還很清楚。字下半的結構從「𣎵」，自是獸類的足尾之形，它和鳥類之「隹」是有很大區別的。在銘文的語言結構上，「爲△造」「△爲△造」是文通字順的。如果把它看作「隹」，那就成了「闌丘隹」，有些像漢印中的「中里唯」「開陽唯」了。〔註125〕

第四字諸家俱隸定爲「鷶」，孫常敍改釋爲「鷹」，云：

> 「鷶」闌丘戈寫作「䲹」，鳥前著「屮」，可見它並不是從月鳥聲（或隹聲）的。「屮」也不是「有」。「有」從「又」聲。爲了保留聲符特點，「有」只能省作「又」，不能省作「𠂇」。鷶戈、鷶公劍的「鷶」都省去了「屮」，可見它也不是從鳥有聲的字。……「䲹」從屮從𠂇從鳥，會意。象從手持肉喂鳥之意。從文字所標舉的詞義特點來看，這個形象的音節表意文字所寫的詞當是「鷹」。所謂「鞲須溫暖，肉不陳乾」，喂肉是「鷹」區別於其它鳥雀的特點之一。

復進而推論戈銘「鷹」字之義涵曰：

> 假如這個「鷶」「雁」或體之說可信，那麼，鷶公劍、鷶戈、闌丘戈的「鷶」字當是《左傳》僖公二十四年：「邘、晉、應、韓、武之穆也」的「應」。「鷶」和「應」是同一國名的不同寫法。

周永珍、馬世之皆從其說。〔註126〕

案：應國之「應」，金文習見，悉作「𤸫」（應公鼎），與戈銘判然有別，

〔註125〕孫常敍：〈鷶公劍銘文復原和「脽」「鷶」字說〉，《考古》1962年第5期，頁266-267。

〔註126〕周永珍：〈西周時期的應國、鄧國銅器及地理位置〉，《考古》1982年第1期，頁48。

馬世之：〈應國銅器及相關問題〉，《中原文物》1986年第1期，頁59。

荀謂乃同字異體，其遞嬗之迹殊難索解。此字左旁之「𠂤」在「夕」上，指爪復向上，顯非持肉形，況肉食性之飛禽，亦不限於鷹類，故持肉喂鷹之說，實無足取。此既非「鷹」字，則假爲應國之「應」云云，其誤固不待辯矣。

本戈曾毅公《山東金文集存》列爲莒國器（《山東》莒 3.2），惜無說。王國維云：

> 盧，《說文》云：「飯器也」，又云：「凵盧，飯器，以柳爲之。」盧者，凵盧之略也，字亦作筥。……余謂筥、籚、盧、簏本是一字，《隸釋》所錄魏三字石經《春秋》筥之古文作𥬔。篆隸二體作筥、𥬔者，簏字之譌略。上虞羅氏藏䣄侯敦，䣄侯亦即筥侯；又藏闟丘□□戈，闟丘亦即閭丘，足證筥、盧之爲一字矣。〔註 127〕

王氏此說，殆即曾毅公所本。「筥」从呂聲，「呂」之古音屬來母魚部，「膚」之古音屬非母魚部，然亦可與來母字通諧，如伯公父匿即假「盧」爲「鏞」。「莒」、「闟」古音得通，曾毅公以之爲莒國器，可從。此說猶可自器之形制得證，本戈內前端與側闌相接處，有一方形突出物，其寬逾內寬之半，筆者以爲此係用以增強援、內間之結構。此制《邱集》所載尙有如下三例：

（1）陳散戈（例 087）

（2）陳𠬪戈（例 088）

（3）高密戈（例 082）

上列三器，俱出自山東地區。莒國亦屬山東地區，故以本戈爲莒國器，適可與該地區特殊戈制相應。

6764
闟丘戈
貞松 11.27
貞圖 中 60
三代 19.38.3

8272
5 字

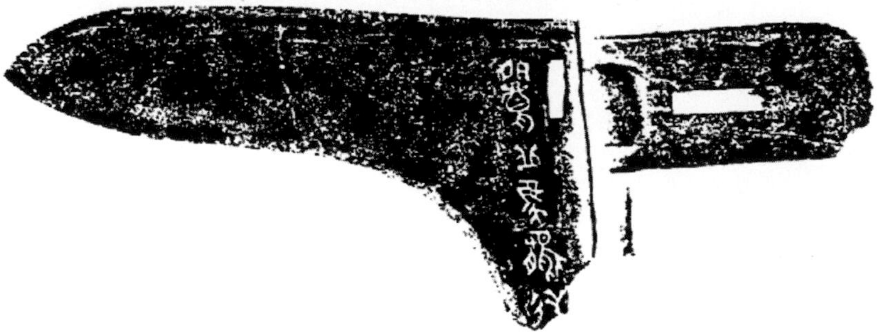

〔註 127〕王國維：《觀堂集林》，卷 18，頁 901。

077 鄆戈（《邱集》8131、《嚴集》7310）

本戈初載於《嚴窟》下 59，編者云：「戰國作，山東歷城附近新出土。」
銘在內末，僅一「鄆」字。《說文》云：「鄆，河內沁水鄉。从邑，軍聲。魯有
鄆地。」《春秋・文公十二年》：「季孫行父帥師城諸及鄆」，《公羊傳》作「運」，
齊召南云：

> 按鄆邑有二，一在西界，昭公居鄆是也；一在東界，與莒相接，先
> 儒謂是莒之附庸，魯時與莒爭，襄十二年，季孫宿救台，遂入鄆，
> 與此取鄆是也。《公羊》於後文叔弓帥師疆運田，亦曰：與莒爲境。

〔註 128〕

東鄆在今山東沂水縣東北四十里，西鄆在今鄆城縣東十六里；蓋舊居西鄆，東
鄆爲其遷地。鄆本魯、莒間附庸小國，魯、莒所爭，魯得之則附庸於魯，莒得
之則附庸於莒；非莒舊邑，亦非魯舊邑。《左傳・昭公元年》載，魯伐莒，取鄆，
自是以後，東鄆不復見於記載。〔註 129〕是以本銘「鄆」字或爲國名，或爲魯邑
名。惟就戈之形制言，長胡三穿，內末磨刃成鋒，援呈修長弧形、脊棱顯明，
其時代不早於春秋晚期，故本戈當爲魯國所造。

〔註 128〕齊召南：《公羊傳注疏考證》（重編本《皇清經解》第 4 冊），「昭元年取運」條。

〔註 129〕參陳槃：《不見於春秋大事表之春秋方國稿》，頁 96-98。

6655 8131
鄆戈 1字
嚴窟 下 59
錄遺 571

078　中都戈（《邱集》8163、《嚴集》7329）

本戈援、胡皆殘，銘二字，在胡，上爲「中」字，下作「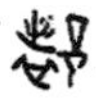」形，與鑰鎛「都」字作「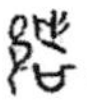」形，結體相同，亦當隸定爲「都」。《禮記・檀弓上》：「夫子制於中都」，《史記・孔子世家》同。復次，漢高祖十一年定代地，立子恒爲代王，都中都，《史記正義》云：「中都，故城在汾州平遙縣西南十二里。」（《韓信盧綰列傳》）是中都有二處，劉體智謂此乃魯邑之中都（《善齋》10.19）。山東地區兵器銘文習見單舉地名之例，如例077「鄆戈」，例081「郛戈」，例082「高密戈」、例233「武城戈」等，故本銘「中都」係指魯邑而言。

6675　　8163
中都戈　　2字
貞松　11.24
善齋　10.19
小校　10.14.3
三代　19.29.2

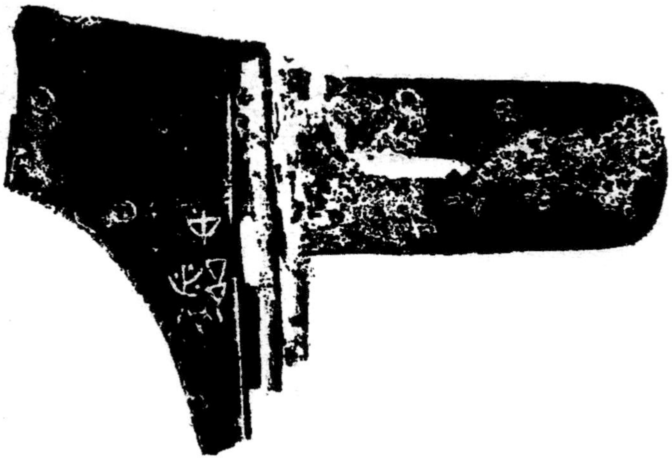

079　叔孫⿰朱支戈（《邱集》8241、《嚴集》7394）

本戈胡銘四字，云：「弔（叔）孫⿰朱支戈」。第三字羅振玉隸定爲「郲」（《三代》卷19目錄），羅福頤（《代釋》4598）從之。然此銘實从支、朱聲，當隸定爲「⿰朱支」。中山王嚳壺：「以⿰朱戈不⿱巛心（順）」，「⿰朱戈」讀如「誅」。金文从支、从戈習見互作之例，如「鬼」字孟鼎作「⿰鬼戈」，梁白戈作「⿰鬼支」。故本銘「⿰朱支」字，亦得與「⿰朱戈」、「誅」通用，以表殺戮之意。齊戈屢見自名爲「散戈」者，《方言》三：「散，殺也。」，散戈即殺戈（詳下文），本銘「⿰朱支戈」當與之同意。本戈器主叔孫氏，乃魯之望族，嘗與平子、孟氏合攻魯昭公，詳《史記・孔子世家・叔孫通列傳》。

6741 8241
叔孫栽戈 4字
三代 19.37.1

080 羊子戈（《邱集》8278、《嚴集》7422）

阮元謂本戈出自曲阜周公廟（《積古》8.15），馮雲鵬、雲鵷兄弟（《金石索》金1.105）、劉體智（《小校》10.41）、曾毅公（《山東》魯21）皆從之，唯柯昌濟謂出自曲阜孔廟（《韡華》癸1.6），柯說究係另有所本，抑一時筆誤？今已莫可徵考。

戈銘五字，在胡，云：「羊子之䑸（造）戈」。阮元云：

> 右羊子戈，銘五字，曲阜顏氏得之周公廟土中。江寧周文學椠釋第一字為半，謂楚姓。大興朱學士筠釋為羊，謂半不上出，且子爵無與姓連稱者，是羊子為大夫稱。翁覃溪學士曰：「半字固應上出，然此銘造字既用古文，而半下、告上皆變直為曲，則半从羊聲，亦可以形舉該之矣。惟爵名與國姓罕有連稱之文，是所當闕疑者。至謂羊子為大夫稱，益無可據矣。」乃引《左氏傳》楚熊通授子一事，定為若敖蚡冒舊稱。言之甚辯，然第一字以原戈細審之，字畫清朗，毫無剝蝕，半頭實不上出，難定為半字。朱學士謂羊字，近之。羊乃氏也，《通志略》謂為羊舌氏之分族。春秋時有羊斟為華元御，戰國時有羊千著書，但不知造戈者為何如人耳。䑸，古文造字，無可疑者。（《積古》8.15）

第一字邱德修釋爲「羌」（《邱釋》8278），然「羌」字甲骨文作「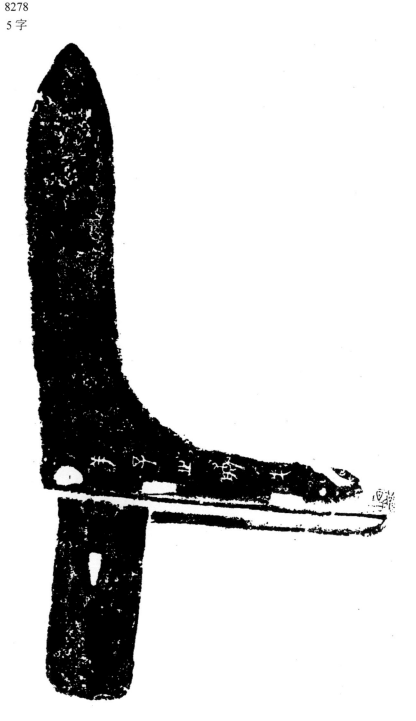」（前1.9.6），
金文作「」（屬羌鐘）、「」（鄭羌伯鬲），上從羊，下從人，而戈銘此字未見
從人之形，仍以釋「羊」爲是。或謂，「羊」字之中畫直而不曲，與戈銘異，然
金文「羊」字確有中畫斜曲者，如中山王譽鼎：「不羊（祥）莫大焉」，羊字即
作「」可證。本戈之「羊子」，猶例079之「叔孫」，皆姓氏之謂。

6770	8278
羊子之矞戈（一）	5字

積古　8.15

金索　金1.105

攈古　一之三，36

奇觚　10.20

周金　6.26前

小校　10.41

三代　19.40.2

081　郹戈（《邱集》8132、《嚴集》7309）

　　本戈山東臨沂縣出土，胡部銘一「郹」字。〔註130〕齊、魯系兵器銘文，習見單舉地名之例，如例 077「鄆戈」，又如 1973 年山東濰縣出土齊國三戈，銘文各爲「京」、「武城戈」、「武城徒戈」，〔註131〕故本戈「郹」當亦爲地名。本戈胡、內略殘，惟由戈援修長上揚以觀，時代當晚於上舉濰縣三戈，原報告謂乃戰國器。〔註132〕臨沂戰國屬齊，因知本戈當係齊器。

6656　　　　　　8132
郹戈　　　　　　1 字
文物 1974.4.25 頁圖二、　圖一

082　高密戈（《邱集》8236、《嚴集》7389）

　　本戈銘文四字，在援、胡間，云：「高密𦥑（造）戈」。方濬益云：

> 《漢書・地理志》：「北海郡有密鄉侯國」，《後漢・郡國志》：「高密侯國屬北海」。又有下密，《左》閔公二年《傳》：「以賂求共仲於莒、莒人歸之，及密。」杜《注》：「密，魯地，琅邪費縣北有密如亭。」按：高密，齊地也。琅邪在北海南，魯地之密，應即下密，據此戈是周時已有高密之名，漢特因之耳。（《綴遺》30.19）

〔註130〕劉心健：〈介紹兩件帶銘文的戰國銅戈〉，《文物》1979 年第 4 期，頁 25。

〔註131〕李學勤：〈試論山東新出青銅器的意義〉，《文物》1983 年第 12 期，頁 21。

〔註132〕同註 130。

因知本戈爲齊器。「造」字從戈，亦見於例 057「郮侯戈」作「𢧜」，此乃春秋
戰國時期特有字體，詳〈研究篇〉第四章「釋造」。

　　6736　　　　　　　　　8236
高密𥎦戈　　　　　　　　4 字
　　綴遺　30.19
　　奇觚　10.16
　　周金　6.32 後
　　簠齋　四古兵器
　　三代　19.35.1

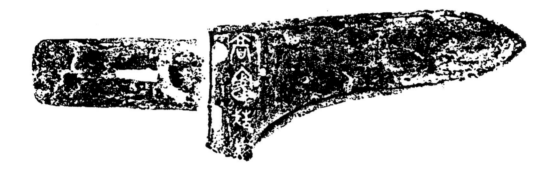

083　平阿右戈（《邱集》8249、《嚴集》7400）

　　本戈內末銘文四字，云：「平𨝔（阿）右戈」。「阿」字作「⚥」，下半所從
底部上曲，形近於「火」字，然「山」、「火」二字多混用難辨，如中山王𧻚諸
器「山」字皆作「⚤」，又如例 082「高密戈」之「密」字所從亦作此體，本
銘「阿」字所從疑爲「山」字，蓋從山以表山阿之意。「平阿」爲齊之地名，《史
記・魏世家》：「（魏惠王）三十五年與齊宣王會平阿南」，單舉地名乃齊戈銘文
之特徵。地名附加「左」、「右」等字，齊戈銘文習見，如例 084「平陸左戈」，
例 085「元阿左戈」，此類辭例之「左」、「右」字，宮本一夫謂乃該都邑單位之
政治機構。〔註133〕筆者疑此乃「左庫」、「右庫」之省，如河北邯鄲嘗出一戈（例
178），銘云：「甘丹（邯鄲）上」，而《嚴窟》59 戈銘「甘丹（邯鄲）上庫」，
因知「甘丹上」乃「甘丹上庫」之省，故本戈即平阿右庫所造。

〔註133〕宮本一夫：〈七國武器考〉，《古史春秋》第 2 號，頁 93。

6748   8249

平阿戈   4字

   周金   6.31

   善齋   10.28

   奇觚   10.19

   小校   10.30.3

084　平陸左戈（《邱集》8263、《嚴集》7411）

本戈胡部銘文四字，云：「平坴（陸）左戟」。《史記・田敬仲世家》：「魯敗齊平陸」，《史記會注考證》：「平陸，山東兗州汶上縣。」〔註 134〕「平陸左」蓋「平陸左庫」之省，詳例 083「平阿右戈」。「戟」字作「戜」，爲齊銘特有字體，亦見於例 085「元阿左戈」、089「陳子山戈」、093「陳右戈」、102「陳畦戈」等，故由地名、辭例、字體以辨，可確認本戈爲齊器。

6760　　8263
平陸戈　　4 字
奇觚　10.18
周金　6.36 前
小校　10.32
三代　20.9.2

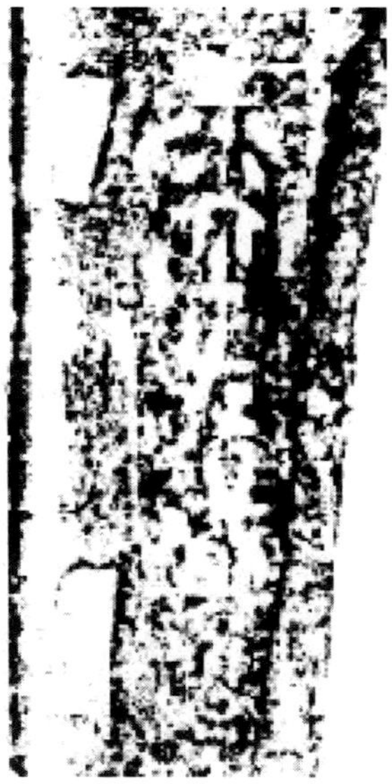

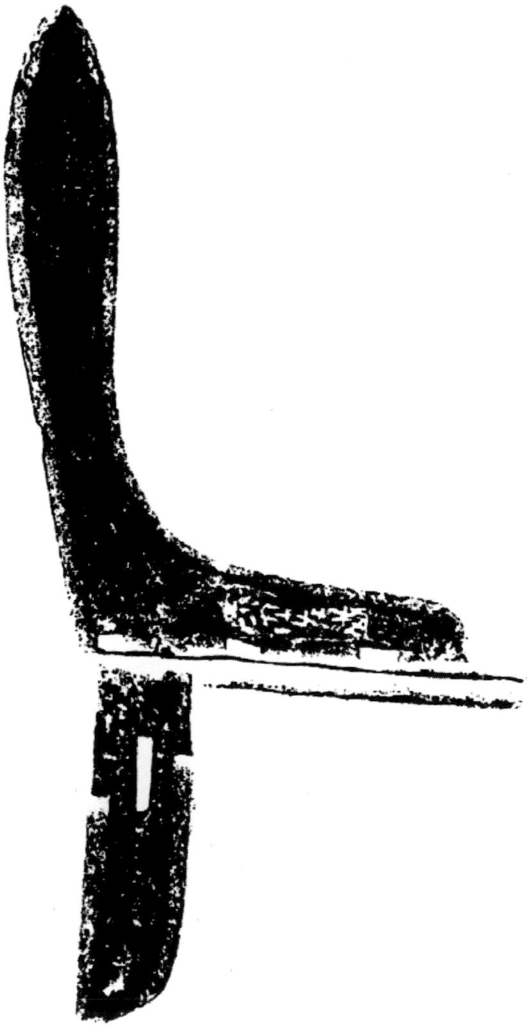

〔註 134〕瀧川龜太郎：《史記會注考證》，卷 46，頁 15。

085　元阿左戈（《邱集》8484、《嚴集》7592）

　　本戈 1977 年山東蒙陰縣高都公社唐家峪出土，內末銘云：「元阿左造徒戟」。〔註135〕「元阿」當係地名，「左」蓋「左庫」之省，齊戈銘文習見，詳例 083「平阿右戈」。「徒戟」意即徒卒所持之戟，齊銘習見，如例 089「陳子山戈」、例 091「陳子🔥戈」，又如 1973 年山東濰縣所出「武城徒戈」；〔註136〕此外，國屬明確者唯「虢大子元徒戈」（例 147、148）二見。「戟」字作「𢧀」，乃齊銘特有字體，詳例 084「平陸左戈」。「造」字從辵，主要見於齊器與秦器，詳〈研究篇〉第四章「釋造」。據辭例、字體、出土地以辨，可斷言本戈應為齊器。

　　　　6958　　　　　　　　8484
　　　　元阿左造徒戟　　　　6字
　　　　文物 1979.4.25 頁圖四‧三

〔註135〕劉心健：〈介紹兩件帶銘文的戰國銅戈〉，《文物》1979 年第 4 期，頁 25。

〔註136〕傳德、次先、敬明：〈山東濰縣發現春秋魯鄭銅戈〉，《文物》1983 年第 12 期，頁 10。

086　陳□戈（《邱集》8207、《嚴集》7369）

　　本戈銘文三字，云：「陳□□」。第二字殘泐不清，鄒安釋爲「圖」（《周金》6.40）。金文「圖」字作「」（子廟圖卣）、「」（散盤），與戈銘殘文不類。第三字亦略有泐蝕，殘文似作「」，劉心源隸作「邑」（《奇觚》10.11.1），或是。

6714	8207
陳□戈	3 字
奇觚　10.11	
周金　6.40	
小校　10.23.2	
三代　19.33.2	

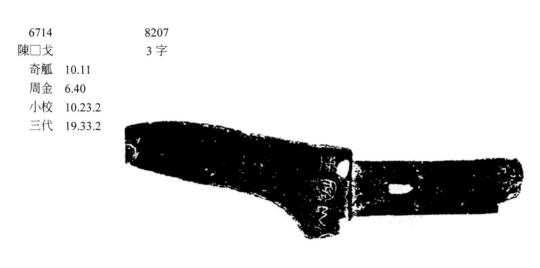

087　陳散戈（《邱集》8201、《嚴集》7363）

　　本戈銘文二字，各家釋文頗有出入，方濬益釋作「陳籨」（《綴遺》30.21），劉心源釋作「魏散父」（《奇觚》10.13.2），劉體智釋作「陳散」（《小校》10.20.1），羅振玉釋作「□籨」（《三代》卷 19「目錄」），羅福頤釋作「□」（《代釋》4579），容庚釋作「陳散」（《金文編「器目」表），邱德修釋作「陳」（《邱釋》8201）。

　　古璽「巍」字作「」形，〔註137〕漢器魏其侯盆「魏」字作「」，〔註138〕所從「魏」字皆與戈銘首字迥殊。金文「陳」字有作「」（陳侯鬲）形者，戈銘第一字與之形近，諸家釋「陳」，可從。「陳」下之銘，或以爲一字，或以爲二字，惜皆無說。筆者以爲二說俱有可能，容待本段結論處方下案語。

　　「陳」下之銘，下從「戈」旁，上與散伯簋「散」字作「」全同。「散戈」一詞，僅見於齊戈銘文，如

〔註137〕徐中舒：《漢語古文字字形表》，頁 364。

〔註138〕容庚：《金文續編》，卷 9，頁 3。及該書〈金文續編采用漢器銘文〉表，頁 16。

（1）陳窒散戈（《邱集》8232；〈考釋〉099）

（2）陳𩜈散戈（《邱集》8233－34；〈考釋〉100－101）

（3）陳𩜈寇戈（《貞松》11.27）

于省吾釋云：

> 《貞》11.27 有「陳御寇簸戈」，《簠齋吉金錄》有「墜□簸盍」，簸
> 字古兵中習見，彝器亦作散。《方言》三：「散，殺也。東齊曰散。」
> 散、殺一聲之轉。〔註139〕

于文所舉二戈銘文「簸」字，皆作「𢿫」形，當釋為「散」。「簸」即「甫」之後起形聲字，「甫」字金文作「𤰆」（戈父癸甗），與「散」字殊異，不可淆為一談。雖然，于文引《方言》以釋古兵銘文，則殊有可取。「散」字古音心母元部，殺字心母祭部，自可通轉。《方言》所載，適足與齊戈銘文互證。由是以推，戈銘第一字釋「陳」，亦可得一旁證。以上言本戈「陳」下銘文當釋為「散戈」二字。然該銘亦可釋為一「散」字，其下所從之「戈」，乃累增之偏旁。異增偏旁乃戰國文字習見現象，以「造」字為例，例082「高密戈」從戈作「𧻒」，例057「郘侯戈」則從戈、從宀作「𡩋」。「𢿫赶劍」（《邱集》8610）銘文第四字作「𢿫」（附圖087：1），與本戈銘文正同，故本戈此銘亦有可能釋為「散」字。

　　就銘文辭例言，「散戈」為齊戈銘文習見語，「散」下若無「戈」字，似覺不辭。然就字體結構言，「戈」字屈居於「散」字左下一角，與「散」字適可組成一方整字形。苟謂該銘為二字，銅器銘文似未見如此行款。其次，「戈」字之筆畫簡單，戈胡猶有充裕空間足以容納，實無必要徒增淆亂。況「𢿫赶劍」銘文即見此字。權衡二說，筆者暫釋為一「散」字，其左下「戈」字係累增之偏旁。戈銘「陳散」，殆為該器監造者或所有者之名，惟未審鄙見當否，姑存之，以俟博洽君子。

〔註139〕于省吾：《雙劍誃吉金圖錄》，卷下考釋，頁3。

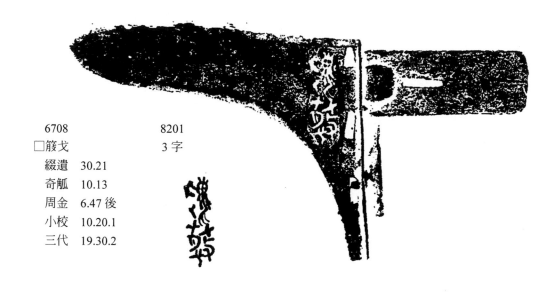

6708 　　　　　　8201
□篡戈 　　　　　　3 字
　綴遺 　30.21
　奇觚 　10.13
　周金 　6.47 後
　小校 　10.20.1
　三代 　19.30.2

附圖 087：1

7054／b 　　　　　8601
殹赶劍 　　　　　　8 字
　巴納 　（1961）拓本
　彙編 　6.537.（581）

088 陳戈（《邱集》8231、《嚴集》7384）

本戈銘文四字，云：「陳錯（造）戔（戈）」。「」字不識，乃器主之私名。「造」字从金，齊銘習見，如例 093「陳右戈」、例 096「陳侯因脀戈」，餘如滕、郜、曹等國亦見此體，詳〈研究篇〉第四章「釋造」。「戈」字从金，乃齊銘特有字體，如例 094「陳麗子戈」、例 105「是立事歲戈」、例 106「平陽高馬里戈」，例 107「成陽辛城里戈」皆如是作。

6731　　　　　　　8231

陳錯戈　　　4 字

貞松　11.26

貞圖　中 58

三代　19.33.3

山東　齊 25

089　陳子山戈（《邱集》8290、《嚴集》7433）

　　本戈銘文在胡，云：「陳子山徒戟」。第三字作「⛰」，底部上曲，與「火」字形近，惟「山」、「火」二字形近難辨，如中山國諸器「山」字、齊器「高密戈」（例082）「密」字所從「山」旁皆作此體，劉體智釋爲「山」（《小校》10.39.2），可從。「徒戟」意即徒卒所持戈戟，齊銘習見，參例085「元阿左戈」。第五字作「戚」，乃齊銘特有字體，詳例084「平陸左戈」。

```
6781              8290
陳子戈             5字
   貞松   12.2
   小校   10.39.2
   三代   20.12.2
```

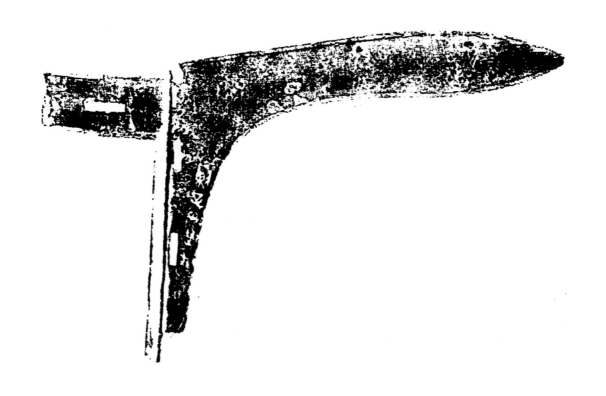

090　陳子🔣戈（《邱集》8264、《嚴集》7413）

　　本戈銘文在胡部，云：「陸（陳）子🔣𦦘（造）□」。「陳」字从土，知此爲田齊器。第三字作「🔣」，鄒安釋「召」（《周金》6.26.2），劉體智釋「翼」（《小校》10.39.3）。金文「召」字有繁、簡二式，簡者从口、刀聲作「🔣」（召樂父匜），繁者異體多見，其基本體式作「🔣」形，从臼、从酉、从🔣、召聲，象取置酒器之形，與戈銘相去甚遠。金文「翼」字或作「🔣」（中山王𧊒壺），或作「🔣」（秦公鎛），其上从非、从飛互作，下俱从異。「異」字，李師孝定謂象以手扶翼頂上之物，而戈銘亦與之迥殊。〔註140〕此字未識，姑隸定爲「🔣」。戈銘「陳子🔣」，爲監造者之名。「𦦘」字从舟，與《說文》古文合，爲山東諸國銘文特徵，詳〈研究篇〉第四章「釋造」。

```
6761              8264
陸子戈             4字
　周金　6.26後
　小校　10.39.3
　三代　20.10.1
```

〔註140〕李師孝定：《甲骨文字集釋》，卷三，頁808-827。李師孝定：《金文詁林讀後記》，頁395。

091　陳子戈（《邱集》8280、《嚴集》7423）

　　本戈銘文在內末，云：「塦（陳）子□徒戈」。戈銘首字，據辭例可確定爲「塦」。「陳」字從土，知此爲田齊器。本銘「陳子□」疑與例 090「陳子□」爲一人。「徒戈」意謂徒卒所執之戈，參例 085「元阿元戈」。

```
6771              8280
陳子□徒戈          5 字
  貞松　11.28
  三代　19.41.1
```

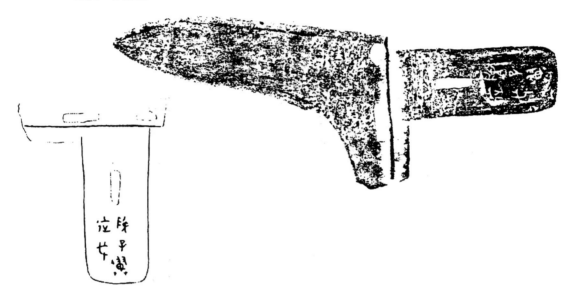

092　陳金戈（《邱集》8248、《嚴集》7399）

　　本戈僅存殘內，銘云：「塦（陳）金造戔（戈）」。「陳」字從土，知此爲田齊器。「戈」字從金，及人名逕接地名之簡單辭例，亦見於例 088「陳戈」、093「陳右戈」、099「陳鼒戈」，乃田齊器銘之特色。

```
6747              8248
陳金造戈            4 字
  筠清　5.35
  綴遺　30.23
  攈古　一之二，84
  小校　10.34.3
```

093　陳右戈（《邱集》8260、《嚴集》7408）

　　本戈內部銘文四字，云：「墜（陳）右鋯（造）戟」。「陳」字從土，「造」字從金，「戟」字從金，人名迻接器名之簡單辭例，皆爲田齊器銘之特徵。「陳右」爲督造此戈者之名。

6757　　　　　　　8260
陵右戈　　　　　　4字

綴遺　　30.24
奇觚　　10.14、15
周金　　6.34 前
簠齋　　四古兵器
小校　　10.33.1
三代　　20.8.1

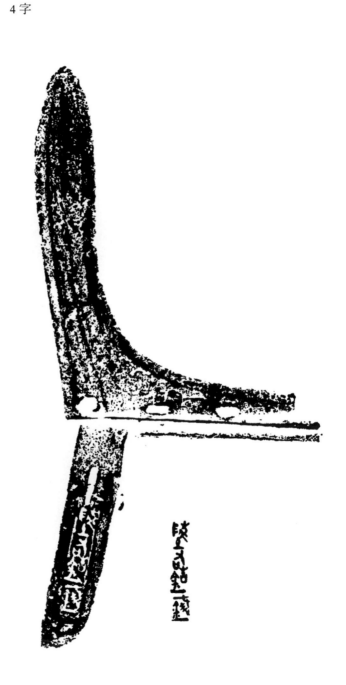

094　陳麗子戈（《邱集》8274、《嚴集》7418）

　　本戈銘在殘內，云：「墜（陳）麗子窋（造）鈛（戈）」。「陳」字从土，可知此為田齊器。第二字作「䘞」，與《說文》籀文「麗」字同。第四字作「窋」，依齊戈銘文辭例推知，此當係「造」字，从穴、从火，象窯中有火之形，製造之意甚顯，从告為其聲符。「窋」字亦見於「公孫窋壺」，齊文濤釋云：

　　即造。金文「造」字多異體，有从辵、舟、戈、貝、金等例。

　　本銘「造」从火从穴，从穴者尚見於傳世陳麗造戈、陳余造戈。公
　　孫窋即公孫竈，亦即子雅。〔註141〕

「竈」字古音精母幽部，「造」字清母幽部，相同韻母，聲母發音部位亦同，因知「竈」、「造」二字可通。由是以推，益信「窋」當讀為「造」。「公孫窋壺」據考亦為齊器，是「窋」或即齊國特有字體。〔註142〕

6766　　　　　　　　8274
陳䘞子窋鈛　　　　5字
　綴遺　30.21
　奇觚　10.18
　周金　6.28 後
　簠齋　四古兵器
　小校　10.39.1
　三代　19.39.2

〔註141〕齊文濤：〈概述近年來山東出土的商周青銅器〉，《文物》1972 年第 5 期，頁 13。

〔註142〕江淑惠：《齊國彝銘彙考》，頁 210-212。

095　陳侯因育戈（《邱集》8291、《嚴集》7434）

096　陳侯因咨戈（《邱集》8292、《嚴集》7435）

097　陳侯因咨戈（《邱集》8293）

　　例 095 內銘：「塦（陳）侯因育鋯（造）」，例 096 內銘：「塦（陳）侯因咨造」、胡銘：「夕陽右」，例 097 馬承源《中國古代青銅器》圖版十二：2 著錄，云：「藏上海博物館」，然此戈實與例 096 為同一器誤重。「因育」即「因咨」，《史記》作「因齊」，齊威王是也。例 096 胡銘「夕陽右」，「夕陽」二字四周有明顯界格，「右」字部分筆畫與胡穿抵觸而不全，羅福頤謂此三字出於偽刻，其說蓋是。〔註143〕上列三戈由陳侯因咨署名督造，相鄰之燕戈所見辭例亦多如是。

6782　　　　　　8291
陳侯因咨戈一　　　5字
　奇觚　10.23
　三代　20.13.1

6783　　　　　　8292
又二　　　　　　　8字
　綴遺　30.25
　奇觚　10.23
　三代　20.13.2

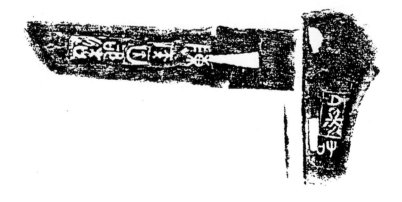

〔註143〕羅福頤：《三代秦漢金文著錄表》，第 4343 條。

098　陳戈（《邱集》8265、《嚴集》7412）

　　此戈初載於《彙編》868，拓片不全，僅見戈內有銘文處。銘文殘泐甚劇，就殘文及編者之摹文以觀，殆有五字．筆畫可辨識者，僅首字「墜」、第四字下半「刀」，末字右旁「屮」。據殘銘以辨，筆者頗疑此與例 095「陳侯因脊戈」同銘，銘文皆爲「墜侯因脊鍺」也。

```
6761／b              8265
墜戈                 4 字
巴納　（1961）拓本
彙編　7.647.（868）
```

099　陳簠戈（《邱集》8232、《嚴集》7385）

　　本戈內末銘文四字，云：「墜（陳）簠散戈」。「陳」字從土，知此爲田齊器。「陳簠」乃本戈之器主或督造者。第三字作「𥎕」，舊釋「節」或「簠」。〔註144〕金文「節」字作「𥫗」（子禾子釜），從竹、即聲，與本銘結體懸遠。金文「簠」字作「𠤳」（戉父癸甗），乃「甫」之後起形聲字。此銘當釋爲「散」，金文「散」

〔註144〕戈銘第三字，程恩澤釋爲「節」（《筠清》5.23 引），吳式芬（《攈古》一之三，84）、劉體智（《小校》10.34.2）、梁上椿（《嚴窟》下 54）、邱德修（《邱釋》8232），悉從之。許印林則疑爲「簠」字省文（《攈古》一之二，84 引），于省吾（《劍吉》下 3）、孫稚雛（《孫目》6732）從之。

字作「」（五祀衛鼎）、「」（散盤），古文字从戈、从攴每多互用，如「啓」字虢弔鐘作「」、攸簋作「」，「鬼」字盂鼎作「」、梁伯戈作「」，「散」字見於戈銘者，如陳御寇戈（《貞松》11.27）作「」，左下从夕，與本銘同。「散戈」即殺戈，爲齊戈銘文特徵，詳例087「陳散戈」。

6732　　　　　8232
陳靈簉鈛　　　4字
　　筠清　5.32
　　攈古　一之二，84
　　綴遺　30.23.
　　三代　19.34.1
　　嚴窟　下45
　　小校　10.34.2

100　陳□戈（《邱集》8233、《嚴集》7386）

101　陳□戈（《邱集》8234、《嚴集》8387）

上列二戈，銘文全同，皆在內末，云：「墜（陳）□散盍（戈）」。陳字从土，知此爲田齊器。「□」字不識，爲器主之名。第三字上从「竹」、右下从「攴」、左下从「月」，爲「散」之變體。戈銘第四字从「皿」，據辭例以辨，當係「戈」字繁文，上半所从乃「戈」之變體，例 094「陳麗子戈」之「戈」字作「□」，上半所从與本銘形近可證。

6733　8233
陳□簸戈一　4字
綴遺　30.22
奇觚　10.15
周金　6.30
簠齋　四古兵器
貞圖　中 59
小校　10.34.1
三代　19.34.2

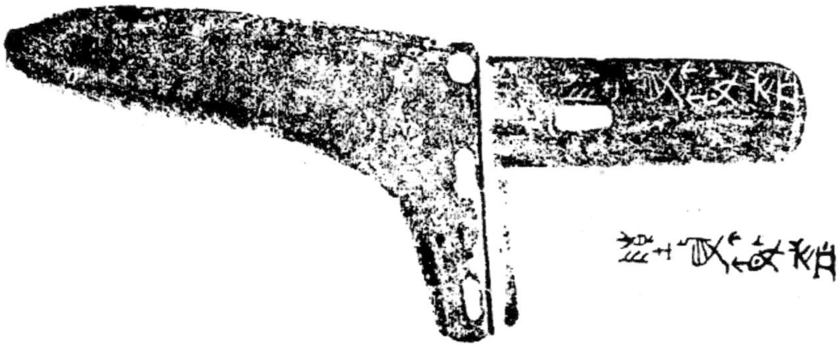

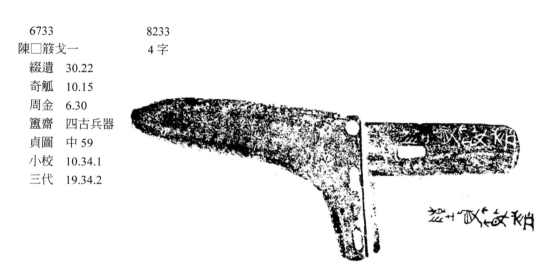

6734　8234
又二　4字
綴遺　30.22
周金　6.30.1

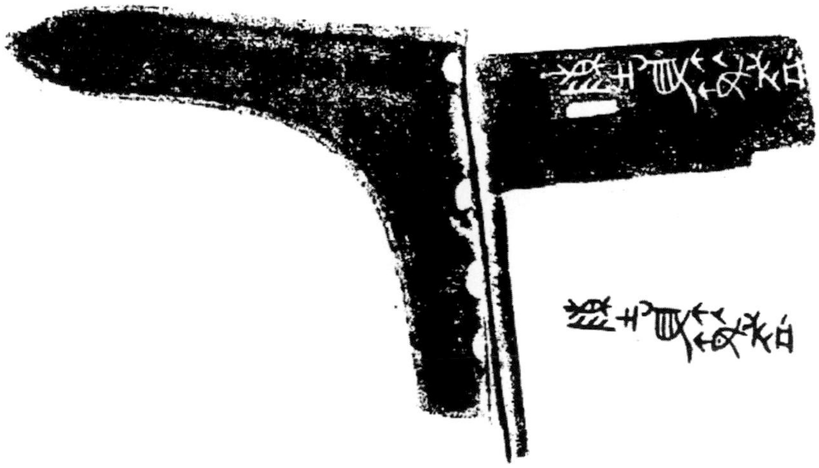

102　陳眭戈（《邱集》8375、《嚴集》7505）

本戈初載於《錄遺》578，刻銘過細，難以辨識。茲據黃盛璋摹文，釋爲「墜（陳）眭之歲□賸戟」。第一字，當係「墜（陳）」之殘文，「陳」字從土，爲田齊器之特徵。第二字，左從日、右從「坒」，當隸定作「眭」，爲器主之名。「眭」下之銘作「䇂」，「戏」亦見於鄂君啓節，節銘：「大司馬邵剔敗晉帀（師）于襄陵之䇂（歲）」，郭沫若云：

> 戏字是歲的異文，從月、不從肉，銘中月字及從肉之字可證。歲積
> 月而成，故字從月。〔註145〕

本銘「䇂」爲「之歲」二字合文，此體亦見於江陵望山一號墓所出「疾病等雜事札記」簡，蓋「䇂」已含「之」字於其左上角，爲免重複，乃省略「之」字，而加合文符於右下角以識別之。第五字泐甚，難辨。第六字殆「賸」之殘文，鑄客鼎「府」字從貝作「賀」，與本銘相近可證。「□賸（府）」蓋與「左庫」、「右庫」相當，兼有製造及儲藏器物之責。〔註146〕末一字乃「戜」之殘文，應從裘錫圭釋爲「戟」。

〔註145〕郭沫若：《文史論集》，〈關於鄂君啓節的研究〉，頁335。

〔註146〕佐原康夫：〈戰國時代の府，庫について〉，《東洋史研究》第43卷第1號，頁31-59。

6858　　　　　　　　8375
陳畦戈　　　　　　　8字
錄遺　578
考古　1973.6.373 頁圖二：3

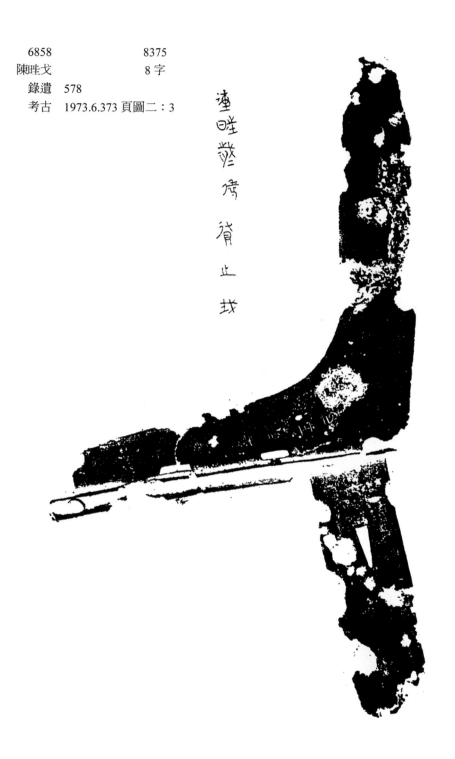

103 齊戈（《邱集》8228、《嚴集》7381）

此戈初載於《錄遺》572，銘文在胡，編者于省吾於此器目下注云：「三字」（該書「目錄」），邱德修隸定爲「窰壘阡（邦）」（《邱釋》8228），沈寶春則云：「唯以銘拓觀之，則應存五字，作『齊王長之□』，『長』蓋爲齊王之名。」〔註147〕由銘文字體大小及行款疏密以觀，銘文蓋有五字。首字諸家釋「齊」，可從。次字殘泐，惟下半從土可辨。第三字與「長」字作「兵」（寡長鼎）、「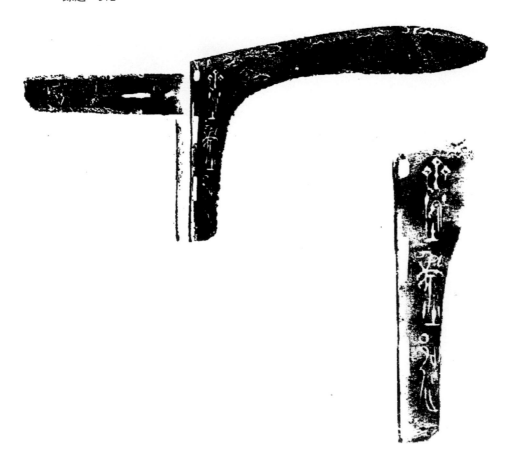」（屬羌鐘）差別頗大，釋「長」疑非。第四字左似從邑，右下疑從屮或止。第五字僅存一曲筆「乀」，疑爲「戈」字殘文。

6728　　　　　　　　8228
齊戈　　　　　　　　3字
　錄遺　572

〔註147〕沈寶春：《商周金文錄遺考釋》，頁863。

104　齊城右戈（《邱集》8371、《嚴集》7501）

　　本戈僅存殘內，銘云：「齊城右造車鈛（戟）冶膃」，辭例與例 085「元阿左造徒戟」相類。「右」字蓋「右庫」或「右府」之省。「徒戟」爲徒卒所用戟，而本銘「車戟」則爲戰車配備之兵器。〔註 148〕。「膃」字不識，爲冶工名。三晉兵器多有冶工署名，齊兵銘文所見僅此一例。

6854　　　　　　　8371
齊城右戈　　　　　8字
　貞補　中 33
　三代　20.19.1

〔註 148〕兩周時期戰車配備武器，含射遠、格鬥與衛體三類，戈、戟乃主要格鬥器，詳楊泓：《中國古兵器論叢》，〈戰車與車戰〉，頁 93-94。

105　是立事歲戈（《邱集》8366、《嚴集》7496）

本戈內末銘文八字，分列二行，當自右行起讀，云：「是立事歲右工鈛（戈）」。「立事歲」一詞，齊銘習見，如《衡齋金石識小錄》載一陶印，銘云：「陳褥三立事歲，右廩釜。」公孫窖壺銘云：「公孫窖立事歲」，陳釂壺銘云：「奠（鄭）陽陳尋再立事歲」。李學勤云：

> 「立事」即「位事」或「莅事」，莅事者即器物之督造者。齊器署名次第爲莅事者、工師、工，如左關釜爲陳猶、左關師發、敦者陳純，春秋時器齊侯鑈爲國差、工師何。……戰國時代齊器的莅事者都是陳氏，如王孫陳棱、王孫陳這。莅事所在地有縣、鄙、黨、關、門等，他們都是都邑大夫或關尹之類。〔註149〕

本銘「是」字，或爲「陳是」之省，即本戈督造者之名。左行第一字「」，不識，疑爲地名。「右」下當係「工」字，其左豎畫爲銹蝕之迹。「戈」字累增金旁，爲齊戈銘文特徵，與「立事歲」一語合觀，則本戈爲齊器當可無疑。

```
6849              8366
是□事歲戈          8 字
  貞圖　中 62
  三代　19.49.2
```

〔註149〕李學勤：〈戰國題銘概述（上）〉，《文物》1959 年第 7 期，頁 51。

106　平陽高馬里戈（《邱集》8304、《嚴集》7445）
107　成陽辛城里戈（《邱集》8305、《嚴集》7446）

　　上列二戈形制及銘文之字體、部位、行款、辭例均同，其國屬、時代必同。例 106 銘云：「平瞾（陽）高馬里銇（戈）」，例 107 銘云：「成陽（陽）辛城里銇（戈）」。此二器字體結構，多與齊銘特徵相合。「平」字作「乑」，亦見於例 083「平阿右戈」。「陽」字从土，亦與例 083「阿」字从山相類。「戈」字从金，尤為齊銘特有字體，參例 088「陳𫞵戈」。齊國陶文多載陶工之籍貫里居，其辭例與此二戈銘相近，如《古陶瑣萃》1.6 銘云：「王卒左敀城陽相里土」，又如《季木藏陶》60.10.銘云：「王卒左〔敀〕城陽□里人日得」，皆有地名「城陽」，殆與戈銘所見同地。〔註150〕《左傳》所載魯地以「平陽」為名者有二，一在山東新泰縣西（宣公八年《傳》），一在山東鄒縣（哀公二十七年《傳》），後者戰國時屬齊。〔註151〕梁上椿謂例 107 出土於山東（《嚴窟》下 53），亦可為上述線索添一佐證。就銘文字體、所載地名及出土地以辨，上列二戈當係齊器無疑。

〔註150〕上引二陶器之釋文，據李學勤：〈戰國題銘概述（上）〉，《文物》1959 年第 7 期，頁 52。

〔註151〕程發軔：《春秋左氏傳地名圖考》，頁 177。

6792　　　　　　　8304
平陽高馬里戈　　　6字

綴遺　30.8
奇觚　10.19
簠齋　四古兵器
三代　19.44.1

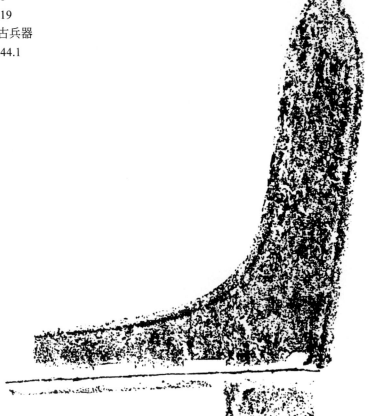

6793 8305
成陽辛城里錢 6字
　貞松　11.31
　劍吉　下 19
　三代　19.44.2
　巖窟　下 53

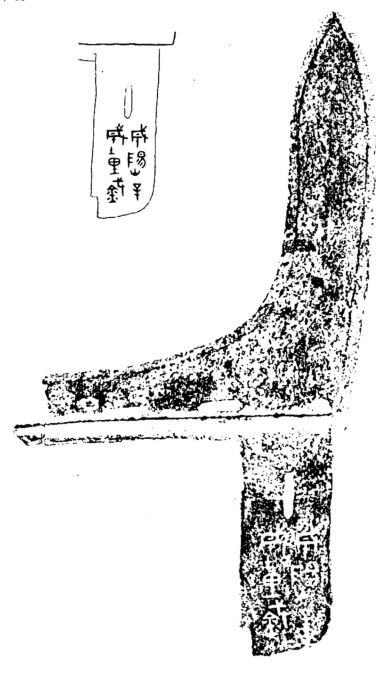